希腊神话

李娟◎主编

中国华侨出版社
北京

图书在版编目（CIP）数据

希腊神话 / 李娟主编 .—北京：中国华侨出版社，2017.12
（世界经典神话丛书 / 李娟主编）
ISBN 978-7-5113-7215-4

Ⅰ.①希… Ⅱ.①李… Ⅲ.①神话—作品集—古希腊
Ⅳ.① I545.73

中国版本图书馆 CIP 数据核字（2017）第 277982 号

希腊神话

主　　编 / 李　娟
责任编辑 / 高文喆　杨冰馨
责任校对 / 钱志刚
经　　销 / 新华书店
开　　本 / 787 毫米 × 1092 毫米　1/16　印张 /18　字数 /260 千字
印　　刷 / 三河市华润印刷有限公司
版　　次 / 2022 年 2 月第 1 版第 2 次印刷
书　　号 / ISBN 978-7-5113-7215-4
定　　价 / 48.00 元

中国华侨出版社　北京市朝阳区静安里 26 号通成达大厦 3 层　邮编：100028
法律顾问：陈鹰律师事务所
编辑部：（010）64443056　　64443979
发行部：（010）64443051　传真：（010）64439708
网　　址：www.oveaschin.com
E-mail：oveaschin@sina.com

前言

在绚丽多姿的世界文化史中，神话故事是现代文明灿烂发展的起点，对世界各地文学文化的发展和繁荣产生了深刻和久远的影响。它如珍珠一般闪闪发光，在世界文学宝库中成为一朵不可多得的奇葩。神话故事构思奇特，风格多样，其丰富的内容和无穷的艺术魅力展现了该民族的历史与价值观。

本丛书以世界范围内广泛流传和为人关注的八大神话派系展开，包括希腊神话、罗马神话、埃及神话、印度神话、北欧神话、非洲神话、俄罗斯神话和中国神话。

各文化派系的神话故事各有特点。如希腊神话中，无论是人是神，都有善良和感性的一面，同样有欲和恶的一面，和凡人很相似。因为这种相似，让他们在理智和情感之间，在神性与人性之间，在公正与偏私之间，留下了广阔的想象空间。

再如北欧神话。北欧神话中的世界不是永恒的，神不是万能的，像神王奥丁，他也需要以一只眼睛为代价穿过迷雾森林，从而得到大智慧。另外，北欧神话相信当万物消亡时，新的生命将再次形成，世界上的一切都是无限循环的。

……

不同的特点造就了这些神话的多彩多样性。

本丛书立足不同神话的特点，通过搜集整理大量资料，根据中国读者的阅读特点，进行了细致认真地选编和译注，在保证原神话故事民族文化特点的基础上，让阅读更符合国人的习惯，从而加强可读性。

本丛书内容丰富多彩，故事引人入胜，语言精练有趣，人物栩栩如生，是读者了解世界古代文化与文明的窗口。

目录

Contents

第一章 ／ 诸神的传说

第二章 ／ **阿耳戈英雄远征记**

第三章 ╱ 赫拉克勒斯的传说

第四章 ╱ 忒修斯的传说

第五章 ／ **俄狄浦斯的传说**

第六章 / **七雄攻忒拜**

第七章 / **赫拉克勒斯的后裔**

第八章 ／ **俄底修斯的传说**

第一章

诸神的传说

普罗米修斯

自从天地被创造出来以后，大海咆哮，鱼儿嬉戏，群鸟歌唱，各种动物充斥着天地。但是体内有灵魂的并能统治世间的物种并没有出现。就在这时，普罗米修斯踏上了大地。他知道上天的种子就蛰伏在泥土之中，于是用河水将一些泥土弄湿，按照世界主宰天神的形象捏成了个形体。他从各种动物的心中取来善与恶的特性，封闭在这些泥体人的心里，使其获得生命。他天神中的朋友——智慧女神雅典娜，十分欣赏这个创造，于是把灵魂即神灵的呼吸吹进了这个泥体人心里。

就这样，产生了最初的人类，他们四处繁衍，不久就充满了大地。可他们在很长一段时间里都不懂得如何使用他们的四肢和精神，他们如同梦游般的人那样四处走动，不知道如何利用世间万物来改善自己的生活。他们如同忙碌的蚂蚁一般终日聚居在地下，生活在不见天日的地洞里。他们分不清四季，不懂得种植和收获，一切都是杂乱无章，毫无目的的。

于是，普罗米修斯便来照料他们教他们观察星辰，发明计算，创造文字教他们将牲口套在轭上，分担人的劳动强度。他驯服马匹，发明了航行的船和帆。他也关注人类生活起居的点点滴滴。告诉他们该如何使用草药来预防和治疗疾病，怎样饮食有益于健康。他又教他们预言的本领，讲述鸟雀的飞翔。他教导他们勘察地下如何，发现矿石。一句话，他将生活的方方面面都一一教给了人们。

不久前，宙斯把他父亲的神位夺取了，之后宙斯以及宙斯自己的儿子统治天国，将老一代神明全都罢黜了，而普罗米修斯正是这些老一代神明的后裔。

现在，新晋升的神明要求刚产生的人类敬奉他们，以换取他们对人类的保护。

在希腊的墨科涅，围绕着人类的权利和义务，人和神举行了一次辩论会。作为人类辩护人普罗米修斯参加了会议，并提出诸神不能因为具有保护责任而让人类承担过重的义务的说法。普罗米修斯决定愚弄下众神，他宰杀了一头大公牛，请天神们选取他们自己喜爱的部分。他将牛肉分为两堆：一堆牛皮下隐藏着肉、内脏和脂肪；另一堆全是牛板油里夹藏着骨头，并且这一堆还是最大的。

而众神的君父，宙斯一眼就看穿了他的伎俩，说道："伊阿珀托斯的儿子，尊贵的国王，我的好友，你这分配的好不公平呀！"普罗米修斯却以为自己已欺瞒过宙斯，便说道："尊贵的宙斯，最伟大的神，请你选取你中意的那堆吧！"宙斯大怒，故意抓起那块白色的板油，然后将板油剥开，并装作自己上当的样子，气愤地说道："我看得很清楚，你还没将你骗人的伎俩丢掉。"

对于普罗米修斯的欺骗，宙斯决定报复，他拒绝给予人类最急需的物品：火。幸好普罗米修斯想到了补救的办法，他用一根坚挺的大茴香枝靠近天上的太阳车，把木枝伸向闪亮的火焰中，一下子就得到了火种。于是他带着火种回到大地上，随即将木堆点燃起来，火焰直冲云霄。这让看见人间升起火光的宙斯感觉到疼痛，一种发自灵魂深处的疼痛。人类已经拥有火了，已没办法再次夺回来，不过他立即就想出一个恶毒的主意去惩罚人类偷用火的行为。他让技艺高超的火神赫淮斯托斯为他设计出一个美少女的形象。

雅典娜忌妒普罗米修斯，对他也没有任何好感，因此她给这个美少女披上美丽的白色外衣，还给美少女的头上戴上了美丽的花冠。神的使者赫尔墨斯给予这迷人的美少女说话的能力，爱神阿佛洛狄忒让她具有一个女子该有的所有美妙姿态。宙斯为她取名"潘多拉"，意为"所有都是天赐的女子"，并且众神的君父宙斯给予了她一件赠品，这件赠品能给人类带来无穷无尽的灾难。随后，宙斯将这少女带到大地上。而她则走向普罗米修斯天真的兄弟厄庇墨透斯，将宙斯的赠品送给了他。

普罗米修斯曾专门告诫过自己的弟弟，不让他接受宙斯的任何赠品，防止来自奥林帕斯山的灾难。可厄庇墨透斯连想都没想就接受了美少女潘多拉的赠品。这个女子双手捧着她的赠品，刚走到厄庇墨透斯身旁，就将盒盖掀开，随即，大群的灾难像闪电一般扩散到大地上。而唯一好的赠品"希望"却藏在了盒底；潘多拉按照宙斯的旨意趁它还没飞出盒子的时候将盒子盖上，让它永远锁在盒内。

于是，灾难在无声无息的状态下充满了整个人间。疾病在人群中蔓延，日夜不停也没有声息。各种疾病充斥着大地，连在人群中潜行的死神也无法忍受这些灾难，飞快地奔跑了起来。

随后，宙斯准备惩罚并折磨普罗米修斯，他将这个罪人交给赫淮斯托斯和两个以强制和暴力出名的仆人克剌托斯和比亚。他们按照宙斯的旨意将普罗米修斯拖到斯库提雅的荒野中，用铁索把他锁在高加索山的峭壁上。对于宙斯的命令，赫淮斯托斯很不情愿去完成，但就因为说了几句同情的话，却遭到仆从们的谴责，无奈之下，他只能让仆人们去完成这个残酷的任务。

就这样，普罗米修斯被直楞楞地吊在悬崖上，不能睡觉，也不能弯弯膝盖。"你将要发出多少悲怨呀！"赫淮斯托斯对他说道，"宙斯的旨意是无法改变的，刚夺得天国统治权的新神全都是冷酷无情的。"

这个囚徒的痛苦可能要永久持续下去，或持续三万年之久。普罗米修斯大声地悲叹，呼唤万物来为他的苦难作证，他的意志是坚定的。他说，"只要认识到无法抗拒的力量，那这个人肯定会忍受住命中注定的一切。"他曾预言：诸神的主宰者都会因新的婚姻堕落和毁灭。宙斯对此预言百思不得其解，百般威胁诱骗，普罗米修斯都没有将这个预言说清楚。

宙斯是言出必行的。他派出一只鹰每天都去啄食普罗米修斯的肝脏，可不管每天被吃去多少肝脏，第二天都会长出来新的。在没人愿替他受死受罪之前，这种痛苦是不会结束的。

但是被解救的一天终究来了。普罗米修斯忍受了百年的痛苦之后，寻找金苹果的赫拉克勒斯路过此地，他见到神的后代在高加索山上吊着，便想向普罗米修斯请教，可他看见一只凶鹰站立在普罗米修斯的膝头上啄食他的肝脏，便生出怜悯之心，一箭将这凶鹰给射了下来，解开锁链，将普罗米修斯带走。既然宙斯已经有了判决，让普罗米修斯永远在悬崖上受苦，并且让普罗米修斯永远戴着一个铁环，另一端则拴在高加索山崖的石头上。这样，宙斯就能自豪地说他的敌人还在高加索山上锁着。

丢卡利翁和皮拉

上古人类的种种罪行传到宙斯耳中后，他亲自到人间察访，发现事实远远比传闻严重得多。阿尔卡狄亚国王吕卡翁出了名的凶残野蛮。一天深夜，宙斯来到吕卡翁的王宫，并发出奇迹般的信号，暗示着神的降临，所有人都立即膜拜他。可吕卡翁却嘲讽这种行为，说道："让我们看看他到底是神还是人！"吕卡翁决定夜晚趁着客人熟睡的时候将其全部杀死。

他先是安排下属将一个可怜的人质杀掉，在沸水和火上放置那还没僵硬的肢体，随后把这些人肉端上餐桌献给客人当作晚餐。看穿一切的宙斯一跃而起，释放出愤怒的火焰，瞬间这个心中无神的国王的宫殿就燃烧了起来。惊慌失措的国王跌跌撞撞地逃到荒野中去，可他喊出求救的声音却是动物的嗥叫，他变成了一只嗜血的狼。宙斯返回到奥林帕斯山就与众神商量，准备将罪恶的人类全消灭掉。他原本想朝整个大地投射闪电，可又害怕会引起大火导致天国遭殃，烧毁宇宙的轴。于是他决定连降暴雨，让洪水把人类全部淹死。他手握乌云，南风咆哮，雷声滚滚，大雨倾盆，暴雨淹没了庄田，因此农民一年的劳作毁于一旦。

海神波塞冬也参与了他兄长宙斯的行动。所有的江河都被召集起来去淹没人类的聚集地。他更是挥动着他的三叉神戟把地层刺穿，为洪水开道。

就这样，河流肆无忌惮地惮流淌着，田野、耕地、树木、庙宇、房屋全都被淹没了。转眼间，整个世界全都变成了一片汪洋。人类尽自己最大的努力自救。有人爬上高山；有人跳上小船在水上划行；大水将大部分人都冲走了；就算有些幸免的人也都被活活饿死了。在福喀斯地面上依然矗立着一座高山的两个山峰。那就是帕耳那索斯山。普罗米修斯曾对他的儿子丢卡利翁发出过洪水的警告，并特意为他造了一只小船，因此也就只有丢卡利翁和他的妻子皮拉幸免于难，乘坐小船漂到这座山上。而他俩也是人类中最为正直的人。宙斯发现整个大地都已经被洪水所淹没，仅剩这一对男女，而且，这对男女都是无罪的，还特别虔诚地敬神，于是，他将北风放了出来，把浓云驱散，将雾霭带走，让大地再次重现。海神波塞冬也让海水平静了下来，放下了他的三叉神戟。终于，大海、河流、森林、山脉都重现了出来，陆地又恢复了平静。

丢卡利翁四处张望，忍不住流下了眼泪，土地全都荒芜了，就像墓地那般寂静。他对妻子皮拉说："亲爱的，不管我怎么看，我都见不到一个活着的人。恐怕现在就我们两个是大地上仅存的人类了。其他人全都死在洪水之中了，我们也不能确定是否能活下去。如果大地上只有我们两个人，都还有什么意义？我们还能做什么呢？要是当初我的父亲普罗米修斯将捏造人和注入泥人灵魂的本领教给我该有多好呀！"

说出了这番话后，这对夫妻都忍不住地哭了起来。随后，他们跪在残破的忒弥斯女神的祭坛前朝着天上的女神祈祷："啊，女神呀，请你告诉我们该怎样才能造出我们的种族！请你帮助让这世界重焕生机吧！"

"请你们从我的圣坛离开，然后将你们的头蒙上，解开你们的腰带，将你们母亲的骨骸扔到你们的身后。"这时女神的声音传到了他们的耳边。很长一段时间内，这对夫妻都没从这谜一般的神谕中走出来，他们都不理解这是什么意思。终于皮拉最先打破了沉默："请宽恕我，尊贵的女神，我现在很恐惧，所以无法听从您的神谕，我也无法将我母亲的骨骸拆散。"

突然丢卡利翁顿悟，亲切地安慰妻子说："我的理解也不知道是否正确，但神的话总是善良的，而且没有恶意。我们伟大的母亲不就是大地吗，那石头就该是她的骨骸，皮拉，神是让我们将石头扔到后面呀！"

对于这道神谕，他们又疑惑了一段时间，最终还是决定试一试。于是他们走到一旁，按照神的指示将头蒙上，解开系衣服的带子，然后往背后扔起石头来。这时，奇迹产生了，石头慢慢失去了它应有坚硬的特性，变得富有弹性，变高了，还成了形。石头显示出人的形象并不是很清楚，全是粗略的形体，或者说像刚被雕刻家雕刻出来的大理石人体。不久，石头上潮湿或沾有泥土的部位变成了肌肉，坚硬的部分变成了骨骼，而石头的纹理则变成了人体的脉络。就这样，在神的庇护下，在很短的时间里，男人扔出去的石头全都变成了男人，而女人扔的则变成了女人。

对于这个起源，人类并不否定。这是最坚强辛苦劳动的人民，对于怎样繁衍成长，他们将永远铭记在心。

法厄同

华丽的大圆柱支撑着太阳神的宫殿，就连镶在柱子上的黄金和红宝石都在闪烁着耀眼的光芒。屋顶有象牙环抱，大门雕刻着纹饰，散发着白色的光芒。太阳神赫利俄斯的儿子法厄同要求进宫殿去见他的父亲，但他刚进宫殿，距离他父亲还很远的时候，他就站住了，因为如果再靠近的话，他就没办法忍受来自于父亲灼热的光。

父亲赫利俄斯坐在他的宝座上，左右依次站着他的随从：日神、月神、年神、世纪神以及具有各自代表意义的春神、夏神、秋神和冬神。"你为何来到这里，是有什么事情促使你到父亲的宫殿中来的，我的儿子？"赫利俄斯问道。"尊贵的父亲，尘世的人都嘲笑我，说我天神的出身是假的，说我是一个不知名父亲的儿子，还辱骂我的母亲。因此我请求您能给我一个证明我是您真正后代的凭证。"

赫利俄斯将罩在头部的光芒收了回来，让他的儿子再靠近他些。他拥抱了法厄同，说道："我的儿子，你母亲克吕墨涅将一切都说了出来，我再也不会在世人面前否认你是我的儿子。为了补偿你，你向我要一件礼物吧，不管你提出的是什么，我都会满足你。"法厄同等他父亲一说完，就迫不及待地说道："那就请你满足我心中最强烈的愿望吧，让我驾驶一天你的太阳飞车。"

顿时，太阳神脸上表露出吃惊和后悔的神色，并说道："我的儿子，我说了一句很不理智的话！要是我没有对你做出那样的承诺该有多好呀！你所渴望的事情，是你无法驾驭的事情。你太年轻，还是个凡人，你所渴望的是神做的事情，并且你渴望的还不一般的神可以完成的事，现在也就我能一直站在喷着火的车轴上。每一天车行驶的道路都是陡峭的，路的中央就是最高的天顶。相信我，就算是我，每次行驶到这样的高度时都会感觉到恐惧。俯视下界，看见我与海洋陆地相距千万里，我也会觉得眩晕。最重要的是，路况大变，需要稳稳地驾驭。就连海的女神忒提斯也害怕我会突然掉进大海中去。此外，你还必须要考虑到天是在不停地旋转，而我必须要顶住这种旋转的感觉。要是我将太阳车交给你，你能驾驭得住它吗？哎，我的儿子，你就别想这个糟糕的礼物吧，你赶紧换一个更好的礼物吧！你好好看我这惊恐的脸，我相信你能从我的眼中看出父亲心中的忧虑。你还是换个你想要的好东西吧！我保证你一定会得到它的。"但青年不停地恳求着，父亲也只能兑现诺言。太阳神牵着儿子的手，将他领到太阳车那去了，太阳车装饰的十分华贵。就在法厄同专心欣赏太阳车的精美时，黎明女神在东方打开了她紫色的大门和摆满玫瑰花的前厅门窗。星星消逝，晨星最后也离开了它的岗位。月亮的弯角也失去了光影。这时，赫利俄斯命令时序女神套马，于是，她们就将喷着火光的马匹牵出了马厩，给它们套上华丽的辔头。

就在这时，父亲将特制的药膏涂在儿子的脸上，以便他能忍受得住这熊熊烈火的炙烤。他亲手将他的日光金冠戴到儿子的头上，却又忍不住叹息了一声，提醒道："孩子，你只需握紧缰绳就可以了，不可用钉棒打马，尽量让它们跑得慢些。千万不要靠近南北极，因为走的路全是倾斜着的大弧线。所以不要太下倾，也不要太高，不然大地或天国会遭殃的。去吧，黑暗已经结束了，握紧缰绳吧。或许现在停止还来得及，你可以再考虑下，我亲爱的孩子。"

青年似乎都没听见父亲所说的话，他一跃就跳上了车，一把将缰绳抓在手里，朝着担忧他的父亲亲切地点了点头。骏马嘶鸣着，用蹄子踢踹着大门，老祖母忒提斯出来将大门打开。于是，无限辽阔的世界展现在青年的面前，骏马沿着轨道起飞。这时，驾车的骏马感觉到它们所拖着的轭比往常要轻得多，它们拉的车没有足够的重量，所以不停地在空中跳动，冲得很高，又向前滚去。

骏马发现这种情况后就不再按照轨道奔跑。法厄同害怕了，他不知道该怎样处理，不知道该如何拉住缰绳，也不知路在何方，更不知道该如何驯服野性的骏马。当青年在天边俯瞰下界时，看到陆地距离他甚远，他突然吓得脸色发白，双膝颤抖。天距离他很远，而眼前的陆地距离他更远。他默默计算着前后距离，双眼呆滞着望着远方，不知如何是好。他望着挂在天边的众多星座，吓得浑身发抖，缰绳也从手中掉了下去。缰绳似乎是触动了一下马背，马儿们立即离开了轨道，朝侧面陌生的地方奔去，时而往上，时而下降。他们有时碰到恒星，有时则下降到靠近大地的小道中。他们遇见了第一个云层，瞬间云层就如同被点着般冒出了白烟。车子向下冲去，突然靠近了一座高山。

在灼热的烘烤下，大地干裂，荒草枯萎，周围的森林也燃烧了起来，很快大火蔓延到平原，庄稼颗粒无收，所有的城市也燃起了烈火，房屋全都烧成了灰烬。江河干涸，大海凝缩，以前湖海的地方，现在全都变成了干燥的沙地。法厄同见到地面上全都着了火，自己也受不住这火热的烤灼以及这浓烟、大地飞扬升起的灰烬。他便任由飞马拖着他，最后连他的头发也被大火烧着了，他从车上摔了下来，全身燃烧着在空中打着旋坠落。最终，一条距离他很远名为厄里达诺斯的河流接纳了他，河水不停地冲击着他的脸。法厄同的父亲目睹了这一切，双手紧抱头陷入无尽的悲伤之中。

据说，这一天，世间没有阳光，只有大火照亮了整个人间大地。

欧罗巴

阿革诺耳国王的女儿欧罗巴，一直与她父亲在宫殿中生活，与世隔绝，就在这一天，这个少女做了一个奇特的梦。她觉得，在亚细亚对面有一个与之相对的大陆，这两个大陆变成了两个女人，都来争抢自己。一个女人是异乡人的模样，而另一个女人——亚细亚的相貌和举止都与本地人相同。后者热情地亲吻她的孩子欧罗巴，说欧罗巴是她的爱女，而异乡人则如同对待战利品一般紧抱着她，不容反抗，就将她带走了。

"走吧，亲爱的姑娘，"异乡女人说道，"你会被当作战利品带到宙斯那去，这是你的归宿。"

等欧罗巴醒来，她的心还是一阵乱跳。她从卧榻中坐了起来，将腰板挺直，双眼呆痴地望着前方，一丝不动地坐了很长时间。后来，她惶恐地说道："到底是哪位天神让我做了这个梦？在父亲的王宫里，我一直睡得很安稳，为什么这个梦让我如此心慌？那个异乡的女人是谁？我的心里为何对她产生了一种奇妙的思慕，就连她将我强行带走时，她的目光中也流露出一种母爱啊！愿天神让我的梦成为吉祥的兆头吧！"

清晨的到来让少女心中的梦影消失得无影无踪，欧罗巴又投入到一些琐事中了。没过多长时间，她的游伴都围到她的身边了，她们唱歌、跳舞、祭神。今天，她们要去海边附近遍布鲜花的草地上游玩。所有的姑娘都身着绣花长袍，而欧罗巴本人则穿了一件裙裾上绣有神话传说的金丝刺绣裙。这是一件赫淮斯托斯的作品，很久以前大地的震撼者曾献给利彼亚当作求爱的礼物。就这样，这件礼物被当作传家宝一代代传到阿革诺耳家中。可爱的欧罗巴身着这样的盛装，带着女游伴来到草地上。遍地都飘荡着这群少女的欢声笑语，并且每个人都采摘了一大束自己喜爱的花朵。

鲜花采集足够后，她们就围绕着欧罗巴编花环，并准备将这些花环献给草地女神们当作谢礼。宙斯深深被欧罗巴的美貌所吸引，可他害怕赫拉，于是他想出了一个诡计。他将自己变为一头牡牛，那可不是一般的牡牛呀！它浑身金黄，身材高大俊美，玲珑精致，就连眼里都流露着倾慕的柔情。在这之前，宙斯曾将赫尔墨斯叫到奥林帕斯山上，但没流露出自己的意图，只是说："亲爱的儿子，你去腓尼基将阿革诺耳国王的牛群赶到海边。"没过多长时间，这位长着飞翼的神飞到山间的牧场，将阿革诺耳国王的牛群赶到海边的草地上。

就这样，宙斯以牡牛的形象出现在牛群中，只是赫耳墨斯不知道罢了。其他的牛都零落地分散着，只有宙斯化身的牡牛慢慢走近欧罗巴及游伴们所在的草地上。它优雅地漫步在茂密的草丛中，整个外表都充满柔情。欧罗巴及她年轻的游伴们都十分欣赏这头高贵且优雅的牛，甚至想靠近抚摸下它的背。牡牛似乎明白了她们的意思，它越走越近，直接走到欧罗巴的面前。刚开始，欧罗巴还后退几步，慢慢地，她发现这头牡牛驯服地站在那里，她才鼓起勇气，再次靠近，将她手中的花束举到它的嘴边。它讨好地舔着鲜花，抹去嘴边的泡沫，还亲切地吻着她的手。就这样，欧罗巴是越来越喜欢这头俊美的牡牛了，甚至她还大胆地吻了它光灿灿的前额。这时，牡牛愉快地哞叫了起来，叫声如同震荡在山谷里的笛声。然后，它就在美丽的公主脚下卧伏下来，渴慕地望着她，朝着她转动下脖子，示意它宽阔的背。

欧罗巴说道："亲爱的伙伴们，咱们都走近些吧，骑在这头美丽的牡牛背上肯定很有趣。看，它多温顺可爱呀！它好像真的有思想，只是不会说话罢了。"她边说，边将女伴们递过来的花环一个个挂在牡牛的牛角上。接着，她一跃跳上了牛背，可她的女伴们还在犹豫不决。牡牛知道自己的目的达到了，就站了起来，驮着欧罗巴缓慢地走着，哪怕就是这样，她的女伴们都没法跟得上它。当它越过草地，来到海岸时，就加快了行走的速度，不再是一头小跑的牡牛，而像一匹飞驰的骏马。不容少女思考，它就带着它的少女，纵身跳进海里，朝深海里游去。少女紧张地骑在它的背上，胆怯地望着陆地，大声地呼唤她的女伴们，可这全是白费力气。

牡牛如同漂荡的船，不断地向前游去。没过多长时间，海岸线消失了，太阳也落山了，除了波涛和星辰，欧罗巴什么都看不见。第二天，欧罗巴一整天都在牛背上度过，牡牛不停地越过洪流向前游去。终于，到了傍晚，他们到了一个远方的海岸。牡牛一跃上了岸，在一棵拱形的树下，少女从它背上滑了下来。接着，牡牛消失不见了，转眼间变成一个英俊的男子。他对少女说道，他是克瑞忒岛的统治者，只要她愿意嫁给他，他将永远保护她。在无望和孤独的影响下，欧罗巴将手伸向了他，表示她愿意。就这样，宙斯的愿望实现了，他又像来时那样消失得无影无踪。

清晨，欧罗巴从长时间的昏睡中缓缓醒来。她慌乱地望着四周，好像在寻找着自己的家园。"父亲，父亲！"她以哀诉的声音呼唤着，突然又想起发生的事情，又高声喊道："我是个卑劣的女儿，我哪还有资格去呼喊父亲呢？我竟然忘记了父亲对我的爱！"她又望了下四周，仿佛想起来了一切，便自问道："我从何来，这是什么地方？"她用力拍着脸颊，想要将那个可怕的梦抹掉。她四处张望，遍地都是她说不上来的陌生景物。"啊，我若见到那头讨厌的牡牛，我要将它撕成碎片，虽然它以前很可爱，但这是一个多么不符合实际的愿望呀！我不知羞耻地从家里离开了，现在也只能去死了。要是连神明都抛弃我了，就请诸位天神派一头狮子或老虎来吧！也许我的美貌会让它们食欲大增，这样，我的美貌就不会在饥饿来临之时而变得难看枯萎了。"

可是，并没有一个野兽出现。在她面前，依旧是这片陌生的土地。晴空万里，太阳照耀着大地，这时，这个孤独的少女跳了起来。"欧罗巴，你听不见父亲的声音吗？就算他不在你的身边，你也必须要了结你那不光彩的生命。不然连父亲都会诅咒你的。看，那棵参秽树，你可以自己吊死在那上面。看，那座悬崖，你也可以纵身一跃，献身给大海。或者说，你一个高贵的国王女儿，你能去做一个野蛮国王的小妾吗？做他的奴隶吗？"

虽然这样的思想不断地折磨着欧罗巴，但她始终鼓不起勇气离开这个世界。突然，她听见嘲笑般的悄声私语，以为有人偷听，惊恐地往后看去。她发现女神阿佛洛狄忒和她的儿子爱神厄洛斯就站在她的面前。女神嘴角先是一扬，便说道："美丽的姑娘，不要生气，也不用喊叫，那可恨的牡牛马上就来了，它会将双角奉献出来，让你折断的。在你父亲的王宫中，就是我将那个梦送给你的。你要知足呀！是宙斯将你抢来的，你将是这位神在尘世的妻子，你的名字将永存，你现在居住的大陆以后就会叫欧罗巴！"

卡德摩斯

卡德摩斯是腓尼基国王阿革诺耳的儿子，欧罗巴的哥哥。在欧罗巴被拐走之后，阿革诺耳就命令卡德摩斯带着兄弟们去寻找她，要是找不回来，他们也就不用回来了。卡德摩斯在世上寻找了好长时间，也没能找到妹妹，对此不抱任何希望，但又怕父亲怪罪，于是向福玻斯·阿波罗请求神谕，问他以后该如何生活。阿波罗说道："在一牛偏僻的草地上，你会碰见一头没有负过轭的小牛。你就跟着它走，在它躺过的地方修建城池，取名忒拜。"

满怀感激之情的卡德摩斯伏在这片异乡的土地上，亲吻着土地。他想向宙斯献祭，便派仆人到活泉去取来举行神品饮献礼的水。在那个地区有个从未采伐过的古老树林，一个拱形的深谷中流淌着清凉的泉水。在这洞中隐藏着一条凶龙，隔着好远距离就能看见它闪着亮光的红色龙冠，喷着火焰的眼睛，充满毒液的牙齿。当卡德摩斯的仆人走进小树林时，淡青色的龙从洞中伸出头来，发出恐怖的吼声。卡德摩斯的仆人被吓得全身血液凝结，连汲水罐也摔落到地上。毒龙盘踞着身体，伸着上半个身体往下边的树林望去，毒龙突然冲向腓尼基人，将他们残忍地杀害了。卡德摩斯不知仆人为何这般长时间还未归，便亲自去找他们。他身披狮皮，手持标枪长矛，怀着一颗坚强的心。他一走进树林，就看见被杀害仆人的尸体，望见那仇敌正炫耀着它的胜利，用嗜血的舌头在尸体上来回舔。

"唉，我可怜的朋友，要是我无法给你们报仇，那我就跟你们死在一块儿！"卡德摩斯痛苦地叫道。

他边说，边愤怒地将巨石抛向毒龙。那般大的石头，肯定会把城墙和塔楼砸的摇晃，可这条毒龙却毫发无伤。它像铁甲般的黑皮和鳞片一直保护着它。他改为投标枪，这下毒龙受不住了，钢尖深深刺入它的肺腑，这让毒龙痛苦不堪，它回头咬碎枪杆，却将枪头深深地留在它的体内。它又受了一剑，这让毒龙更加愤怒了，它咽喉都胀了起来，白色的泡沫向外喷射着。毒龙挺起它的身躯，如同箭一般冲了过来，可它的胸部却撞上了树干。终于，毒龙流出了鲜血，可伤势并不算严重，依旧能躲避砍杀。最后，卡德摩斯一剑穿透了毒龙的咽喉，一直刺到橡树上，将毒龙因此的脖颈钉在树干上，毒龙因此被制服了。

卡德摩斯长时间凝视这条毒龙，又环顾四周，看见从天而降的帕拉斯·雅典娜就在他的身边。她命令卡德摩斯立即将毒龙的牙齿种到翻过的土里，这样这里将会长出人类的后代。他按照女神的旨意，将龙牙种在土地里。刚种下去，土块就开始活动了，先是冒出枪尖，后是头盔，最后钻出来的就是一个全副武装的战士，他从头到脚全从是泥土中长出来的。同时，附近很多地方也长出人来。不久，一整队全副武装的战士就出现在卡德摩斯人面前。

卡德摩斯大吃一惊，准备要与敌人进行战斗，可生长出来的一个人朝他喊道："不要介入到内部战争中，也别拿起武器。"这时，冒出的战士展开了一场毁灭性的斗争，最后仅仅剩下五个人活了下来。其中就有后来被称为厄喀翁的，他们都是按照雅典娜的旨意放下了武器，自愿求和，其他人也是这样做的。

腓尼基人卡德摩斯在这五个泥土中生出的战士的帮助下，按照神谕，在这里建立了城市，命名为忒拜。

珀耳修斯

一个突如其来的神谕向阿耳戈斯国王阿克里西俄斯表明：他的外孙想夺取王位，并将他杀死。于是，他将女儿达那厄和宙斯的儿子珀耳修斯锁在箱子里并抛进大海。因为宙斯保护着他们，最后他们漂到塞里福斯岛。那是狄克堤斯和波吕得克忒斯两兄弟的领地。当时，狄克堤斯正在捕鱼，见到一个箱子漂过来就将其拖上了岸。两兄弟都十分喜欢这对母子，波吕得克忒斯并且娶了达那厄，珀耳修斯也在他们的呵护下长大。

珀耳修斯长大之后，他的继父鼓励他探险，去建功立业。珀耳修斯当即表示十分愿意。于是，他们很快就取得了一致的意见：去砍下墨杜萨的头，带到塞里福斯交给国王。

在诸神的引导下，珀耳修斯很快就来到了一个很远的地方，"众怪之父"福耳库斯居住的地方。他首先遇到的是福耳库斯的三个女儿：格赖埃姊妹。她们天生白发，并且她们仅有一只眼睛和一颗牙齿，只能轮流使用。珀耳修斯将她们的眼睛和牙齿夺走了，于是她们就乞求将她们必不可少的眼睛和牙齿归还给她们，这时珀耳修斯提出了交换条件：告诉他去仙女那里的路。

那些仙女全都是奇异的造物，她们有三件奇宝：一双飞鞋，一个做衣袋的皮囊，一顶狗皮头盔。只要你能穿上飞鞋，你就能任意翱翔；只要你戴上这狗皮头盔，其他人都会看不见你，而你却能看见你想看的东西。这些奇宝全都深深吸引了珀耳修斯，于是他出发了。

在福耳库斯三个女儿的带领下，珀耳修斯顺利到达了那些仙女的住地，得到自己想得到的东西，并将眼睛和牙齿归还给这三个姑娘。他还在赫尔墨斯那得到一个青铜盾，这样他就装备了起来。他飞向大海，一直飞到福耳库斯另外三个女儿的住地那里。

属于凡人肉体的只有那名叫墨杜萨的第三个女儿，因此他就被派来取她的头。他发现这些怪物全都在酣睡，她们头布龙鳞，没有头发却盘着很多蛇；她们长着獠牙和金翅膀。珀耳修斯只能借助青铜盾的反光搜寻她们的面孔，因为所有直视她们的人全都会变成石头，就这样他寻找到了墨杜萨。雅典娜指挥着他的手将这个怪物的头砍了下来。这事刚一结束，就有一匹飞马珀伽索斯和一个巨人克律萨俄耳从墨杜萨的躯干中跳了出来，他们全都是波塞冬的儿子。珀耳修斯把墨杜萨的头装进皮袋里，并飞奔了回去。墨杜萨的两个姐姐发现三妹的躯干后，立即张开翅膀追了过去，幸好有仙女的头盔，这让珀耳修斯变成了隐形人，无论她们怎么寻找都没看见他。

珀耳修斯一直往西飞去，大风吹得他来回摇摆，他降落在阿特拉斯国王的国土上稍作休息。

珀耳修斯请求得到一块栖身之地，但阿特拉斯国王害怕他结满金果的小树林会遭到盗窃，就狠心将其赶出宫殿。珀耳修斯大怒："虽然你根本不愿帮助我，但你却能从我这里得到一件礼物！"他背过脸去，把手伸向国王，瞬间国王就变成了一座石雕。

珀耳修斯再次整理好行装出发了。在经过刻甫斯国王统治的埃塞俄比亚的海岸时见到一个少女被绑在悬岩上。她诱人的美丽深深吸引着珀耳修斯。他跟她攀谈道："美丽的姑娘，您为何被绑在这里，你的家乡在何处？你能告诉我你的名字吗？"

这个姑娘面带羞色，一言不发，她害怕与陌生人说话。最后，她为了不让珀耳修斯觉得她犯了什么过错，才回答道："我叫安德洛墨达，是埃塞俄比亚的国王刻甫斯的女儿。我的母亲曾夸我比涅柔斯的女儿们还美，就是比海里的那些仙女还美丽，这让海里的仙女们怒不可遏。于是，海神便让大水泛滥，让一个什么都能吞食的鲨鱼来到我们国家。一道神谕宣示：只有将国王的女儿喂鲨鱼才能躲过这场劫难，于是人们逼迫我父亲。绝望的父亲只得将我锁在这个悬岩上了。"她的话刚说完，就从海底钻出来一个怪物，波涛哗啦啦地分开，它俯卧在水面上。少女大哭了起来，她的父母也匆匆赶来，可他们除了哭泣和悲叹之外，什么都做不了。

珀耳修斯说："想哭的时间多的是，可救人的时间却并不多。我叫珀耳修斯，是宙斯和达那厄的儿子。如果她是自由的，那我是不是有资格做她的丈夫。而现在，我就要向她求婚，还要救她。你们愿意接受我的条件吗？"在这样的情况下，他们没犹豫就答应把少女嫁给他，还许诺将自己的王位当作嫁妆。

就在这时，那怪物如同快船般游了过来，只剩距离悬岩一投石那般远。这时珀耳修斯一跃而起，腾飞到云端。怪物见到后立即向他追去，珀耳修斯如同雄鹰般俯冲下来，用杀死墨杜萨的剑插进鲨鱼的身体中，他来回刺它，直到殷红的血从它的咽喉处往外冒出，最终这怪物断了气，在海浪的冲击下被卷走了。

珀耳修斯跳上了岸，将少女的锁链解开了。就在他为她开释时，少女就用眼神不断地表达爱慕。国王十分喜欢珀耳修斯，并把他当作新郎来欢迎。就在正兴高采烈地举行婚宴时，国王刻甫斯的弟弟菲纽斯来了，他曾向自己的侄女安德洛墨达求过婚，可当灾难来临的时候抛弃了她，现在却带着一队武士来再次重提他的要求。他挥舞着长矛闯进礼堂，冲着惊讶的珀耳修斯喊道："看，我来了，我要为我被抢的未婚妻报仇。"他边说，边摆开架势要进行刺杀。国王刻甫斯立即训斥道："你怎么会干这种不正当的事情呢？是谁抢了你的未婚妻，我们被迫让她牺牲时，是你抛弃了她，没有以任何身份去救助她。是这个人救了她，也让我的晚年感到安慰，你不应该去打扰他们。"

菲纽斯并没有回答，只是用愤怒的目光看着他的哥哥，一会儿又转向他的情敌，似乎是在考虑先对谁下手。终于，他使出全部的力量将矛投向珀耳修斯。可他没有投准，只是投进了床垫。珀耳修斯一跃而起，将他的矛投向菲纽斯闯进的那扇门，要不是菲纽斯躲在祭坛后面，那支矛一定会将他的胸脯刺穿。于是，菲纽斯的随从和参加婚礼的宾客展开了一场残酷的搏斗。最后，菲纽斯和他的随从们将他们包围了。珀耳修斯背靠柱子，与他们进行殊死战斗。最后，他只能使用最可靠的手段。

"谁把我当作朋友，就请将脸转过去。"他边说着，边从皮囊中取出戈耳工的头，并将它伸向第一个冲向他的敌人。转眼间，他的敌人一个个都变成了石头，最后只剩下两百人了。这时，珀耳修斯将戈耳工的头高举空中，让人们都看见他，于是连最后的两百人都变成了坚硬的岩石。

现在，菲纽斯才后悔。他左右一看，除了石像外什么都没有了。他呼唤着他的朋友，触摸着周围的人，所有的人都变成了大理石。他害怕极了，低三下四地乞求道："饶了我吧，我什么都不要了。"他喊着。但珀耳修斯却在因为他新朋友的死而悲伤万分。他愤怒地说道："我会为你造一座永久的纪念碑！"菲纽斯竭力躲避，可还是没躲过戈耳工的目光。他也变成了一座石雕，一座充满奴仆卑贱姿态的石雕。

珀耳修斯顺顺利利地带着爱妻安德洛墨回到了家中。他即将迎来的是漫长且幸福的岁月。他又找到了他的母亲达那厄。可他的外祖父阿克里西俄斯没能幸免。老人害怕灾难，逃往珀拉斯戈斯，并成为了异乡人的国王。可在他举行赛会时，寻找外祖父的珀耳修斯来了，他也参加了比赛，只是不小心将铁饼击中阿克里西俄斯。后来，他才知道他究竟打死了谁。他怀着沉痛的心情将外祖父葬在城外，然后就迁到外祖父拥有的王国中居住了。自此后，命运女神不再嫉妒他了。安德洛墨达也为他生了很多可爱的儿子，他们也都继承了珀耳修斯的光荣传统。

代达罗斯和伊卡洛斯

雅典的代达罗斯，著名的建筑家、雕刻家，石雕工人，是那个时代伟大的艺术家。他属于厄瑞克提得斯家族，是墨提翁的儿子，厄瑞克透斯的曾孙。只要谈到他的雕像，人们都称赞那不仅仅是雕像，更是富有生命力的艺术。以前的雕像眼睛全都是闭着，双手僵直且与身体相连，而代达罗斯的雕像却是第一次睁着眼，双手解放，是走路姿势的雕像。

　　代达罗斯艺术水平高超，为人却十分自负和嫉妒。正是因为这种人格上的缺陷，才导致他犯罪遭受厄难。

　　他的一个外甥塔罗斯跟着他学习雕刻。这个学生的天赋相当高，就在他还是个孩子的时候，就发明了制造陶器的转盘，还有早期的车床。塔罗斯独自设计出很多的工具，因此他具有很高的声望，但代达罗斯害怕他的学生超越他的名声。在嫉妒心的驱使下，他丧心病狂地将塔罗斯从雅典的围城上推了下去，残忍地杀害了这个孩子。但是代达罗斯埋葬他外甥的行为让人产生了怀疑。尽管他说他在掩埋一条蛇，但还是被阿瑞俄帕戈斯法庭控诉以谋杀罪判处有罪。

　　从此他过上逃亡的生活，四处流浪，最后逃到克瑞忒岛，国王弥诺斯收留了他。他成了国王的朋友，还被视为艺术家。国王派他为一个牛首人身的怪物弥诺陶洛斯建造特别的住宅。代达罗斯创造性地建造出一座迷宫，一座处处迂回曲折的建筑。以致建筑完工后代达罗斯自己去检查，他也费了好长时间才从里面走出来。弥诺陶洛斯被保护在这迷宫深处，他的食物则是雅典每九年进贡给克瑞忒国王的七对童男童女。

　　长期的离乡生活让代达罗斯心情沉重，一想到将在这小岛上面对专制国王的不信任度过一生时，他就很痛苦，他要想办法自救。终于，他快乐地说道："自救的办法有了，虽然陆地和海洋被弥诺斯封锁了，但还有天空，我能从空中离开呀！"于是，代达罗斯开始利用他的创造精神计划逃跑。他按大小将鸟的羽毛分开，将最小的羽毛放在较大的羽毛上面，这样就是一段较长的羽毛，让人觉得它们就是自然生长出来的。他还在羽毛中间缝上麻线，涂上蜜蜡，将连在一起的羽毛弯成弧形，这样就更像鸟的羽翼了。

　　代达罗斯有个叫伊卡洛斯的男孩，他总是站在父亲的身边，用自己的小手参与着父亲的艺术加工。父亲也让孩子去任意抚弄，只是看着孩子微笑。翅膀扎成后，代达罗斯将其绑在自己身上，像鸟一样轻盈地飞到空中。他降落后，就用已经准备好的小翅膀教他的儿子伊卡洛斯飞翔。"亲爱的孩子，一定要飞行在中间的航线上，要是太低，会因为擦到海水打湿翅膀而掉进大海。要是飞行得太高，太阳光会将你的羽毛点燃。记住沿着我的航线飞行，要处在海水和太阳之间。"代达罗斯一边告诫，一边帮助儿子绑翅膀。不过，在绑的时候，代达罗斯的手也在颤抖，担忧的眼泪也落在了手上。他拥抱了孩子，并吻了他，这或许是他们最后一次吻吧！

父子二人利用人造翅膀飞上了天空。开始并没什么意外，但当他们从左边的萨摩斯岛飞过，又飞过罗得斯岛和帕洛斯岛的上空时，那个男孩伊卡洛斯因为飞行顺利且过于自信，竟从父亲要求的航线上偏离了，直冲冲地飞向高空。很快，惩罚降临了，因为距太阳太近，强烈的阳光将粘合翅膀的蜜蜡烤化了，瞬间羽翼就解体了，他直楞楞地拍打着没有翅膀的手臂，但一切都已经晚了，他飞快地向下跌，在他还没来得及呼喊父亲时，就被浪涛给吞没了。

一切发生的那般地快，等代达罗斯回头看时，却没看到儿子的一点儿踪影。"伊卡洛斯，伊卡洛斯，"他绝望地呼喊着，"你到底在哪里？我去哪里找你呀！"最后，他垂下寻觅的目光向下看，终于发现水面漂着的羽毛。他降落了下来，绝望地在海岸边来回走动。不久，大浪将他孩子的尸体冲到了海岸边。为了纪念这桩悲惨的事件，该岛取名为伊卡里亚。

代达罗斯将儿子的尸体埋葬后，继续飞往西西里岛。这个岛的国王是科卡罗斯。他跟克瑞忒岛的弥诺斯国王一样将其视为上宾，他的艺术深受当地居民的喜欢。在这里，代达罗斯带领人民挖掘出一条通往大海的河，并修建了人工湖。在一块难以攀爬的岩石上，他修建了一座城堡，一所易守难攻的城堡，仅仅有一条弯曲的小路可以走，并且只需三四个人就可以坚守住这个城堡。于是，国王科卡罗斯将他的珍宝存放在这个城堡里。代达罗斯修建的第三个工程是一条深邃的地洞。一个巧妙的设计让人们在地洞里没有感受到湿冷，而是感觉微微的舒坦。他还将厄律克斯海峡上的阿佛洛狄忒神庙进行扩建，修建出一个金制的蜂房奉献给这个女神。

这时，弥诺斯国王知道代达罗斯已经逃到西西里岛了，于是，他率领了一支强大的舰队去追捕他。等他赶到西西里岛时就直接派他的陆战队上了岸，同时也派出使者去面见科卡罗斯国王，并且要求交出逃亡者。对于异国暴君的入侵，科卡罗斯显得十分愤怒，苦苦思索应对的计策。他先假装接受克瑞忒人的所有要求，并邀请对方会晤。

弥诺斯受到了科卡罗斯的热情招待。科卡罗斯先邀请弥诺斯洗热水浴来缓解旅途的劳累。当他坐进浴缸时，科卡罗斯命人不断将水加热，结果弥诺斯被活活煮死。西西里的国王称弥诺斯是不慎掉进热水烫死的，并将其尸体交还给克瑞忒人。弥诺斯的随从用最隆重的葬礼将弥诺斯埋葬在阿格里根同附近，并建造出一座对世人开放的阿佛洛狄忒神庙。

科卡罗斯国王一直优待代达罗斯。他也培养出很多出名的艺术家，是西西里岛建筑和雕刻的奠基人。可从他的儿子伊卡洛斯坠海死后，他就再没愉快过。他创作了很多著名的作品，也让他居住的地方充满了欢乐，可他却过着忧伤苦闷的晚年。最终，他在西西里岛去世。

菲勒蒙和包喀斯

一棵千年橡树和一棵同样古老的菩提树紧挨着长在佛律癸亚王国的一座小山上，它们四周是一道低矮的围墙，周围的树上则挂着许多花环。不远处，则有一个多沼泽的湖，以前这里是一片可以居住的土地，现在却只有潜水鸟和苍鹭来回飞动。

一天，宙斯带着儿子赫尔墨斯来到这个地区考察人类的友好程度，他们化身人形，敲遍千家万户的门，请求借宿一宿。但居民都很自私粗暴，这两位天神连落脚的地方都没有。他们看见村头有一个小茅屋，不仅矮小，连屋顶都是用干草和苇秆搭的。但就在这贫寒的房子里生活着一对幸福的老人，正直的菲勒蒙和他的女人——诚实的包喀斯。他们在这里度过了青春的岁月，现在又一起慢慢变成白发苍苍的老人。他们直视自己的贫穷，能忍受住悲苦的命运。虽然他们没有子女，但他们仍乐观，友善，幸福地生活在这个小茅屋里。

两位化作身材高大人的神走近这所小屋，弯腰跨过房门时，这两位老人就起身迎接了，并亲切地打招呼。老汉紧忙搬来凳子，老太婆则在上面铺一块粗布，请客人坐下休息。老婆婆急忙跑向灶台，将余焰未尽的柴灰重新点燃，放入柴火。此时，菲勒蒙已从小菜园中取来了卷心菜，老太太接过后掰开清洗干净。老汉又从天棚上够下一块肉——他们已经储存好久，准备过节时用的——从肩部切下一块煮汤。

　　他们竭力与客人聊天，以避免客人觉得等候时间过长。他们还准备好温水让客人洗脚解乏。两位神微笑着接受了这盛情的招待。就在他们舒舒服服烫脚时，女主人已经为他们准备好了睡铺。就是摆在小屋中间的床，芦絮装的床垫，柳条编织的床腿和床架。菲勒蒙还将只有在节日里才舍得用的地毯拿了出来，尽管很破旧，但两位神还是十分愿意坐在上面享用晚餐的。现在，老婆婆双手微颤着将一张三条腿的桌子放在床铺前面，为了使桌子稳定，还特意在短桌腿下垫上几块碎瓦片。

　　她用荷叶擦拭了桌面，然后就将饭食摆上桌面。饭食有橄榄、秋季山茱萸，有白萝卜和菊苣，还有优质的奶酪和鸡蛋。同时桌子上还有一个五彩陶的酒罐，涂了黄蜡的小酒杯。这位憨厚的男主人为客人斟满葡萄酒，这酒既不是陈酿也不太甜。最后上几道热菜，饭后上了一道甜点心。甜点是核桃、无花果和大枣，以及两盘小李子和苹果，同样红葡萄也没缺少。但最好看的还是这两位老人淳朴慈善亲切的笑容。

　　大家酒足饭饱之后，菲勒蒙却发现不管怎么斟，酒罐里的酒永远斟不完，且永远保持在罐口处。这时，男主人才惊讶地认出他是在给谁提供住处，老汉和他年迈的老伴高举手臂，垂下目光，请求神明的慈悲，不要怪罪他们招待不周，仅能提供简陋的菜肴。可他们该怎样款待天上来的客人呢？这时他们想起，他们的禽舍里还有一只鹅！他们急忙跑去抓鹅来献给神，可鹅跑得很快，他们忙于奔跑因而无法捕捉到，最后，鹅跑进屋子，躲在客人身后，仿佛在祈求神的保护，结果，它真的得到了保护。

　　两位神直接阻挡住两位老人的热情，慈祥地说道："我们是来考察人类的友好程度，可我们发现你们的邻居都是有罪的，逃不过天惩的。只是你们需要离开这所房子，跟我们一块去山顶，就可以使你们免于遭殃。"两位老人听从了神的祝福，他们艰难地攀登上那座陡峭的山，距离山顶只有一箭远的时候，他们回头一看，发现山下已变成了一片汪洋大海，全部的建筑都坍塌了，只有他们的小茅屋还矗立着。突然间，那间破旧的茅屋转变成高耸华丽的庙宇。

这时，宙斯亲切地问道："告诉我，诚实的老家人，还有你这位尊敬的老伴，你们希望得到什么？"菲勒蒙与他的女人简单商量后，说道："我们希望成为你们的祭祀，守护这座庙宇。我们俩在一块生活很久了，哪怕死就让我们死在同一个时辰吧。"

终于，他们的愿望实现了，他们在有生之年一直守护着庙宇。有一天，他们都感到时日无多时，便一起在神庙前回忆着奇异的命运。这时，包喀斯看着她的菲勒蒙，菲勒蒙看着他的包喀斯，两人都渐渐消失在绿叶中。"再见了，我亲爱的老头子！""再见了，我的爱妻！"他们互相说出了这最后一句话，就这样结束了他们这一生。老汉变成了橡树，老妇则变成了菩提树。哪怕是死后，他们也亲密地站在一起。

弥达斯国王

有一次，酒神狄俄倪索斯带着他的女祭司和山林神怪去小亚细亚，并顺着特莫洛斯山脉那些爬满葡萄蔓的山丘上散步。不料，走着走着，白发苍苍的酒徒竟不胜酒力在后面睡着了。幸好佛律癸亚的农民发现了这醋睡的老人，给他戴上了花环，并送到弥达斯国王那里。国王热情地招待了这位酒神的朋友，盛筵款待了他整整十天。直到第十一天早上，国王才将这位客人送到吕狄亚旷野，并亲自交给酒神。

酒神再次见到自己的老友，非常高兴，便要求国王说出他的愿望，他一定会帮助实现。于是弥达斯说："尊敬的酒神，那就将我所有能触碰到的东西全都变成闪光的金子吧。"酒神感觉十分的遗憾，对方没有做出最好的选择，但酒神还是将他的愿望实现了。弥达斯得到这个馈赠之后喜不胜收，快步走开去验证这个许诺到底可不可靠。他拾起一块石头，结果这块石头转眼间就变成了金块。接着，麦穗、水果、门柱，甚至手触碰到的水，只要是他手接触过的东西全都变成了金子。

国王得意忘形，命令侍卫为他准备美味的饭菜，很快餐桌上就摆满可口的烤肉和面包。可他伸手拿起面包时，面包就变成了石头般坚硬的金属了。他将肉放入嘴中，闪光的金片在他的牙齿间颤动。他端起高脚杯饮用葡萄酒，结果是金汁滑进咽喉。这时他才明白，自己是多么的愚蠢，他很富有也很穷。因为他连饥渴都没法解决，他将必死无疑，绝望的他一拳捶上自己的脑门，结果，连他的脸也都跟金子一样闪闪发光了。这时，他惊恐地举起双手，向天祈祷："伟大的狄俄倪索斯大神，你大发慈悲，宽恕了我吧，将我触物成金的能力取缔了吧！"

为人和善的酒神答应了这个笨蛋的请求，告诉他如何解除魔法，说："你逆流而上寻找帕克托罗斯河的发源地。将你的头伸进山崖里喷出的急流中，你身上的魔力就会离你而去。同时，你与金子之间的罪愆也会被冲洗掉的。"弥达斯按照神的指令做了，也就在那一刻，魔法离开了他，但造金的能力也转移到河流里，从此之后，这条河就大量泻出这种金子了。

自此，弥达斯就憎恨一切财富，他离开了自己的宫殿，喜欢散步在山林间和河流边。他开始崇拜乡间淳朴的神——潘，潘喜欢逗留的地方全都是阴凉的岩洞。但是国王的心依旧愚钝，不久他又获得一种他不愿得到的馈赠。

潘，这位长着山羊蹄子的神总是喜欢在特摩罗斯的群山中为山林水泽的女神们吹奏小曲。一次，他竟大胆提出要跟阿波罗比赛音乐。老山神特摩罗斯担任这场竞赛的裁判。在四周倾听的有各个层次的人，当然也有弥达斯国王。潘吹奏起他的牧笛，从笛管中散发出野蛮的调子，只有弥达斯听得入迷。潘演奏完后，阿波罗便来演奏。他衣着华丽，举止间透露着神的威严。他奏起了动听的曲调，所有的观众都被吸引了。最后，特摩罗斯判定阿波罗获胜。

所有人都赞成他的裁决，只有弥达斯没有将他的嘴闭上，他高声指责裁决，说胜利者应该是潘。这时，阿波罗悄然走到这个国王面前，一把揪住他的双耳，轻轻一抻，这两只耳朵就变得细长且尖，里外都长着灰绒毛。于是，这两只长驴耳就装饰在了国王的头上，就是因为这对耳朵，他感到无比的羞耻。他用一条巨大的头巾将头部遮盖住，以防人们看见，但经常给他理发的仆人却能看到。这个仆人一见到这对耳朵，就没忍住好奇心，就想将这个秘密泄露出去。但他不敢将它透露给任何人，只能在河岸边挖一个洞，对着这洞说出这个不可思议的秘密，以此来减轻自己的心理负担。但没过多久，这个洞里就长出一丛芦苇；只要微风吹来，这芦苇秆就会奇妙地沙沙作响，能清晰地听到"弥达斯国王有两只驴耳朵！"秘密就这样泄露了出来。

坦塔罗斯

宙斯有一个儿子，他统治着吕狄亚的西皮罗斯，他非常富有，也特别有名望，那就是他——坦塔罗斯。

他血统高贵，被众神尊为亲密的朋友，甚至还被允许与宙斯同桌用餐，听众神之间讨论一切。可他爱慕虚荣的灵魂受不住幸福的诱惑，便采取各种方法去触犯诸神的尊严。于是他泄露诸神的秘密给凡人，他盗取神的酒食给人间的朋友。他甚至把从天界偷来的高贵金狗窝藏起来，宙斯要他归还时，他还发誓不在他手上，以此拒绝。

最后，他狂妄到请诸神到他那儿做客，以此来试探他们是否一无所知，他还让人将他亲生儿子珀罗普斯杀掉做成食物。只有得墨特耳深陷女儿珀耳塞福涅被掠走的悲伤思绪中，迷惘中吃了这可怕宴席中的一块肩胛骨。其他的神全都发现了这一暴行，纷纷将孩子的肢体扔进一个盒里，命运三女神之一的克罗托从中取出一个完美的孩子，只是有块象牙所雕的肩胛骨，代替了被吃掉的那个。至此，诸神将罪恶满盈的坦塔罗斯打入地狱，让他接受残酷的惩罚。

　　一个池塘的中央，他就站在其中，池水浸到他的下巴，但他却必须要忍受冒火般的焦渴，池水就在他的面前，却一滴都喝不到。只要他低头让嘴接近水，水就会在他面前消失，池塘干涸，黑土地出现。同时，他还要忍受难熬的饥饿。美丽的果树茂盛地生长在湖岸上，树枝垂在头顶上，每当他抬起头来，就看见美味的梨、苹果、石榴、无花果和橄榄。可他伸手去抓它们时，一股大风就会将树枝刮到云端上。与痛苦相伴的还有永不间断死的恐惧，因为一块巨石就悬在他的头上，随时都有可能会掉下来。这样，罪恶的坦塔罗斯，注定要在地狱里忍受这永无休止的三种苦刑。

珀罗普斯

　　虽然坦塔罗斯对众神犯下重罪，但他的儿子珀罗普斯却十分的敬神。自从父亲被打入地狱之后，他与相邻的特洛亚国王伊罗斯交战失败，他被迫离开祖先的王国，流浪到希腊。虽然他还很年轻，但他却在心中早已选定了妻子的人选。那就是希波达弥亚，厄利斯国王俄诺玛俄斯的女儿。可想娶到她却不是件容易的事，因为有神谕曾预告："女儿结婚，父亲就会死亡。"这让国王想尽办法阻止任何一个求婚者接近她。他向全国宣告，只有跟他赛车胜利者才能娶他的女儿。竞赛起点是比萨，可发车时间却是这样规定的：求婚者驾着四马出发时，他必须要先向宙斯献祭一只野羔羊。等献祭结束后，他才会坐上由驭手密耳提罗斯驾驭的马车上，手持长矛，追赶求婚者。他如果真的追赶上了，他就有权用长矛刺穿求婚者。

许多求婚者听到这样的条件，认为胜券在握，他们以为国王俄诺玛俄斯是一个衰弱的老人，他这样做是用他的宽洪大量来为可能的失败寻找托辞。就这样，一个个求婚者被吸引到厄利斯，向国王自荐，请求娶他的女儿。每一次国王都亲切地接待了他们，为他们提供漂亮的四马战车，让他们先行，他却去给宙斯献祭他的野羔羊，没一点儿匆忙的样子。然后他才登上轻车，驾车的是两匹比疾风还快的骏马。每次都在距离终点很远时就追上求婚者，这时国王的矛就从背后刺死了他们。就这样，他已经杀害了很多求婚者了。

现在，珀罗普斯在一个后来从他的名字命名为伯罗奔尼撒半岛上登了陆。很快，他就听说了这些求婚者的遭遇。夜间，他来到海边呼唤他的保护神——手持三叉戟的大神波塞冬。"伟大的神呀，如果爱情女神的礼物让你欢喜，那就请保佑我别被俄诺玛俄斯的钢矛刺到。请用最快的马车将我送往厄利斯，让我取胜。他已经杀害了很多求婚者了，他在推迟他女儿的婚礼。这危险是吓不住我的，请保佑我！"

珀罗普斯的祈祷并非徒劳的。海水轰响了起来，四匹箭一般的飞马驾着金车冲出了海面。珀罗普斯一跃而上，飞往厄利斯参加比赛了。

俄诺玛俄斯一见到他的到来就大惊失色，他一眼就看出这是海神波塞冬的神车。可他并没有更改条件去与这外乡人比赛，他还是很信赖自己的骏马。珀罗普斯的马匹稍作休息后就踏上了赛程，等他距离终点很近的时候，国王驾着他的骏马逼近了他，并挥舞着长矛发出致命一击。这时，波塞冬的妙计奏效了，国王的车子散架了，他趁着车奔跑时弄松了车轮。俄诺玛俄斯坠地身亡，同时，珀罗普斯到达了终点。他回头一看，国王的宫殿正冒着烈焰。一道闪电将它点燃，最后只剩下一根柱子。珀罗普斯飞快地奔向燃烧的宫殿，救出他的未婚妻。

尼俄柏

忒拜国的王后尼俄柏经常因为很多事情感到自豪。她的丈夫安菲翁从缪斯女神那里得到一架竖琴，只要弹奏它，条石就会自动筑成忒拜的城墙。而她的父亲正是众神的上宾之一坦塔罗斯。她本人也是一个王国的统治者，她精神高尚，庄严，美丽。更让她得意的是她有着朝气蓬勃的子女。人们都说她是最幸福的母亲。可惜她却以此妄自尊大，最终她的傲慢导致了她的毁灭。

一天，在冲动下，预言家忒瑞西阿斯的女儿，女预言家曼托召唤忒拜的妇女敬奉勒托和她的双生子女阿波罗和阿耳忒弥斯。当妇人们潮水般聚集在一块儿时，尼俄柏出现了，尽管她满脸怒色，但依旧遮挡不住她动人的美丽。她站在忙着献祭的妇人中间，用傲慢的语气高声喝道："你们都是备受天国宠信的人类呀！你们建立祭坛为了勒斯，那为什么不用我的名字来焚香呢？难道我的父亲坦塔罗斯不曾是在天神餐桌上欢宴的唯一凡人吗？我的母亲狄俄涅不是天上七星的妹妹吗？我的祖先可是能将天宇都扛在肩上的阿特拉斯。就连卡德摩斯的城墙，它们都要听命于我和我的丈夫，宫殿的每间屋子都摆满了我的珍宝。此外，我还拥有女神般的面容。也没哪个母亲会跟我一样拥有这么好且多的儿女：七个花一般的女儿，七个健壮的儿子。不久之后，我还将拥有这么多的女婿和儿媳。难道这不该让我骄傲吗？你们竟然不敬奉我，而去敬奉勒托。她只不过是提坦的不知名女儿，连一块儿土地都没有，直到得罗斯这个小岛的出现，她才有一个暂时的住所。她仅生下了两个孩子，是我做母亲收获喜悦的七分之一！谁能否认我是幸福的，谁能夺走我的幸福！就算她从我众多儿女中夺走一两个，也不会像勒托那样只有两个。

因此，你们将贡品拿回去吧，都回家吧，别让我看见你们再干这种蠢事。"

妇人们都怯生生地将花环摘下，把献祭搁置，默默祈祷，表示对这个女神的崇拜。

在锂托斯山的峰顶上，勒托和她的双生子女双目圆睁望着忒拜发生的一切。"看，孩子们！我为你们而感到骄傲。除了赫拉，我根本不低于任何女神，可我现在却受到一个狂妄尘世女人的诽谤。我的孩子，如果你们不帮助我，我恐怕就会从这神坛上被驱赶出去了。那尼俄柏说你们不如她的孩子，这也是对你们的极大的侮辱。"勒托还想补充，就被阿波罗打断了："母亲，别抱怨，这样只会耽误惩罚！"他的妹妹也赞成他的看法。于是，二人身披白云，转眼间飞到卡德摩斯城市和堡垒的上空。

城墙外边是一片专供赛马赛车用的田地。安菲翁的七个儿子就在这片空地上嬉戏。突然最年长的伊斯墨诺斯大喊一声"好疼啊！"，就从马的右侧跌倒在地，一支箭正中他的心脏。他的弟弟西皮罗斯听到箭翎的飞鸣，急忙策马逃跑。可是，一支标枪却赶上了他，刺进他的脖颈，铁枪头从喉管穿了出来，他跌倒在地，鲜血溅了满地。

另外两个弟弟则在地上抱着角斗。弓声响起，一支箭将他们射穿。两人同时哀号，在地上扭动着痛苦的躯体，双双咽气。看到二人倒下了，第五个儿子阿尔斐诺耳飞快地跑来，想抱起他们，让他们苏醒，可阿波罗一箭飞来，正中心房，他也倒在了那里。第六个儿子达玛西克同，他想将射中膝关节的箭拔出来时，另一支箭又从他张着的口中穿过，直穿咽喉，鲜血如同喷泉般溅得很高。最后，那个最小的儿子伊利俄纽斯，他还是个孩子，他目睹了这一切，便跪倒在地，祈祷道："所有的神明，请饶恕我吧！"听了这句话，就连射手都有所感动，可箭已射出，无法收回。于是，这孩子也慢慢倒下了。

很快，消息便传遍了全城。安菲翁听到这个噩耗后，自杀了。没过多久，其他人也收到了消息。尼俄柏久久没法理解这个可怕的事情。她不相信神有这特权，并且敢于这样做。但是，很快她就不再质疑它的真实性了。她跑到旷野中去，扑到僵硬的尸体上，亲吻着自己的儿子。最后，她举起手臂，高呼道："你就看着我的不幸吧！你满足了吧，残忍的勒托！儿子的死将把我送进坟墓！你胜利了！"

现在，她的七个女儿也都来到她们死去的兄弟身旁，每个人都穿着丧服，披头散发。看到她们，尼俄柏眼中闪出一道光，她朝着天上嘲讽地说道："你是胜利者，就算我现在很不幸，但我的孩子还是比你的孩子好得多。"刚说完，拉弓射箭的声音就再次出现了。所有人都吓得哆嗦，只有尼俄柏不害怕，不幸已经让她完全丧失了理智。突然，七姐妹中的一个手捂心窝，她将一支戳进心底的箭拔出，便昏厥在地，垂死的脸转向身旁兄弟的尸体。尼俄柏另一个女儿来安慰她的母亲，可一道隐蔽的创伤让她永远地失声。第三个女儿刚想逃跑就倒在地上了。其他几个女儿也在俯身看她姐妹时倒下了。现在，只剩下最小的女儿了，她躲进了母亲的怀抱里，紧紧地依偎着。

"将最后的一个孩子留给我吧！"尼俄柏朝天呼喊着，"那就留下这最小的一个吧！"就在她祈求时，孩子已经坠落在地了。尼俄柏孤零零地在她儿女们的尸体中间坐着。脸上没一点血色，她也因过度悲伤而僵硬，慢慢地连身体里的心都变成了冰冷的岩石。除了眼泪，她已经没有了生命。只有眼泪不断从那双化成岩石的眼睛中流出。这时，一阵暴风袭来，将这个石头人卷起，将它吹到尼俄柏的故乡吕狄亚，放在西皮罗斯的悬崖上。在这，尼俄柏变为大理石的石像，立在这山的峰顶上，直到今日依旧流泪不止。

西绪福斯

埃俄罗斯的儿子西绪福斯，尘世间最为阴险狡诈的人。他在两国之间的狭窄地带建设美丽的克林斯城，同时他也是这座城的国王。在宙斯拐走河神阿索波斯的女儿埃癸娜之后，西绪福斯为了自身的利益向阿索波斯透露了他女儿的下落，阿索波斯为了报答他，在克林斯城打了一眼著名的波林娜井。

而宙斯却决定惩治这个泄密者，派遣死神塔那托斯去他那。但西绪福斯却将死神抓住了，并给他戴上沉重的镣铐，自此，人世间再没人死亡。直到战神阿瑞斯解救了死神，死神才能将西绪福斯带到冥府。但西绪福斯曾嘱咐过妻子，他死后不可杀生祭奠。冥王哈得斯和冥后珀耳塞福涅认为他的妻子故意破坏习俗，大为愤怒。后经西绪福斯的劝说，冥王才允许他返回人间去督促妻子。

就这样，西绪福斯从冥府成功地逃走了，但他压根都没想过要回冥府。他在人间寻欢作乐，他正在宴席上吹嘘他是怎样骗过死神时，塔那托斯出现了，毫不留情地将他抓回冥府。在地狱里，他受到的惩罚是手脚并用，用尽气力，将一块沉重的大理石从平地推往高山，但每次他以为已经推到山顶，那巨石会再次翻滚下来，滚到山下。就这样，这个罪犯反反复复地推着这块巨石，冷汗不住地往下流。

直到现在，人们根据这个传说将艰难且无效的工作称为西绪福斯的工作。

俄耳甫斯和欧律狄刻

色雷斯国王河神俄阿格洛斯与缪斯之一卡利俄珀所生的儿子俄耳甫斯是一位著名的歌手。同样阿波罗也是音乐之神，他专门送给俄耳甫斯一把七弦琴。只要俄耳甫斯一弹琴，并唱出母亲教给他的歌曲时，各种野兽和植物都会来倾听他的歌声。水神欧律狄刻是他的妻子，他们俩相亲相爱，可他们的幸福时光太短暂了。婚礼的快乐歌曲刚沉寂下来，死神就夺去了他爱妻的生命。美丽的欧律狄刻在跟她的女游伴溪边散步时，被一条毒蛇咬伤了脚后跟，她死在了她女伴的怀里。水神的悲鸣和哀号回荡在高山峡谷之中，俄耳甫斯的痛苦和歌唱也回荡其中。小鸟和有灵性的大小麋鹿也在举哀，但祈祷和哭诉没办法唤回他的爱妻。

于是，俄耳甫斯做出了一个决定：进入到地府中去，请求冥王冥、后将欧律狄刻归还给他。他来到泰纳隆，他从地府的入口走了进去，一时间，一个影子恐怖地飘浮在他身边，但他却大步流星地从这种种恐怖场景中走过去，一直走到冥王哈得斯和冥后珀耳塞福涅的宝座前。他拿起七弦琴，伴随着琴声唱道："啊，地下王国的统治者啊，请允许我诉说衷肠，倾听我的愿望。我是为了我爱妻而来的，她刚给我的王宫带来欢乐就被毒蛇咬伤，正当青春年华却来了阴间。你们知道我内心的痛苦吗？我奋斗了多年，却被爱情撕碎了心，我不能没有欧律狄刻。我请求你们，将我的爱妻还给我！给她自由，让她重获青春。如果不能，就把我也归入到阴魂中吧，没有她，我也不返回阳世。"连阴魂听到了他的祈求都放声痛哭了起来。这时冥后珀耳塞福涅招呼欧律狄刻过来，说道："你带她走吧，但在你穿过冥府大门之前，你不能看她一眼，否则她将永不属于你！"现在，俄耳甫斯带着妻子，在恐怖黑夜笼罩的路上攀登，俄耳甫斯心里产生一种莫名的渴望：他侧耳偷听，看是否能听见他妻子的呼吸或裙摆的声音，可什么都听不见，周围是死一般的寂静，在恐惧和爱情的共同作用下，他忍不住迅速往后看了一眼。啊，真不幸呀，欧律狄刻两只充满悲哀和柔情的眼紧紧盯着他，瞬间坠回深渊之中。他绝望地将手臂伸向逐渐消失的欧律狄刻，可一点用处都没有！她已经死亡了，但没一点哀怨，要是有哀怨的话，那就只能说她被爱得太深了。她消失了。从远方传来这样微弱的声音"再见，再见了！"

在伤心和惊骇的作用下，俄耳甫斯呆了立一会儿，随即再次冲回黑暗的深渊，可这一次冥河艄公却将他拦住了，拒绝渡他过河。于是，这个可怜的人在冥河边坐了七天七夜，不停地哭诉、祈求冥府的神再发慈悲，可冥府的神是不讲情面的，绝不心软，他也无奈地带着无限的悲伤返回到人间。他避开人群，独自生活了三年。只要他见到女人就会憎恶，他的欧律狄刻形象就在他的身边飘浮着。一回想起她，他就会弹起七弦琴，唱哀怨的歌。

一天，这位歌手在一座绿草遍布却无树荫的山上歌唱。随即森林移动，直到它们的树枝为他罩上绿荫，林中的野兽也凑了过来，一起倾听他歌唱。这时，色雷斯的一群正庆祝酒神狄俄倪索斯的狂欢活动的妇人冲上山来。她们憎恶他，自从他妻子去世以后，他就鄙视所有的女人，现在她们发现了他。

　　"看，那个嘲讽女子的疯子，他在那儿！"一个酒神狂女喊了一句，就这样一群狂女咆哮着冲向了他，还向他投掷石块，挥舞着酒神杖。很长时间里，动物都在保护着这位歌手。直到他的歌声逐渐消失在疯狂女人的怒吼中时，它们才逃到密林中去。一块飞石击中了俄耳甫斯的太阳穴，他躺在绿草地上死去了。

　　那群女人刚走，鸟儿们就呜咽着飞了过来，山岩和野兽也都悲伤地走近他。连山林水泽的神女也靠近他，并裹着黑色的衣服。她们都悲伤不已，埋葬了他残缺的肢体。赫布鲁斯上涨的河水将他的头和七弦琴卷走了。无人拨弄的琴弦和失去灵魂的口舌发出动听的音律在水面上飘荡，河岸则以悲哀的回响，这条河将他的头和七弦琴带到大海，漂到斯薄斯小岛岸边。这里的居民将他的头和七弦琴打捞了上来，将七弦琴挂在一座神庙里。因此，这座小岛出现了很多杰出的诗人和歌手，甚至还有祭奠俄耳甫斯的庙宇。但他的灵魂却下了地狱，他又找到了心爱的人，现在他们留在这个仙境，不再分开，永远结合在了一起。

第二章

阿耳戈英雄远征记

伊阿宋和珀利阿斯

埃宋的儿子，克瑞透斯的孙子——伊阿宋。克瑞透斯建立了伊俄尔科斯王国，并将王位传给了埃宋。但克瑞透斯的幼子珀利阿斯把王位篡夺了，埃宋被杀害了以后，他的儿子伊阿宋被藏到喀戎那里。喀戎是个半人半马的怪人，他曾培育出很多伟大的英雄，伊阿宋就是在这样的环境下成长的。

珀利阿斯年老时，因为听到一道神秘的神谕而感到心惊胆战，神谕警告他要提防一个只穿一只鞋的人。可珀利阿斯无论如何都没法弄清楚这句话的意义。这时，伊阿宋已经接受了二十年的教育和培养，他正准备返回故乡伊俄尔科斯，从珀利阿斯手中夺回王位继承权。他按古代英雄的装备携带两支矛，一支用来投掷，一支用来刺杀。他身穿旅行装，上扎一张豹皮，长发披肩。

途中，他路过宽河，一位老妇请求帮她过河。这位正是天后赫拉，国王珀利阿斯的敌人。她伪装起来，因此伊阿宋并没认出她来。他出于同情，便用双臂托着她涉水而过。半道上，他一只鞋陷入泥中，但他依旧继续前行。等到了伊俄尔科斯，他的叔叔正在城里市场上向海神波塞冬举行庄严的献祭。

人们见到伊阿宋这般英俊魁伟，都感到惊奇。众人都认为是太阳神阿波罗或战神阿瑞斯降临世间。正在献祭的国王也将目光看向了这个外乡人，他惊恐地发现这个人仅穿了一只鞋。仪式一完，他就朝这位陌生人走去，强忍着震惊，问他的姓名，家住哪里？伊阿宋大胆又平和地说道：他是埃宋的儿子，在喀戎那里接受了教育，现在是回来瞻仰父亲的故居。精明的珀利阿斯听完后就热情地接待了他，没有表露出一点惊恐的神情。他命人带着伊阿宋在王宫四处参观，伊阿宋带着思念之情观赏着他早期的住所。一连好几天，他都与他的亲友在一起参加宴席，庆祝他的归来。到了第六天，他们才离开宴席的帐篷，来到国王珀利阿斯面前。他谦和地说道："哦，国王，我是法定国王嗣子，你所占有的一切都应该是我的。尽管这样，我依旧将羊群和牛群，以及你从我父母手中夺取的土地给你。我只要求你将王位和王权归还给我。"

珀利阿斯立马计上心头。他亲切地答道："我愿意答应你的要求，只是你也要答应我一个请求，你为我做一件事，一件适合你们青年人的事。我老了，已经做不了了。长久以来，我总是梦见佛里克索斯的阴魂，他要求我给他的灵魂带来安乐。现在你应该去科尔喀斯的埃厄忒斯国王那里，将羊毛取回来。这样我就会将这一荣誉给你，你也能得到王国和王权。"

阿耳戈船英雄远征

羊毛的故事是：玻俄提亚国王阿塔玛斯的儿子佛里克索斯，他的后母伊诺百般虐待他。为了让他不受排挤，在他姐姐赫勒帮助下，他的生母涅斐勒把他抢走了。涅斐勒让她的两个孩子骑在一只长有翅膀的公羊上，这只公羊是神明赫尔墨斯送给她的礼物，这只羊的皮毛是纯金的，这姐弟俩腾云驾雾驰骋在大地和海洋上。途中，姐姐因眩晕而从空中跌落，葬身大海。因此这片大海还便因她而得名，称为赫勒海，或赫勒斯蓬托斯。

佛里克索斯顺利地到了黑海边的科尔喀斯，国王埃厄忒斯热情接待了他，还将一个名为卡尔喀俄珀的女儿许他为妻。佛里克索斯宰了公羊献祭给保护他逃生的宙斯，将羊毛赠给国王埃厄忒斯，而国王则将毛羊转手献给战神阿瑞斯，并钉在敬奉战神的小树林里。埃厄忒斯还命令一条毒龙守护着羊毛，因为神谕表明，他的生命取决于他是否拥有羊毛。全世界都将羊毛视为无价之宝，很多人都渴望拥有它。因此珀利阿斯希望他的侄子伊阿宋去夺取这样的宝物，这个想法并没有错。

可是伊阿宋并没看出叔叔想让他死在这次冒险中的用意，并郑重承担了这次任务，就连希腊著名的英雄都受邀参加这次行动。在雅典娜的指导下，希腊技术最好的造船工匠造了一艘五十桨的大船，并用造船师的名字阿耳戈斯（即阿瑞斯托尔的儿子）的名字命名为阿耳戈船，这是希腊第一艘用于航海的长船。船舷的镶板有一块是雅典娜女神赠送的能发布神谕的橡木板。两侧则挂着很多装饰品。尽管这样，船依旧很轻，英雄们能扛着它行走十二天。

船体完工后，英雄们用抓阄的方式决定各人在船上的位置。伊阿宋是全队的指挥，提费斯为掌舵，慧眼人林扣斯则为领航。船首坐着赫拉克勒斯，船尾则是阿喀琉斯的父亲珀琉斯和大埃阿斯的父亲忒拉蒙。而水手中有宙斯的儿子卡斯托尔和波吕丢刻斯，有阿德墨托斯，神奇的歌手俄耳甫斯，雅典后来的国王忒修斯，赫拉克勒斯年轻的朋友许拉斯，波塞冬的儿子欧斐摩斯，以及小埃阿斯的父亲俄琉斯。伊阿宋将他的船献给海神波塞冬，起航前，全船向波塞冬及所有的海里神明举行了献祭和祈祷。

阿耳戈英雄们在楞诺斯岛

首先，他们到达了楞诺斯岛。一年前，岛上的女人将他们的丈夫全都杀死了，甚至将所有的男人根除了。缘由竟是她们的丈夫曾从特剌刻带来了其他女人，爱神阿佛洛狄忒的愤怒让她们的怒火燃烧，嫉妒心理让她们萌发了杀机。只有许普西皮勒将她的父亲托阿斯国王装在箱子里投入大海，任由海洋去救他。自此，岛上的妇女们时刻都在担心他们的攻击。她们时常警惕地看着海上的动静。当她们看见阿耳戈船靠近时，便全惊恐地跑出家门，像阿玛宗女人那样手持武器冲向海岸。

阿耳戈船的英雄们见到海岸上没有一个男人，遍布全副武装的妇女，都感到很惊奇。他们派出一个手持和平杖标的使者来到这群奇异人群中。这使者被带到未婚女王许普西皮勒面前后，用谦卑的语气提出他们想短居的请求。女王则将全体妇女召集在集市广场上，本人则向众人说出阿耳戈船员们的和平的要求后，说道："亲爱的姐妹们，我们曾犯下大错，让我们失去了男人。现在，我们不该再将对我们表示友好的朋友拒之千里之外。为了不让他们知道我们犯下的罪行。因此我建议将一切生活用品送到这些外乡人的船上，用这样的方式以使他们远离我们的城池。"这时，女王坐了下来，可老妇女却站了起来，费力地说道："送给外乡人礼物这固然是好事，可万一特剌刻人来了该怎么办？就算有个慈悲的神让他们靠近不了这里，可你们就能免除一切灾祸吗？我这种老妇没事，我们会在灾难逼近前及一切储备耗尽之前死去。可你们年轻人该怎么生活？牛会为你们自动耕田吗？它们会替你收割吗？你们是不愿干这种艰苦的农活的。因此我劝你们不要将这送上门来的保护拒绝。将你们的土地和财产交给这些高贵的外乡人，让他们来管理你们的城市。"这个忠告适合所有女人的心意。

女王随即派遣身旁的少女随信使登船去通报女人大会亲善的决定。听到这个消息，所有人都高兴万分，他们也都以为许普西皮勒是在她父亲死去后和平继承王位的。伊阿宋身披紫篷走进城门，妇女们都高声欢呼。而他却谦卑地盯着地面，匆匆走向女王的宫殿，宫女们将他领到女王的居室，坐在女王对面的一把华丽椅子上。

许普西皮勒目光低垂，脸泛红晕，羞涩地用奉承的语气说道："外乡人，你们为何畏缩在城外？这里并没有男人，他们对我们不忠，他们全都带着从特剌刻抢来的女人迁到那些其他国土了，并且他们还带走了儿子和男仆，仅剩下我们女人们孤苦伶仃地留在这了。因此，你们要是满意，你们就来这常住。要是你愿意，你也能代替我父亲托阿斯管理你的人和我们。虽然这个地方并不太好，但它是这片最丰裕的岛屿。善意的首领，请向你朋友转达我的建议，别停留在城外了。"她说了这些话，仅仅是将杀害自己丈夫的事情隐瞒了下来。

伊阿宋回答道："女王，我们十分感激你对我们的援助。等我将这个信息转告给我的同伴后就回到你们的城市中，但王位和岛国还是你掌管吧！并不是我看不上它，而是还有很艰苦的斗争在等待我。"随即，伊阿宋将手伸向女王握别，然后就返回到海边去了。

紧接着，女人们也带着众多待客的礼品赶到船上。那些英雄都已经知道他们首领带来的消息，因此她们毫不费力地说服这些英雄，并邀请进城住进她们家中。伊阿宋住在王宫，其他人则分别居住，只有憎恶女人生活的赫拉克勒斯和几个伙伴留在船上，现在城里到处欢歌笑语。女居民和男客人都在祭祀海岛的保护神赫淮斯托斯和他的妻子阿佛洛狄忒。行程不断推迟，要不是赫拉克勒斯背着那些女人将伙伴们召集起来，他们可能会在友好的女主人家逗留更多时间呢。"你们这些无耻的家伙，在自己家乡你们不是有足够的妇人吗？你们是需要结婚才来这里的吗？你们愿留在楞诺斯务农耕田？神会将羊毛放在我们的脚边吗？我看咱们还是各自返回家乡吧！让那个伊阿宋娶许普西皮勒为妻吧，将子孙留在楞诺斯岛上吧，去听其他人的伟绩吧！"

每个人都在直视这位说话的英雄，却没一个敢反对他。因此他们准备立即起航。这时楞诺斯的女人们猜出了他们的意图，全都围了上去，不断地诉求，但是最终她们还是屈从了英雄们的决定。

许普西皮勒眼含泪水，握着伊阿宋的手，说："愿神如你们所愿，赐给你和你的同伴羊毛！要是你愿回来，这里的一切全都是你的。但我知道你是不会回来的。那请你到了远方，至少能想念我吧！"伊阿宋伤感地与女王告别，登上了大船。

留下赫拉克勒斯

暴风雨中航行了一段路程之后，英雄们在临近喀俄斯城的比堤尼亚的一个海湾登陆了。生活在这里的密西亚人热情地接待了他们。

赫拉克勒斯十分鄙视旅行中享受舒适，他离开饮宴的同伴们独自走出来，走进森林，想用枫木做出一支更好用的桨。很快，他就找到一棵合他意的枫树。

同时，他的伙伴许拉斯也离开了宴席，想为他的主人和朋友准备饮水，为起程做好准备。赫拉克勒斯曾因口角杀害了许拉斯的父亲，因此，他收留了这个孩子，将许拉斯培养成为他的仆人和朋友。这个少年在泉边汲水时，头顶闪烁着月光，他刚拿着水罐俯身水面时，泉水中的仙子便发现了他，她一把将他拉到水下了。这时，离那眼泉水不远地方等候赫拉克勒斯归来的英雄波吕斐摩斯听到了他的呼救声，可怎么都找不到这个少年，但碰见归来的赫拉克勒斯。"太不幸了，我要将这悲哀的消息第一个告诉你，你的许拉斯到泉边汲水，再也没回来！不是强盗将他劫走了，就是野兽撕碎了他。我亲耳听到了他的惨叫。"一听到这话，赫拉克勒斯额头冒汗，热血沸腾。他愤怒地把枫树扔在地下，如同公牛般，撒腿就跑，冲向泉边。

晨星高挂，风向也是顺风，舵手劝说英雄们趁机登船航行。他们在晨光中愉快地航行时，才想起他们还有两个弟兄波吕斐摩斯和赫拉克勒斯留在了岸上，可一切已经太晚了，就此英雄们展开了一场激烈的争论，对于该不该丢下两个朋友继续航行，两种意见各执一词。伊阿宋一声不吭，静坐在那里，相当的忧虑。但忒拉蒙压制不住自己的怒火，"你怎样能这样坐在这呀！你是怕赫拉克勒斯压倒你的名声！光说有何用，就算同伴们跟你意见相同，我也要一个人返回去找你们遗忘的朋友。"

他边说，边揪住舵手提费斯的衣服。要不是有玻瑞阿斯的两个儿子卡拉伊斯和仄忒斯阻挡着他的手臂，并用言辞制止他，不然他真会逼迫返回海湾的。

这时，从浪涛中冒出海神格劳科斯，拉着船尾，朝着航行的人喊道："英雄们，为何要违背宙斯的意志带着赫拉克勒斯到埃厄忒斯的地方去呢？命运已经为他安排了其他的工作，一个慈爱的女仙将他的许拉斯抢走了，出于对朋友的依恋，他才留下的。"说完之后，格劳科斯便沉入了大海。

忒拉蒙面带羞色，走到伊阿宋面前，握着英雄的手说道："别生我的气了，伊阿宋！痛苦让我昏了头脑，说出了蠢话！就让海风将我的错误吹走吧，让我们和好吧！"

伊阿宋也愿和解。于是，他们顺风而行，而留在密西亚人当中的波吕斐摩斯也很适应，并为他们建造了一座城。赫拉克勒斯则到宙斯给他指派的地方去了。

波吕丢刻斯和国王

第二天清晨，太阳升起，英雄们在一个突入大海很远的岬角停靠抛锚。那里有尚未开化的柏布律西亚国王阿密科斯的畜栏及住房。他为外乡人制定了一个可恶的规则：不与他进行拳击搏斗就不能离开他的领地。就是这个规则，使得他打死了很多外乡人。现在，船刚靠岸，他就走近说："听着，你们这些海上流浪汉，你们必须要知道，外乡人不在拳击中打败我，那就不能离开我的国土。挑出你们中最有能耐的人来，不然你们就要遭殃了。"

当下，阿耳尔戈的英雄们就有一个全希腊最好的拳击手勒达的儿子波吕丢克斯。国王的挑衅刺激了他，他冲着国王叫道："我们遵守你的规则，我就是你要找的对手。"

柏布律西亚国王仔仔细细打量着这位勇敢的英雄，如同受伤的狮子望着它的攻击者。波吕丢刻斯甩了甩他的双手，检查它们是否因为长时间摇桨而不太灵活。这样，英雄们离船了，看着两个拳击手摆好架势。国王的侍从将两副拳击手套扔在两人之间，"你挑一副吧，我不愿与你进行打赌，你很快就会发现我是一个很棒的鞣皮匠，你很快就会体验到两颊血肉模糊的滋味！"阿密科斯说道。波吕丢刻斯一笑而过，捡起距离最近的手套，让朋友帮忙绑在自己手上。同样，国王也这样做了。

拳击开始了！国王的攻势如同海浪冲击航船，步步进击，不让希腊人有一点喘息的机会。但波吕丢刻斯总能将袭击巧妙地躲过。很快他就摸清了对手的弱点，给了国王几记重拳。这时，国王也发现他的弱点了，于是两人在下颚骨的破裂声和牙齿的格格声响中不断地攻击对手。双方休息之后，阿密科斯没有击中对手的头，而打中了肩膀，可波吕丢刻斯却击中了他的耳根，将他的头骨打碎，这让他疼得跪倒在地。

阿耳戈英雄们大声欢呼了起来。可柏布律西亚人全都跑到他们国王身边，并将他们的棍棒和猎矛对准波吕丢刻斯。英雄们也拔出了刀剑保护他。于是，一场血战展开了，最后柏布律西亚人大败，不得不逃往内陆。英雄们则扑向畜群，缴获了很多战利品。整夜，他们都留在岸上，包扎伤口，献祭，歌唱。

菲纽斯和美人鸟

黎明时分，阿耳戈英雄们出发了。历经几次冒险，在一处海岸，他们停船抛锚了。居住在这儿的是英雄阿革诺耳的儿子菲纽斯国王。而他现在正遭受着巨大的灾殃，他滥用阿波罗赐给他的预言本领，导致他到高龄被罚作双目失明，并且还有那些可恶的怪鸟——美人鸟，天天都抢劫他的食物，让他无法安静生活，就算有剩下的食物也被它们弄脏，使人无法下咽。现在菲纽斯得到宙斯的神谕：只要玻瑞阿斯的儿子们及希腊的船员到来，他就能安心地进食了。

因此，一听到阿耳戈船到达的消息，这位老人就离开居室，来到阿耳戈英雄们身旁，这时他已经饿得只剩下一把骨头了。刚到阿耳戈英雄身边，他就晕倒在地。当他醒来后，就发现他们都在用突兀的眼神看着自己，他说道："高贵的英雄们！要是你们真是神谕中预言的人，那就请帮帮我。复仇女神使我的双眼失明，还让怪鸟抢走我的食物。你们要救的并不是外人，而是一个希腊人，我是阿革诺耳的儿子菲纽斯，特刺刻曾经的统治者。想必玻瑞阿斯的儿子们也参加了你们的远行，他们也会来救我，他们是我妻子克勒俄帕特拉的弟弟。"

听到了这些话，玻瑞阿斯的儿子仄忒斯就立即扑到老人的怀里，并许诺他一定会帮助老人摆脱美人鸟的折磨。因此，他们就地为老人准备了一餐饮食，却又遭到贼鸟侵扰。老人还没碰到食物，那些鸟就都像风暴一般直冲而下，直接落在食物上。英雄们大声哄叫，但这些美人鸟却不以为然。直到它们将食物全都吃完，才飞往天空，留下了难闻的气味。玻瑞阿斯的儿子仄忒斯和卡拉伊斯连忙拔剑追了上去，当他们离恶鸟很近，随时都能置它们于死地时，宙斯的女使者伊里斯出现了："伟大的宙斯的猎犬，这些美人鸟是不允许被杀死的。但我能当着斯提克斯的面以众神的誓约向你们保证，这些猛禽是不会再去侵扰阿革诺耳的儿子了。"听了伊里斯的誓言，他们也不再追赶，直接返回航船了。

同时，为了保养年老菲纽斯的身体，希腊的英雄们特意备下盛筵，宴请饥饿的老人。

深夜，大家都在等待玻瑞阿斯的儿子归来时，老国王菲纽斯为表感谢，特意给他们讲一个预言："首先，你们将会在一个海峡遇见撞岩。这是两个绝壁的岛屿，它们没有根基，一直浮在大海上，靠拢与分开不定。要是你们不想让航船被挤得粉碎，你们就要飞快地穿过去。等穿过撞岩，将到达达玛里安底尼海滨，那里有冥府的入口。然后，你们需穿过许多海角、洋流和海岸，以及阿玛宗女人国和挖掘铁矿石的卡吕柏斯人的领土。最后，你们才会到达科尔喀斯海岸，碰到有巨龙守护的羊毛。"

英雄们全都仔细地听着老人的讲述，内心不由得充满了恐惧。正当他们想问其他问题时，玻瑞阿斯的两个儿子从天而降。他们带来的誓约让国王菲纽斯打心眼里高兴。

撞岩

英雄们踏上了新的征程，菲纽斯满怀感激之情地与恩人告别。在途中，他们忽然听到一声巨响，原来这是岩石撞击与岸边回响和海涛怒吼混合在一块的响声。

这时，舵手提费斯立即站在舵的旁边，欧斐摩斯也站了起来，右手托着一只鸽子。菲纽斯曾给过他们预言，要是鸽子能从撞岩中间飞过去，那他们就能穿过。

当巨岩一分开，欧斐摩斯就立即将鸽子放了出去，大家全都注目观望。鸽子刚从中间飞过，两座岩石就又靠近了。海浪瞬间升了上来，岩石又碰在了一块，将鸽子的尾羽夹断了，不过，它还是飞了过去。

提费斯鼓励着摇桨的船员。岩石又分开了，浪涛将船吸了进去。一股巨浪朝他们涌来，死亡时刻威胁着他们。提费斯赶紧命令停止摇桨，翻滚的巨浪将船举得高过正在合拢的岩石。这时，英雄们全都拼力摇桨，连桨都给摇弯了。旋涡又将船拉到两座浮岩中间，浮岩向船挤来，幸好在暗中保护的女神雅典娜推了船一把，船顺利地通过了，只有船尾最外边的船帮被岩石给擦伤了一块。大海再次呈现在他们面前，他们全都松了一口气。

"我觉得这次不仅仅是依靠我们自己的力量，我感觉到有雅典娜神手发出的力量让我们渡过难关。"但伊阿宋却摇头道："善良的提费斯，我当初答应珀利阿斯由我来担任这个差事，这是给诸神添加麻烦了，还不如将我杀死，现在我日夜思虑，只为帮你们脱离险境，平安将你们带回故乡。"英雄这样说，仅仅是为了试探同伴们的心，听了这话，同伴们都朝他欢呼，要求继续前进。

新的冒险

英雄们继续出发了，可他们忠实的舵手提费斯却病死了，他们只能将他埋葬在异乡的海岸上，并选出安开俄斯来替代他的位置。经过百般劝说，在女神赫拉的帮助下，他才接替了舵手的工作，他驾驶技术十分熟练。

十二天后，他们来到卡利科洛斯河口。他们望见山丘上英雄斯忒涅罗斯的坟墓。他是与赫拉克勒斯一起进攻阿玛宗人时阵亡在此地的。正当他们要继续航行时，斯忒涅罗斯的亡魂出现了，他与出征时的形象一模一样，亲切地望着他本族的乡亲。没过多长时间，他就再次沉入深渊。英雄们全都吓得不轻，仅仅有预言家摩普索斯明白亡灵的要求，在他的劝说下，他们立即停船走到墓前，进行祭祀。

然后，他们又继续前进，最终到了达忒耳摩冬河口。与世上的其他河流相比，这是最特殊的一条河，它的发源地只是一眼泉，后分为九十六条支流，如同一群蛇一般爬进大海。

在河口最宽阔处居住的就是战神阿瑞斯的后裔——阿玛宗人，她们全都嗜战成性。要是阿耳戈英雄们登陆的话，那肯定会有一场血战的，她们的战斗力完全能与这些英雄们匹敌。幸好西边的顺风将这些英雄刮离了这块好战的国土。

历经了一整天的航行，就像菲纽斯预言的那样，他们真的到了卡吕柏斯人的地区。这里的人不从事农牧业，只通过挖取矿藏来换取食物。他们劳动繁重，不见天日。

他们平安地从许多民族地区周边走过，只有接近阿瑞提亚岛时遇到了袭击。一只本岛的鸟朝着他们飞来，到达船的上空时，一抖翅膀就发射出一支翎管，它直接扎进俄琉斯的肩膀，疼得英雄松开了手中的桨。同伴们见到这种情况都十分的惊讶，离他近的伙伴为其包扎了伤口。一眨眼，又一只鸟出现了，这时克吕提俄斯早已持弓准备好了，一箭将它射落在船上。

这时，航海经验丰富的英雄安菲达玛斯说道："这里距离岛屿很近了，需要时刻提防着这些鸟，它们一定有很多，要是登陆的话，必须要射杀它们，我们的箭可能就不够用了。我们需要想一个方法来驱逐这些飞禽，大家将有羽毛飘动的头盔全都戴上，一半人去摇桨，一半人用闪亮的矛和盾将船遮掩住。随后，我们一起大喊，这样猛禽就会因为恐惧而吓跑。"

英雄们立即都照办了。他们继续向前行驶，一只鸟都没看见，只在接近岛屿时，盾牌上才传来叮当的声音，无数的鸟惊叫了起来，从船上飞了过去。但英雄们却是紧紧地用盾牌遮挡自己，防止翎管落下来伤到自己。这种名为斯廷法利得斯的鸟全都飞到对岸去了。于是，英雄们按照预言家菲纽斯的建议登陆了。

在这里，他们遇见了几个意想不到的人。他们刚登陆就碰见四个一无所有，衣衫褴褛的青年人。其中一人快步走向英雄们说道："好汉，请你帮助我们这些可怜的沉船人吧，就给予我们点儿穿的和吃的吧！"

好心的伊阿宋答应了他们的请求，并询问了他们的姓名和家族。"阿塔玛斯的儿子佛里克索斯的故事，相信你们都听说过吧，羊毛就是他带到科尔喀斯去的。国王埃厄忒斯将长女嫁给了他，而我们就是他的儿子，我叫阿耳戈斯。不久前我们的父亲离世了，我们按照他的遗嘱乘船去拿回他留在俄耳科墨诺斯城的宝物！"

听了他说的话，英雄们全都十分高兴，伊阿宋更是待他们亲如手足。接着，几个青年人讲述了他们可怕的遭遇。当阿耳戈英雄们将自己的计划告诉他们，并邀请他们参加冒险时，他们都流露出恐惧的表情。"我们的外祖父埃厄忒斯十分的凶残，据说他是太阳神的儿子，拥有超人的力量，而羊毛则是由一条恐怖的巨龙看守着。"听了这话，几个英雄竟吓得面如土色。但珀琉斯站起来说道："我们不一定会失败的，我们也是神的子孙呀！要是他不将羊毛交给我们，我们就把它抢过来。"接着，他们又议论了好长时间。

第二天，佛里克索斯的四个儿子全都精神焕发地跟着英雄们出发了。一整天后，他们见到了竖立在海面上高加索山的一个个高峰。夜幕降临时，他们听到飞禽的聒噪，那是折磨普罗米修斯的巨鹰飞过的声音，不久就传来了普罗米修斯的呻吟声。过了一会儿，呻吟声才逐渐消失，这时，他们又看到巨鹰飞回。

当天夜晚，他们就抵达了目的地，他们将船划进法细斯河入海口，驶进河面。河的左面是高加索山和科尔喀斯的首都库塔，右面就是田野和阿瑞斯的圣林。而羊毛就在圣林的一棵大橡树上挂着，而巨龙紧紧看守着羊毛。

伊阿宋高举斟满美酒的金杯，将酒洒在地上，祭奠江河、大地及当地的神明和死去的英雄。他也请求神明的帮助并照看他们停泊的船。

"我们平安地到了科尔喀斯国，现在是时候讨论一下是去请求国王埃厄忒斯，还是用其他的办法实现我们的计划。"舵手安开俄斯说道。

"那就明天再说吧！"英雄全都疲惫地说道。

随即伊阿宋下令将船停靠在阴凉的地方。所有人都躺下来酣睡，但他们仅仅睡了一会儿，就被曙光给照醒了。

伊阿宋在宫殿里

清晨，英雄们进行了讨论。伊阿宋说道："英雄们，伙伴们，要是你们赞同我的说法，你们就全都手持武器留在船上。只由我和佛里克索斯的四个儿子及你们当中的两个人，一起去埃厄忒斯的王宫里。等到了宫中，我先客气地问他是否愿意将羊毛让给我。我并不怀疑他会拒绝我的请求，但我们也能从他的口中得到准信，知道我们下一步该怎么做。"

英雄们都赞同了伊阿宋的见解，于是他抓起赫耳墨斯的和解杖，带着佛里克索斯的四个儿子和两个同伴出发了。

科尔喀斯这个民族人口众多，为了保护伊阿宋及他的陪同者，阿耳戈英雄的保护神赫拉特意降下浓雾将城市罩住，护送他们平安到了王宫里。他们站在王宫的前院，欣赏着这雄伟的建筑。他们要找的国王和他的儿子、女儿就居住在这里。

国王的小女儿美狄亚是最难见到的，她是赫卡忒神庙的女祭司，几乎所有的时间都在神庙中度过。但这天早上，赫拉却让她产生了一种留在宫中的心愿。她正想去她姐姐的房间，却与英雄们相遇。她忍不住惊呼了一声，卡尔喀俄珀及侍女急忙跑了出来，看到这一幕，卡尔喀俄珀也欢呼了起来，并伸出手臂感谢上苍，原来她一眼就认出来她的孩子了，孩子们热烈地与母亲拥抱交谈。

美狄亚和埃厄忒斯

最后，女儿的欢声笑语连国王埃厄忒斯和他的王后厄伊底伊亚都被吸引了过来。瞬间前院热闹了起来，可谁都没注意到爱神厄洛斯已经飞到上空，抽出一支给人带来痛苦的箭，射向美狄亚，她的胸中立即燃烧起火焰。她不时偷瞄一眼英俊的伊阿宋，其他的记忆瞬间全都消失了，只有甜蜜的痛苦占据了她的心灵。

在欢乐的情景下，没一个人注意到美狄亚的变化。阿耳戈英雄们也洗了热水澡，精神饱满地享用盛宴。宴席中，埃厄忒斯的外孙讲述了他们的遭遇，埃厄忒斯也偷偷询问了这些外乡人的情况。

"外祖父，我并不想隐瞒你，这些人是来求您将我父亲佛里克索斯的羊毛给他们的。有一个国王，想驱逐他们，并占有他们的财产，这才让他们来完成这个使命的。他希望，他们还没将羊毛带回祖国，就惹怒宙斯，遭到我父亲的报复。在帕拉斯·雅典娜的帮助下，他们造出我们科尔喀斯人无法相比的船只。在这只船上聚集了全希腊最勇敢的英雄们。"

一听这番话，国王心生恐惧。对于外孙们也是相当地不满，他觉得这些外乡人就是他们引进宫的。他大发雷霆："走开，别让我看见你们，你们这些诡计多端的人！你们并不是来取羊毛的，而是来夺取我的王位和王权的。如果你们不是客人的话，我早就惩处你们了。"听到这话忒拉蒙十分恼怒，想用同样的话反击国王。但被伊阿宋制止了，他温和地答道："镇静，埃厄忒斯王！我们来到这里，并不是来掠夺你的。有谁会穿越凶险万千的大海来夺取陌生人的财产呀？是命运的无奈和凶残国王的命令逼迫我下了这样的决心。请行行好，答应我们吧！全希腊都会称赞你的，我们也会随时报答你，只要邻近发生战争，我们都愿随你一起出征。"

就这样，伊阿宋安抚着国王，可埃厄忒斯却拿不定主意，不知是杀掉他们，还是先试探下。思索之后，他说道："外乡人，如果你们真的是神的子孙，或出身不比我差，并且对别人的财产不感兴趣，那就将羊毛拿走吧，我愿将一切赠给勇敢的人。但你们必须给我做个样子，去做我平时做的一种危险的劳动。在阿瑞斯的田野中，有两头生着铁蹄，往外喷火的公牛。我就是用它们来耕地的，耕好后，我便往垄沟里撒可怕的龙牙。龙牙为种，长出来的就是人，他们将我团团围住，我用长矛将他们一一杀死。清晨，我驾牛耕地；夜晚，我收获休息。要是你能完成这工作，当天就能将羊毛拿走，返回你的故乡。要是不能完成，你就拿不到它，哪有勇敢者向无能者让步的道理。"

国王说话时，伊阿宋就在心中默默盘算着，他不敢立即答应他。反复思考之后，他回答道："尽管这项工作艰难，但我愿意试一试。国王，就算我因此牺牲，我也愿。等待凡人最坏的结局就是死亡。我愿接受命运的摆布。"

"那好，现在你就去找你的同伴吧，不过你要考虑好。要是完成不了，就留给我算了，你悄悄地离开吧！"国王说道。

阿耳戈斯的建议

伊阿宋带着来的人起身回去了。只有阿耳戈斯跟着他，其他几个佛里克索斯的儿子都在他的示意下继续留在国王的身边。此时，少女美狄亚目光深深地看着伊阿宋英俊潇洒的身影，思绪万千。当她一个人回到闺房时，竟失声痛哭了起来，又自言自语道："为何我要为他而悲伤？哪怕他是最伟大的草包，或是无能的草包，与我何干，死就死了。不，希望他能绝地逢生！伟大的女神赫卡忒呀，请让他返回家乡吧！要是他一定会被公牛击败，那能提前让他知道我的心思吗？"

就在美狄亚忧思万千时，英雄们正在返回船的路上。阿耳戈斯对伊阿宋说："或许你们会排斥，但我还要说，我认识一个少女，她擅长使用魔汤，要是能将她请来，那你一定会战胜公牛的。要是你愿意，那我就将她请来助我们一臂之力。"

"要是你觉得这样做好，那我不反对，但依靠女人取胜，我们会很没面子的。"伊阿宋应答道。

正说着，他们已返回到船上，伊阿宋告诉大家国王的要求及他的许诺。好长一段时间，同伴们全都沉默不语。最后，珀琉斯起来说道："伊阿宋，要是你相信你能实现诺言，那就请做好准备。要是不能，你也别在我们当中寻找合适的人了，因为，我们还有其他结局吗？"

一听到这话，忒拉蒙和另外四个英雄跳了起来，充满了斗志。但阿耳戈斯却抚慰道："我认识一个姑娘，擅长使用魔汤，她就是我母亲的妹妹。我去说服她，请求她帮助我们。然后再谈论伊阿宋的冒险。"

这话音刚落，天上就出现了预兆，一只被苍鹰追赶的鸽子突然躲到伊阿宋的怀里，而追赶它的猛禽则掉在甲板上。这时，一位英雄回想起菲纽斯的预言：女神阿佛洛狄忒将帮助他们重返故乡。所有的英雄都赞同阿耳戈斯的建议，只有伊达斯不满地说道："我们来到这里难道是为了当女人的奴隶？不求阿瑞斯就去求阿佛洛狄忒。难道见到苍鹰和鸽子战斗就能避免了？好，那就忘了战争，去找那少女吧！"于是伊阿宋决定采用阿耳戈斯的建议，派出使者，等待消息。

同时，在王宫外埃厄忒斯也召开了一次科尔喀斯人大会。他讲述了外乡人的到来，以及他们的要求及为他们准备的下场。只要公牛杀死那个头领，他就会让人砍掉整片森林并烧毁船只，连引起这次活动的外孙也要给予惩罚。

此刻，阿耳戈斯正请求他母亲去说服他姨妈帮助。本来他母亲卡尔喀俄珀就同情这些外乡人，但她不敢触怒父亲，儿子的请求正合她心意，她当即就答应了。

在床上，美狄亚烦躁地睡了一觉，做了一个很焦虑的梦。梦见伊阿宋与公牛争斗，可并不是为了取走羊毛而是为了将她当作妻子带回故乡。但她又觉得是她亲自跟公牛搏斗，并制服了它，可她父母并不守诺言，不给予伊阿宋奖励，说驾牛犁地的不该是她，应该是伊阿宋。为此，父亲还与伊阿宋发生了争论，最后双方推举她为仲裁人。在梦中，她判定外乡人胜利，为此父母的心莫名地剧痛起来，他们大声喊叫——也就是这叫喊声使美狄亚醒了过来。

也就是这个梦促使她前往姐姐的房间。可到了前院，她却羞涩地犹豫了好长时间。她尝试了四次，最终还是退了回来，扑在床上哭了起来。一个信得过的侍女将这情况告诉了她姐姐。卡尔喀俄珀急忙赶了过来："可怜的妹妹，你这是怎么了？是上帝让你生病了，还是父亲痛斥我和我儿子的原因？我真想离开这个家，去个听不到科尔喀斯名字的地方！"

美狄亚帮助阿耳戈英雄

姐姐一连串的问话让美狄亚满面绯红，她害羞得连话都说不出来。最后，在爱情力量的激励下，她狡猾地说道："卡尔喀俄珀，我很难过，这是为了你那几个儿子。我害怕父亲会将他们全都杀害了，这是一个梦预言给我的，但愿能有神明阻止他。"听了这话，卡尔喀俄珀也相当地恐惧，说道："我也是为此而来的，我恳求你帮助我反对我们的父亲，要是连你都要拒绝，就算到了阴间，我和我被害的儿子也会跟复仇女神一样不会放过你的！"说着她俩姐妹俩抱头痛哭了起来。随后，美狄亚说道："姐姐，完全不用提复仇女神，由天地作证，我发誓：只要能救你的几个儿子，我什么都愿意做。"

"那为了救我的儿子们，你就让外乡人在与公牛的搏斗中过关吧，给他点魔药！也就是他派我儿子阿耳戈斯来求助我，请你帮助他的朋友。"

一听这话，美狄亚高兴得心乱跳，脸上也泛起红晕，就连她一双闪亮的眼睛也在眩晕下变得没有了神采，她说道："卡尔喀俄珀，要是我不将你和你孩子的事当作最重要的事，那就让我见不到明天的曙光。明天天亮我就去为那外乡人到赫卡忒神庙取减轻公牛攻击力的魔药。"接着，她姐姐离开了，将这个可喜的消息告诉了她的儿子们。

整整一夜，美狄亚在床上与自己进行斗争。"是否许诺的太多了？我为何要为这些外乡人做事？要想使我们计划成功的话，就必须去单独见他一面！是的，我救他一命，给他自由。可他胜利之时就是我死亡之时。一根绳索或一杯毒药就能让我摆脱这生命。我做的事能让他得救吗？流言蜚语会不会迫害我？他们是否会说我辱没了我的家族，为了一个外乡人殉情。"在这样的思绪下，她取来一个装有致死药和救命药的小匣。她将其放置双膝上，想品尝一下这毒药。这时，她眼前浮现出生活的烦恼和快乐。一种对死的恐惧产生了。伊阿宋的保护神赫拉改变了她的情绪。还没等到曙光升起，她就去取回准备给伊阿宋的魔药，并去见她心爱的英雄去了。

美狄亚和伊阿宋

阿耳戈斯刚将这个消息带到船上时，美狄亚就已经跳下床，准备出去了。

她衣着华丽，悄悄穿过门厅，吩咐侍女套好骡车。她从小匣中取出名叫普罗米修斯油的油膏为出行做准备。据说涂上这种油膏就能一整天处于无敌状态，拥有压倒敌人的力量。

骡车已经准备好了，两个侍女跟随主人上了车，美狄亚亲自驾车，在其他侍女徒步陪同下，穿过城池，不管走到哪里，都有民众给公主让路。当她们来到神庙时，她狡猾地编造道："侍女们，我似乎是犯了错误，我并没远离那些外乡人！现在我姐姐和她的儿子阿耳戈斯要求我接受他们的礼品，他就是答应制服公牛的那个人。而我却要将免受伤害的魔药送给他！我已经假装答应了，并约定来这神庙单独见面。我即将接受他的礼品，随后我们平分。但我会给他一种毒药，让他用了一命呜呼！只要他一来，你们就躲开，别让他生疑，我答应我一个人来见他的。"

听到这个计谋，侍女们都很开心，全躲进神庙里了。而这时，阿耳戈斯也与伊阿宋和预言家摩普索斯出发了。美狄亚和侍女们全都待在神庙里，可她的目光全都聚集在神庙外的大道上，稍微有一点风吹草动她就激动地将头抬起来看。终于，伊阿宋带着陪同一起走进了神庙，美狄亚竟激动得满脸通红。

这时，所有人都离开了，只剩下伊阿宋和美狄亚两人彼此相对，沉默地站立着。首先，伊阿宋打破了沉默："现在就我一个人，为什么不怕？我从不自负，在哪里都是一样的，你尽管开口，什么都行！别忘了，我们在一个圣地里，说谎是有罪的。你也不用哄骗我。我是来恳求保护的，请求你给予我那种药物，你答应你姐姐给予我的药物。现实所迫我只能找你。你想要我怎样感谢你尽管提出来。要知道，你的帮助将解除我同伴亲人的焦虑与悲伤，你的英名将永远活在人们心中。"

一直等到他的话说完，美狄亚都是低着头，甜美地笑着。因为他的赞美，她心中无限喜悦，恨不得将涌到嘴边的话全都说出来，可她却没有开口，只是将裹着小匣的香喷喷的带子解开，伊阿宋赶紧从她手中将小匣接了过去。要是他向她提出要求，她连心都愿意给他，甜蜜的爱的火焰正在爱神的操控下往她心里吹去。两人全都害羞地看着地面，然后四目对视，充满了爱慕。过了一会儿，美狄亚才开口说话。

"听着，我告诉你该怎么办。我父亲将那些需要播种的灾难龙牙交给你以后，你就去河水里沐浴。你穿上黑色袍子，挖出一个圆坑，并在坑里堆上干柴，杀掉一只母羊羔，将其放在柴堆上烧成灰。随后将杯中的蜂蜜洒在上面，献祭给赫卡忒女神，做完这一切立即离开，不管是听到脚步声还是狗叫，都不能回头，不然献祭就起不了作用。第二天，你就用我给你的魔膏涂抹身体，它会让你所向无敌，甚至能与神明作战。就连你的剑、矛和盾也需要涂上油膏，这样任何人类的铁器和神牛的火焰都无法伤害到你，他们也抵挡不住你的力量。不过这样的效果只能持续一天，就算这样，你也不能退出战斗，因为我还有其他的办法帮助你。在你耕完地、播下龙牙种子有收获后，你就将巨石抛掷在生长出的人中。这时，那群生长出的人都会像群狗争食那样争夺那块石头。这样你就有机会冲到他们中间，将他们全砍死。然后你就能从科尔喀斯拿走羊毛，去你想去的地方。"

说到这，她便想起这位英雄即将航海远去，眼泪不禁流了下来。在悲伤的作用下，她竟忘记了身份，抓住他的右手说道："你离开之后，请不要忘记我的名字，我会想你的，也请你告诉我，你将返回的祖国在什么地方。"

伊阿宋相当的感动，说道："请相信我，尊贵的公主，要是我能活下来，不管什么时候，我都不会忘记你的。我的故乡是伊俄尔科斯，但那里的人很多都不知道你们国家的名称。"

"外乡人，这样说你是住在希腊了？那里可是比较好客的，你不用说在我们这，你们接受了什么样的接待，你只需记住我就可以了。就算这里所有人都将你忘了，但我也会思念你的。要是你忘了我，就将一只鸟从伊俄尔科斯送到这里来，我会通过它来让你想起这些经历的。我真希望我能亲自到你家提醒你记得我！"说着，她竟哭了起来。

"啊，善良的姑娘，你说的什么，要是你能来我的故乡，你绝对会受到人们的尊崇的，并且你是属于我的，除了死，任何事都破坏不了我们的爱情。"

他这样一说，她高兴得神魂颠倒。可一想到要离开祖国，她内心就充满了忧伤。尽管这样，她还是想去希腊，在她心中，赫拉早就撒下这渴望的种子了。

埃厄忒斯的要求

伊阿宋和美狄亚都分别返回了。伊阿宋返回后告诉他的同伴们，美狄亚刚给他的魔药，并将其拿了出来。所有人都很开心，只有伊达斯生气地坐在旁边。到了第二天早上，他们就派出了两个人前往埃厄忒斯那儿拿回龙牙种子。国王埃厄忒斯自信地将龙的牙齿交给了他们，他确信伊阿宋是绝对活不到将龙牙种子播种的时候的。

也就在这天夜里，按照美狄亚的吩咐，伊阿宋沐浴，献祭赫卡忒女神。当听到他的祈祷，女神从洞底走了出来，场面十分恐怖，四周全是恶龙，地底的狗也狂哮不止。就连往回走的伊阿宋也被吓得毛发倒竖。不过他还是按照美狄亚的告诫，坚决不回头。

清晨，埃厄忒斯身穿战袍，驾驶着马车出了城，而后面则跟着无数想观看的民众。伊阿宋用魔药将他的剑、矛和盾全都涂抹了。同伴们用自己的武器与他的矛进行较量，但不管怎么攻击都无法撼动他半分。见到这个场景，伊达斯十分生气，举剑砍了过去，但依旧被挡了回来。英雄们见到这一幕都高兴地欢呼了起来。

伊阿宋用油膏将自己的身体涂抹后，他立即就感受到一股奇异的力量充满了全身，他更加渴望战斗。伊阿宋带领着他的伙伴们赶往阿瑞斯田野，便碰见了国王埃厄忒斯及一大群科尔喀斯人。

船刚到，伊阿宋便全副武装跳上了岸。他用带子将剑背到肩上，大步走上前去，如同阿瑞斯和阿波罗那样威武庄严。在田野上，他环顾四周，不久就发现了驾牛的金属轭，还有犁和铧，这些全都是钢制的。他仔细查看了这些农具，将枪头固定在他长矛的枪杆上，又戴好战盔，带着盾去寻找公牛的足迹。但这些关在洞里的公牛突然都钻了出来，从一侧朝他冲来。伊阿宋的朋友们全都吓得魂不守舍，但伊阿宋却岔开双腿，纹丝不动，举着盾牌，等待着它们的进攻。公牛也是晃着犄角朝他冲来，可它们没能让他后退半分，它们咆哮着，喷出火焰冲击，幸好有美狄亚的魔药，保护了伊阿宋。

最后，他从左侧抓住一头牛的犄角，使出浑身力气将它拖到放铁轭的地方。随后，将其踢翻跪在地上。用同样的办法，他又制服了第二头牛。

这时，按照事先的安排，卡斯托耳和波吕丢刻斯将轭递给了他，他连忙将其套在牛的身上。这对孪生兄弟也赶紧离开了火焰，他们可不像伊阿宋那样不惧怕火烧。伊阿宋则全副武装驱赶着喷射火焰的公牛往前耕地。因为牛和伊阿宋都具有神力，土地便犁得十分深，他迈着坚定的步伐紧跟后面，将龙牙撒在垄沟里，并时刻回头观望，看龙牙是否已长成巨人向他攻击。

尽管有足足四亩地，但到了下午就全都犁完了。他将公牛解放了出来，它们就全都逃跑了，他见到垄沟里并没有长出巨人，便返回到船上了。

同伴们全都欢呼了起来，但他一言不发，只是用战盔盛满河水喝下解渴。他稍微活动下膝关节，心中充满了再战的渴望。这时，田野中到处都长出了巨人，丛林里遍布盾牌和长矛，战盔闪眼。这时他想起美狄亚的话，他轻而易举地将一块四个壮汉都抬不起的巨石抛到这些地里生长出的武士中间，自己则躲在盾牌后面。那些科尔喀斯人大声惊叫，就连埃厄忒斯也惊讶伊阿宋的力气。那些生长出来的人全都像猛犬那样互相撕咬，相互残杀。就在他们厮杀的时候，伊阿宋拔出宝剑四处乱砍，很快垄沟里血流成河，负伤者四散而去，很多人都是满脸血地沉入土里。

国王埃厄忒斯镇静了，一句话没说，返回到城里，心中只想着如何能制服伊阿宋。

美狄亚夺得羊毛

国王连夜将民间的长老召集到王宫中商讨该如何打败阿耳戈的英雄们。他已经知道，白天发生的一切暗中有自己女儿的协助。赫拉见到伊阿宋的处境危险，便让美狄亚心生恐惧，颤颤发抖。这样，美狄亚感受到父亲已经察觉到自己对伊阿宋的帮助，泪水瞬间流了出来，幸好有命运女神的阻止，不然她就会服毒自杀的。转眼间，她精神振奋了起来，决心逃走，她将床铺铺好，亲吻门柱，抚摸下卧室的墙壁，再剪下一绺头发留给母亲当作纪念。"再见了，亲爱的母亲，卡尔喀俄珀姐姐以及宫里所有的人。外乡人呀，你真该在来科尔喀斯的路上淹死在大海里。"说着，她离开了她的家，如同一个囚犯逃离关押她的牢房。

她默念咒语，宫廷的大门便打开了，她光脚奔跑，没多长时间就到了城外，就连守卫都没认出她来，然后，她就走向通往神庙的小道上了。月亮女神塞勒涅见到她急忙奔走，自言自语道："受到爱情煎熬的并不只有我一个人呀！你常用魔法将我驱赶出天庭，现在你也要为伊阿宋而忍受痛苦，走着瞧吧！你逃脱不了这痛苦的。"

等到了海岸，她高声呼喊她姐姐小儿子佛戎提斯的名字，佛戎提斯和伊阿宋都听出来，她喊了三声，他们也应答了三声。英雄们觉得很惊讶，便划船去接她。船还没停下来，伊阿宋就一跃而起跳到岸上，接着，佛戎提斯和阿耳戈斯也跳了上去。

"请救救我吧，让我和你们一起从我父亲手中逃跑吧，事情全都败露了，趁他还没追上来之前，我们乘船走吧，我会将那条龙催眠，这样你们就能拿到羊毛了，但你们要发誓，到了异乡不能欺负我这孤女。"

她诉说得如此悲伤，可伊阿宋却无比的喜悦。他温柔地扶她起来，拥抱着说道："亲爱的，宙斯和婚姻保护神赫拉做证，我一定会将你当作我合法妻子带回希腊家中的。"

美狄亚吩咐连夜划船去圣林骗取羊毛。船到之后，伊阿宋和美狄亚从小道奔向圣林。很快就找到了那棵高挂着羊毛的高大橡树，透着夜色，羊毛闪闪发光。而它的对面则是不眠的龙警惕地望着远方。美狄亚勇敢地冲了上去，用甜美的声音祈求催眠神使怪兽入睡。接着，她又祈求冥府的神为她降福。伊阿宋镇定地跟在她身后，美狄亚的歌声已经让毒龙有了睡意。它身躯已经舒展开了，只有头还直立着，想将他们吃掉。这时，美狄亚边念咒语，边用蘸着魔液的枝条往龙眼睛里洒去，魔液的芳香彻底让毒龙酣睡了起来。

按照美狄亚的吩咐，伊阿宋从橡树上拉下羊毛，而美狄亚则朝龙头上喷魔油。然后，两人匆匆离开了。

天刚亮，他们就返回到船上了，同伴们将他们团团围住，赞叹着闪电般放光的羊毛。伊阿宋对同伴们说道："亲爱的兄弟们，现在我们需要赶快返回祖国。这位姑娘帮助我们完成了任务，为了报答她，我会娶她为妻，你们要帮我保护这位全希腊的恩人，但是我相信：埃厄忒斯很快就会带着他的人民来阻止我们。因此，你们中间有一半人需要摇桨，另一半则需要举起盾牌迎击敌人。是否能返回家乡，全希腊的荣辱，全都在我们手中掌握着了。"

美狄亚逃走

　　就在这时，埃厄忒斯和所有科尔喀斯人都知道了美狄亚的恋情和行为。他们就全副武装地集合了起来，朝河岸进发了。他们刚来到河口，就见到阿耳戈英雄们的船已远驶在海上了，埃厄忒斯高举双手，呼吁宙斯和太阳神见证他们的罪行，并向他的臣民宣布："要是你们不能将我女儿捉来见我，让我严惩她，你们全都要被砍头。"当天，吓破胆的科尔喀斯人全都扬帆出海了。

　　阿耳戈英雄的船帆被顺风鼓满了，第三天凌晨，他们停靠在哈吕斯河岸边，按照美狄亚的要求向女神赫卡忒举行献祭，这时他们的首领和其他英雄想起老预言家菲纽斯的建议：返程时选择一条新路，可没一个人熟悉这个地区。阿耳戈斯让大家驶向依斯忒耳河时，他们前进的上空出现一道彩虹。科尔喀斯人一直没停止对他们的追击，他们行驶得比阿耳戈船快，因此先到了依斯忒耳河口。在这里，他们埋伏了起来，堵住了阿耳戈英雄船入海的出路。阿耳戈英雄们惧怕人数众多的科尔喀斯人，便上岸占领一个岛。科尔喀斯人紧追不舍，一场战斗即将发生。被困的希腊人提出谈判，双方妥协：希腊人可以将国王许诺的羊毛拿走，但国王女儿却必须要带到另一个岛阿耳忒弥斯的神庙里去，由一位邻国国王当作公断人判定她的去留。

　　美狄亚听到后，满心痛苦和忧虑，她立即将她的情人拉到一旁，说道："伊阿宋，你准备怎样决定我的命运？你曾对天起誓要使我幸福，难道你都忘了吗？我也是太轻率了，竟对你抱有幻想，抛弃我的一切，跟着你来到这里。是我的痴情帮你夺得羊毛，为了你，我不顾名誉，跟着你去希腊，你该保护我的，不能将我一个人留在这里，也不要将我交出去接受审判，要是我被判给我的父亲，那我很可能会命丧黄泉了。这样，你还有什么快乐呢？宙斯的妻子，你的保护神赫拉会赞同你的行经吗？要是你抛弃我，你也会痛苦的，时常想念起我。羊毛也会消失，落在冥王哈得斯手中。那时，我的灵魂也会将你驱赶出你的祖国，就像你误导我离开我的祖国一样。"

她说话时，情绪急躁。见到这一幕，伊阿宋犹豫了，但在良心的谴责下，他温和地说道："善良的姑娘，镇静些，我根本没将这协议当回事。这仅仅是我们设的缓兵之计，大批的敌人将我们包围了。住在这里的人全都是科尔喀斯人的朋友，都愿意帮助你兄弟阿布绪耳托斯，要是现在开战，我们都会惨烈地送命的。要是我们死了，你会更加绝望的。准确地说，这只是一个计谋，一个让你兄弟走向毁灭的诡计。一旦首领死了，邻国的朋友就不会再帮助科尔喀斯人了。"

他就这样好言相劝，听完后，美狄亚立即献出一条更加险恶的建议："听我说，我已经没有退路了，只能在罪恶的泥潭里越陷越深。要是你在交战中击退了科尔喀斯人，我会设计将我兄弟骗来，落在你手里，这样你就可以劝降他，在宴席上，我劝说使者离开，你就能将他杀死了。然后去打败科尔喀斯人。"就这样，他们布置了杀害阿布绪耳托斯的阴谋。他们送给阿布绪耳托斯众多礼物，少女告诉使者们，让阿布绪耳托斯深夜来另一个岛的阿耳忒弥斯的神庙，她将设计让他得到羊毛，然后献给他们的父亲埃厄忒斯。而她则诈称是被佛里克索斯的儿子抓到献给外乡人的。进展如她所愿，阿布绪耳托斯如约来到神庙与他姐姐会面，正在他们谈话时，伊阿宋突然冲出来，手握宝剑，而美狄亚则转过脸，蒙上面纱，不愿看见兄弟被杀的惨状，伊阿宋手起剑落，将他砍倒在地。在隐蔽处，复仇女神用阴险的目光看到了这一切。

伊阿宋清洗完身上的血迹，将尸体掩埋起来，美狄亚用火把朝阿耳戈英雄们发出冲击信号。英雄们立即冲向随从们，科尔喀斯人无一生还，胜利已成定局。

阿耳戈英雄们的返航

剩下的科尔喀斯人还没缓过神来，英雄们已经急速离开了。科尔喀斯人知道了一切之后，还想追击敌人，但赫拉从天空中发出闪电，给予他们警告，他们才罢休。但是不将国王的女儿带回去，他们肯定会受到严惩的，于是他们就决定留在依斯忒耳河口的阿尔忒弥斯岛上了。阿耳戈英雄们穿过了很多的海岛与岛屿，他们甚至都看见远方故乡最高的山峰了。这时，赫拉不敢破坏盛怒的宙斯对阿耳戈英雄们的惩罚，便用暴风雨阻止他们，将他们刮到没有人烟的埃莱克特律斯岛。这时，雅典娜装在龙骨间那块预言木板说话了，他们听了之后，全都脸色大变。"你们逃不开宙斯的愤怒，注定要在海上漂泊，除非女巫师喀耳刻禳解你们杀害阿布绪耳托斯的罪孽，让卡斯托尔和波吕丢刻斯祈祷诸神为你们开辟一条海上通道，找到太眼神和珀耳塞所生的女儿喀耳刻。"那块木板说道。

听到预言家宣布的可怕命运，英雄们全都心惊胆战，只有双生兄弟卡斯托尔和波吕丢刻斯站了起来，祈求诸神的保护。但船依旧在行驶，冲进法厄同被太阳车烧死坠海的地方——伊里丹纳斯的内海湾。就算在现在也没有一条船能轻易穿过这片水域，火焰时刻燃烧着。法厄同的几个姐妹，赫利俄斯的女儿们，全都变成了岸边的白杨，它们叹息着，滴着晶莹的琥珀泪，冲进了伊里丹纳斯河里去。

坚实的大船再次帮助英雄们逃脱了危险，可他们却失去了饮食的欲望。赫拉发出声音指引着他们，并放出黑雾保护着船只。就这样，经过多日的航行，他们终于进入到女巫师喀耳刻居住的岛屿的港口。

在这里，他们寻找到那位女巫师，她正在洗头。她曾梦见她的卧室血流成河，火焰吞噬了一切用来麻醉的魔药，她用手掬血将火扑灭。噩梦惊醒了她，她疯了一般跑到海边去清洗衣裙和头发，仿佛她真沾上了血污。成群的猛兽紧跟着她，如同牛群出棚那样，可那些猛兽与家禽不同，它们的躯体都是由两类动物组成的。英雄们心生恐惧，他们看了一眼便认出来，这是残暴的埃厄忒斯的妹妹。很快，这位女巫师转过身来，如同对待家犬那般招呼抚摸那些怪兽。

伊阿宋下令，所有人留在船上，只有他和美狄亚跳到岸上。一上岸，他就拉着这位姑娘奔往喀耳刻的宫殿。喀耳刻并不知道他们这些陌生人来这里的意图，但还是热情地招待了他们。伊阿宋将杀死阿布绪耳托斯的宝剑插在地上，双手按着，双眼紧闭。这时，喀耳刻才知道他们是祈求保护的人，这与他们的被逐和一桩谋杀有关。于是，她便宰杀了一只刚出生的狗，献祭给宙斯，请宙斯允许她为他们净罪。她吩咐侍从和水中的女神，将赎罪用具带到海边，而自己则在灶旁边，祈求复仇女神息怒，请求天父宽恕这些人。

一切都做完之后，她与外乡人相对而坐，询问他们的职业和航行情况，以及为何请求她的保护。因为她又想起那个血腥的梦了。这时，少女的眼睛吸引到她的注意，她们都是太阳神的后代，都拥有一双闪着金光的眼睛。在她的要求下，少女用母语介绍了埃厄忒斯和阿耳戈英雄们之间发生的不快，但不愿承认杀害了兄弟阿布绪耳托斯。可对于女巫师喀耳刻而言，是什么都隐瞒不了的，"可怜的孩子呀，你离家出走，又犯了一桩大罪，你父亲肯定会追杀到希腊的，为他的儿子报仇，不过你在我这儿是没有危险的，因为你是祈祷人，还是我的侄女。但无法取得任何帮助，你还是带着这个外乡人走吧。我管不了你所做的，我都不赞成。"听了这话，美狄亚痛苦了起来，直到伊阿宋抓起她的手，她才跟跄地走出了宫殿。

然而赫拉却十分同情她的被保护人，她召唤大海女神忒提斯，为阿耳戈英雄们护船。伊阿宋和美狄亚刚上甲板，就有了和风。不久，他们靠近一个百花盛开的小岛，但那是骗人女妖的住所，她们擅长用歌声诱骗过路者，让他们死在这里，她们全是半鸟半人形，坐在那里等候着猎物。没有人能幸免，现在她们也正冲着阿耳戈英雄们唱歌，他们全都入了迷，准备上岸，就在这时特剌刻的神歌手俄耳浦斯站了出来，弹奏起七弦神琴，压制了鬼怪少女的歌声，她们的歌声消失了，只有部忒斯一人，忍不住诱惑，跳进海里，朝诱人歌声游去，幸好阿佛洛狄忒看见他，从旋涡中拽了他出来，抛在该岛的一个海岬上，从此他就只能生活在这个地方了。

科尔喀斯人再次启程

阿耳戈英雄们又经历一些危难，继续在海上航行，他们抵达了一个岛屿，这里居住着善良的淮阿喀亚人及他们贤明的国王阿尔喀诺俄斯，他们受到了热情的招待，正准备好好休整下，可科尔喀斯人的队伍却追击到了这里。他们要求将国王的女儿美狄亚交出来，带回他们的祖国。不然埃厄忒斯将亲自率领一支更加强大的队伍来，血战一场。善良的国王阻止了英雄们战斗的意图，而美狄亚则抱着国王妻子阿瑞忒的双腿，说道："王后，求你了，不能让他们将我带走，我不是轻率逃跑的，我实在太惧怕我父亲了。求你怜悯怜悯我吧，诸神会保佑你的。"

她又依次跪在每个英雄脚下求救。每个人都鼓励她，并向她保证：万一国王将她交出去，他们一定援助她。

夜里，对于这个科尔喀斯的少女的难题，国王和他妻子展开了讨论。阿瑞忒则请求帮助她，她说英雄伊阿宋将娶她为妻。本来阿尔喀诺俄斯就是心地善良的人，这样心更软了。他说：为了这些英雄和美狄亚，他愿意将科尔喀斯人赶走，但这样会破坏宙斯的待客规则。再说，就算他住得很远，去招惹强大的国王埃厄忒斯也是很不理智的选择。因此，他决定，要是这姑娘还是处女，那就将她交还给她父亲，要是她已经成为伊阿宋的妻子，那她就属于伊阿宋，不属于她的父亲。

听到这样的决定，阿瑞忒十分惊慌。当夜，她就派出使者向伊阿宋报告这一切，并要求天亮之前，他们完婚。听到这样的建议，阿耳戈英雄们都很高兴，于是在一山洞里，美狄亚成为了伊阿宋的妻子。

　　第二天清晨，全副武装的科尔喀斯人全都登陆，按照诺言国王阿尔喀诺俄斯走出宫殿，手持王杖宣布对这个姑娘的判决。身后则是成群的贵族和众多的民众，他们都来观看。希腊的英雄国王就座后，伊阿宋立即上前，宣布埃厄忒斯国王的女儿已经成为他合法的妻子。阿尔喀诺俄斯听完伊阿宋的话，又询问了几个婚礼的见证人，便庄严地判决道：无法交出美狄亚，她将作为客人被保护起来，科尔喀斯人表示反对也没任何用处。国王宣布：如果他们不愿作为和平的客人留在这里，就要离开他的港口。他们害怕国王暴怒，便选择了第一个方案。第七天，阿耳戈英雄们赠送给国王众多礼物，才依依不舍地与国王阿尔喀诺俄斯告别，再次启程。最终，他们抵达了他们家乡伊俄尔科斯的港湾。

伊阿宋自刎

　　尽管历经众多危难，伊阿宋还是夺得了美狄亚，并杀害了她的兄弟阿布绪耳托斯，但他也没有得到伊俄尔科斯的王位。只能将王位传给珀利阿斯的儿子阿卡斯托斯，自己则带着妻子美狄亚逃往科林斯，他们在那里居住了十年，美狄亚生了三个儿子。这些年，伊阿宋爱她，敬重她，不仅是因为她美貌，更是因为她独特的见解和其他优点。

　　后来，科林斯国王克瑞翁的女儿格劳刻深深迷住了伊阿宋。他背着妻子美狄亚向少女求婚。在得到克瑞翁的同意后，才找妻子劝说她自动解除婚姻。他又发誓道：他这样做不是因为厌倦了她，而是为孩子，所以想与王室攀亲。

　　这下激起了美狄亚的愤怒，她呼唤神明为他以前的誓言做证，但伊阿宋一心要娶国王的女儿为妻。在她丈夫的宫殿里，美狄亚绝望地游走着，"我的命真苦呀，希望天火能将我烧死，不然我活着还有什么意义？父亲呀，我逃离的家乡！啊，我的兄弟呀，我们身上流着一样的血。可受惩罚的不该是我呀，我全是为了他才犯的罪。正义的女神，请毁灭他和他恶毒的女儿吧！"

就在她徘徊时，伊阿宋的新岳父克瑞翁遇见了她，"你心中充满着敌意，立即带着你的孩子离开我的国家吧，你不离开，我是不会安心的。"美狄亚强忍着愤怒说道："克瑞翁，你为何怕我作恶，咱们有仇怨吗？为何要干这种事情？你将你女儿许给我的丈夫，这与我有什么关系。我仅是恨我的丈夫，在我面前，他是有罪的。但是，木已成舟，就让她与我丈夫生活下去吧！但让我继续居住在这个国家里吧！我愿保持沉默。"尽管这样，克瑞翁还是不愿相信她，"你还是走吧，减少点烦恼！"于是，她请求暂缓一天离境，以便她找到一个好的避难所。"我并不狠心，就按你说的办吧！小女人。"国王说道。

这样，美狄亚的心就变得更加狂暴了。她着手准备实施她的毒计。虽然这个毒计还很模糊，但它还是有实现的可能的。最后她还是想去试探下，"你这个坏男人，我为你生了孩子，你却背叛了我，要娶其他女人。要是我们没有孩子，我想我还是会原谅你的，可现在你却不可饶恕。别以为我不知道，当年你发誓忠于我时的神已经不再管事，但人类又有了新准则，能让你破坏誓言吗？现在我当你是朋友，所以问你：你准备让我去哪里？为了你，我背叛了父亲，还杀害了他的儿子，难道你要将我送回家吗？我能找到其他安身的地方吗？你的前妻带着你儿子在乞讨，你和新人就感到光彩吗？"

这时的伊阿宋已经心如铁石，他答应给他们很多黄金，并让她去他朋友那儿请求收留，但美狄亚拒绝了这一切。"走吧，你去结婚吧，去举行一场痛不堪言的婚礼吧！"可她离开丈夫后，又有些后悔，认为不该说出那句话，并不是心软了，而是害怕他会注意到阻止她的计划。于是，她再次找他交谈。完全是一种新的态度，说道："伊阿宋呀，原谅我说的话吧，我被愤怒冲昏了头脑。现在我明白了，这样会给我们带来好处，我们在贫困时来到这里，你想通过新婚姻来庇护咱们俩和孩子们。只要他们远离你一段时间，你就会召回我们，孩子们，拥抱你们的父亲吧，跟我一样和解吧。"

伊阿宋真的相信美狄亚不会再怨恨他，心里十分高兴。美狄亚为了让他更加相信，便请求一个人离开，孩子留在他身边。她还特意从储藏室里取出几件珍贵的金袍，让伊阿宋送给国王女儿当作新婚礼物。考虑了好长时间，伊阿宋才默许，随即派侍从送到新娘那里。但这些衣服全都是用毒汁浸泡过的长袍，美狄亚与丈夫告别后，便等待着她的传话人给她带来公主的消息。

　　终于，传话人回来了，他大喊道："快走吧，美狄亚，你的情敌和她父亲全都死了。当你的儿子跟着父亲走进新娘屋子时，所有人都很高兴，事情终于和解了。年轻的公主笑着迎接你的丈夫，可见到你的孩子时，却转过脸，遮住眼睛，讨厌他们的到来。伊阿宋尽力为你说好话，并摊开了你的礼物。一见到这些礼物，她就情绪大变，答应了新郎的一切要求。你的丈夫和儿子刚一离开，她就迫不及待地穿上金袍，在镜子前欣赏着自己。可没一会儿，就发生了戏剧性的一幕。她脸上变了颜色，四肢颤抖，还没坐到座位上，她就口吐白沫，两眼上翻。宫殿里哭声一片，仆人们分头去找她的父亲和她未来的丈夫。就在这时，她父亲赶到了，见到女儿的尸体，绝望地扑了上去，那长袍上的毒液立即渗入到他的身体里，不久，他也死去了。至于伊阿宋的情况，我还不知道。"

　　这样的结果并没平息美狄亚的怒火，反而让它更加燃烧。于是，她决定再给丈夫也给自己致命的一击。夜幕降临，她来到自己儿子睡觉的房间，"我的心也该武装起来，你为何要犹豫不决，忘了这些人吧，忘了他们是你的孩子。你现在需要的是忘掉这一切。然后你再用一生怀念他们，现在你是为了他们好，如果你不杀了他们，他们也会死在敌人手里。"

　　就当伊阿宋回来准备复仇时，却听见自己孩子的惨叫。他走进房间看见自己的孩子已经全部死去。他绝望地离开了，却听见空中发出轰隆声。抬头一看，那个可怕的凶手正召唤龙驾车而去，离开复仇现场。伊阿宋知道，他再也没机会复仇了。他真正的绝望了，对阿布绪耳托斯的谋杀又深深撞击着他的灵魂。于是，他举剑自刎了，倒在自己家的门槛上。

第三章

赫拉克勒斯的传说

赫拉克勒斯的出生

赫拉克勒斯是宙斯与阿尔克墨涅的儿子。宙斯的妻子赫拉嫉妒她的情敌阿尔克墨涅，还嫉妒宙斯宣布他将拥有未来最伟大的儿子。自打阿尔克墨涅生下赫拉克勒斯，她就觉得王宫中不会安全的，便将他转移到另一个地方，后来这个地方被称为赫拉克勒斯之地。幸好有一个美妙的奇遇，不然这个孩子一定会忽被视掉的。

一天，雅典娜和她的敌人赫拉路过这里，雅典娜惊讶孩子的外表，而赫拉怜悯他，并将他抱在胸前，让他吸吮万神之母的乳汁。可这孩子不同于同龄人，吸吮得太用力，让赫拉感到疼痛，生气地将孩子扔到地上。而雅典娜则将他又抱了起来，带他来到这里最近的城市，交给这里的皇后阿尔克墨涅抚养。也就是说，她的敌人救了赫拉克勒斯，并成了他的继母。还有，虽然在赫拉的乳房上，赫拉克勒斯留下了一排牙印，但几滴神的乳汁，已经让他拥有了神的潜能。

阿尔克墨涅一眼就认出了这是自己的孩子，并将他欢喜地放入摇篮。但赫拉也察觉出这个孩子的身份，知道自己错过报复的机会。于是，她马上命令两条蛇去咬死婴儿。这两条蛇穿过阿尔克墨涅卧室敞开的门，趁着人们熟睡并没发觉，爬进摇篮，缠住孩子的脖子。赫拉克勒斯惊醒了，大哭了起来，也在世人面前第一次展示他超人的力量。他每只手抓住一条蛇的脖子，将它们都给捏死了。

这时，女仆人才发现这两条蛇，但出于害怕，没有上前。孩子的哭声惊醒了阿尔克墨涅，她急忙冲了进去，却发现她儿子已经掐死了这两条蛇，忒拜的贵族们听到呼救声也冲了进来。国王安菲特律翁将这义子当作宙斯给予礼物，也手持剑冲了进来。他听到了这个事情，对这孩子的神力既高兴又恐惧。他将这件事当作先兆，召唤预言师忒瑞西阿斯前来。他对在场的所有人预言，这孩子将如何杀死怪物，战胜巨人，以及怎样经历人间苦难，最终拥有永生的生命并与永久青春的女神赫柏结婚。

赫拉克勒斯的教育

从先知口中知道这个孩子未来的命运后，安菲特律翁便决定让他接受成为一个英雄应接受的教育。他将所有的英雄聚集起来，请求他们教赫拉克勒斯各种各样的知识和本领。

赫拉克勒斯十分好学，但他还是忍受不住折磨。一次，赫拉克勒斯受到利诺斯老师不公正的责打，他抓起一把齐特尔琴投向老师脑袋，一下子，老师立即死去。尽管他十分后悔，但还是为此上了法庭。著名且公正的法官剌达曼堤斯判他无罪，并制定一条法律，自卫致死不得判死刑。

可安菲特律翁却害怕他再犯这样的错误，便将他送到乡下去放牧。他在这里长大，并且他因比任何人都高大强壮而出名。在射箭和投标枪上，他从没输过。他十八岁了，成为了最漂亮强壮的男人。

诱惑赫拉克勒斯

此时，赫拉克勒斯离开了牧群，去思考他的人生道路。就在他沉思的时候，见到两个高大的女人朝他走来。一个高贵且纯洁，身穿白色长袍；另一个则丰满，皮肤白里透红，身姿妖娆。两个女人走近了，第一个依旧安详地往前走，第二个则抢先跟他说话："赫拉克勒斯！你还没决定你人生的道路，你愿和我做朋友吗？我能让你过上舒服安逸的生活。你不用去关心麻烦、战争和交易，你只需享受美酒佳肴；你所有的感官都会轻松愉快的。你不用工作就能享受这一切，这是我赋予我朋友的权利。"

听到如此诱人的建议，赫拉克勒斯诧异地问道："哦，女人，你是谁？""我的朋友都叫我幸福，但我的敌人侮辱我是'堕落的享受'。"

这时，另一个女人也过来了，"亲爱的赫拉克勒斯，我认识你的父母，我还知道你的禀赋和所受的教育。这让我看到了希望。要是你选择我为你指路，你将成为一个杰出的人物。但我不会用享乐来诱骗你，我会告诉你神祇要人们所做的事。人们不经过辛苦劳作，神祇是不会给他收获的。要是你也希望神慈祥地对待你，你就必须要崇敬神，要是你希望朋友尊敬你，你就必须去帮助他……想让让国家敬重你，你就必须尽你的职责。要是你想全希腊都赞美你的德行，就要成为希腊的恩人。你要通过辛勤的劳作才能获得你想要的。"

这时，"享受"打断了她的话："看，亲爱的赫拉克勒斯，这是一条艰难漫长的道路，跟着我，我将引领你走一条舒适便捷的幸福之路。""道德"反驳道："可怜呀，你怎么会幸福呢，你到底享受了什么？还没见到它们你就满足了。不饿的时候就吃饱了，不渴的时候就喝足了。你们过度刺激自己，浪费生命，这就是为什么人们年轻时享乐，年老时后悔的原因。尽管你自己不朽，但你却被神祇放逐，被善良人鄙视。你永远得不到最好的声音：赞美。你看不到最悦目的事物：工作。所有神和善良的人都关注我，我是他们最好的伙伴和支持者、保护者。他们很满意，对于以前的行为，十分满足，也很幸福。有了我，他们受到神祇和朋友的喜爱，祖国的尊重。他们并不是死的默默无闻，而是饱受后世赞扬和纪念。赫拉克勒斯，选择吧，幸福属于你。"

第一次冒险

幻象消失了，又剩下赫拉克勒斯一个人了。他决定选择"道德"的道路，并很快就找到了做好事的机会。当时的希腊遍布森林沼泽，四处游荡着狮子、牲畜和其他害人的野兽。古代英雄最大的目标就是将这些野兽从国土上清除出去。注定赫拉克勒斯也要去做这项工作。

他一回到国都，就听说在喀泰戎山脚下，一只狮子糟蹋了国王安菲特律翁的羊群。年轻的英雄立即做出决定，武装好自己，爬上山去，战胜了狮子，将它的皮披在身上，用它的巨颚当作战盔。

他冒险归来时，正好遇见弥倪安斯的国王厄尔奎诺斯的一些使者，他们是来向忒拜人征收不公平的贡品的。赫拉克勒斯将自己定位为被压迫的斗士，将这些曾多次苛待过希腊的使者双足砍断，捆绑着送回他们国王那里。厄尔奎诺斯要求将肇事者交出来，忒拜的国王克瑞翁害怕了，准备屈从。

在赫拉克勒斯说服下，所有的年轻人一起来反抗敌人，只是弥倪安斯人将全城的武器全部都收缴了，他们都没武器。这时，雅典娜召唤赫拉克勒斯来到她的庙里，用她的武器武装他们。在一个峡谷里，武装好的英雄们与逼近的弥倪安斯人相遇了。在这里，敌人发挥不出自己的兵力优势。厄尔奎诺斯战死，军队几乎全军覆没，但在战斗中赫拉克勒斯的继父安菲特律翁也牺牲了。打完这次战役后，赫拉克勒斯进攻弥倪安斯的首都俄耳科墨诺斯，并摧毁了这座城。

整个希腊都在赞美他的勇敢，为了向这位年轻人表示敬意，忒拜的国王克瑞翁将自己的女儿墨伽拉嫁给赫拉克勒斯，后来，她为他生了三个儿子。就连神祇也送给这位半神人很多礼物：赫耳墨斯送的神剑，阿波罗送的神箭，赫淮斯托斯送的金箭袋，雅典娜送的盔甲。

与巨人战斗

很快，赫拉克勒斯就获得报答神祇们礼物的机会。因为宙斯曾放逐她的儿子提坦们到塔耳塔洛斯，所以大地女神唆使她的儿子去反对宙斯，这些全都是巨大的怪物。从地下冲到田野，从威萨利亚冲到佛勒格剌。就连天上的星星都为遇见他们而苍白，阿波罗都要调转太阳车的方向。

在地母的唆使下，他们狂暴地战斗着，冲往忒萨利亚的山，准备扑向天堂。

也就在这时，天神的使者伊里将所有的神都召集了起来。所有人都聚集在万神之父的家中。宙斯说道："看，地母是怎样与她的孩子阴谋反对我们，她派来多少儿子，我们就还她多少尸体。"他刚说完。地母该亚就用强烈的地震回击他，一下子，大自然陷入了混乱。巨人们将俄萨山、佩利翁山、俄塔山和阿托斯山拽到洛多珀山叠到折断的洛多珀山上，朝神住的地方冲去。曾有神谕告知，只有天神们与一个人类一同作战才能杀死巨人们。该亚也知道了这消息，希望能找到一种药物使她的儿子们免受人类的伤害。可宙斯抢先了一步，抢先割掉了它，并让他的儿子赫拉克勒斯参加战斗。

奥林帕斯山也陷入了战火之中。阿瑞斯驾驶着他的战车，猛冲进敌群，他杀死了蛇足巨人珀罗洛斯，驾车碾过他的身躯，但直到巨人看见赫拉克勒斯登上奥林帕斯山最后一级台阶，他才灵魂出窍而死。

赫拉克勒斯扫视了一下战场，用箭射死了堤福俄斯，瞬间他跌落力量山顶，但他一接触大地就复活了过来。在雅典娜的指点下，赫拉克勒斯冲下山去，将堤福俄斯举了起来，他一离开大地就死去了。

赫拉克勒斯和赫拉被巨人波耳费里翁威胁着，即将发生战斗。但宙斯让他有了想看漂亮女神面孔的念头。他一拽下赫拉的面纱，宙斯就用雷电击中了他，赫拉克勒斯立即补上一剑结束他的生命。接着，巨人厄菲阿耳忒斯的队伍出现了，他们的眼睛闪烁发光。"这是多么明显的目标呀！"赫拉克勒斯对着阿波罗说道。阿波罗和赫拉克勒斯分别射中巨人的左右眼。狄俄倪索斯则用神杖打败了菲托斯；赫淮斯托斯抛出一连串的铁弹把吕提俄斯打倒；雅典娜则将西西里岛抛向逃跑的恩刻拉多斯。波塞冬追击的巨人波吕玻忒斯逃往了科斯岛，幸好海神撕下岛屿的一块将他压住。赫耳墨斯头戴战盔，把希波吕托斯杀死了，命运女神则击毙了其他两个巨人，其余的不是被宙斯闪电击毙就是被赫拉克勒斯的箭射死。

因为他的这些功绩，众神都对这半神人有好感。宙斯还册封所有参加战斗的神为奥林帕斯神，用此名号来区别勇敢者与懦弱者。同样，这个称号也赐给了他两个儿子：狄俄倪索斯和赫拉克勒斯。

赫拉克勒斯和欧律斯透斯

　　赫拉克勒斯还没出生的时候，当着众神的面，宙斯就曾宣布，珀琉斯的长孙将会统治其他珀琉斯的子孙们。本来这个荣誉是要给予他和阿尔克墨涅的儿子。但为了不让她情敌的儿子得到这个荣誉，阴险的赫拉让同是珀琉斯的孙子欧律斯透斯比赫拉克勒斯提前出生了，这使得欧律斯透斯成了阿耳戈斯地区的密刻奈的国王，赫拉克勒斯则是他的臣民。

　　欧律斯透斯注意到他兄弟逐渐增长的声誉，于是他派出不同的工作让他去完成。可赫拉克勒斯不愿去完成，于是宙斯命令他效力于阿耳戈斯的国王。但他根本不愿听命于人类，他去得尔福请求神谕。神谕是这样的：神祇终将纠正被欧律斯透斯窃取的统治权，但只有赫拉克勒斯完成欧律斯透斯交付的十件工作，他才能升为神。为此，赫拉克勒斯陷入深深的忧郁之中：让他服从一个低微的人，这严伤害背了他的自尊和尊严，但不听从他父亲宙斯的话，是会遭受到灾祸的。这时，赫拉也发现了这一点，让他的烦恼变为狂暴。一下子，赫拉克勒斯疯了，甚至想谋杀他珍爱的侄子伊俄拉俄斯。他侄子逃跑了，他就射杀了墨伽拉为他生的儿子。他像是在射杀巨人，他疯狂了很长时间，直到清醒过来，才慢慢克服了巨大的不幸，决定接受工作并主动来到国王的领地提任斯。

赫拉克勒斯的十项任务

欧律斯透斯交给他的第一件任务就是将涅墨亚狮子的毛皮带回来。它活动在珀罗奔尼撒的森林里，人类的武器根本伤害不到它。

于是，赫拉克勒斯就去克勒俄奈追捕狮子，在那里一个名叫摩罗科斯的穷苦人热情地招待了他。就在他碰见摩罗科斯时，后者正为宙斯宰杀祭品。赫拉克勒斯说道："好人，请让你的动物再活三十天吧！要是我能幸运归来，你再宰杀它们吧，万一我死了，请你把我当作长眠的英雄祭祀神祇。"

赫拉克勒斯全副武装地出发了。一天后，他就抵达了涅墨亚森林，他观察了每一个角落，想在狮子发现之前找到它。直到中午，他都没一点线索，也没打听到一点消息，整个森林中就他一个人。

他用整个下午走遍了整座森林，直到黄昏时分，狮子才出现在林间小道上，它已经狩猎归来，饱餐一顿了。赫拉克勒斯隐藏在灌木丛里，等它靠近，朝着它的肋骨和胯之间就是一箭，可这一箭并没射进肉里，它竟弹了回来，落在地上。狮子抬起它血淋淋的头，四处寻找着，并张开大嘴，露出它巨大的牙齿。它的胸部完全暴露在半神人赫拉克勒斯面前，他朝着它心脏就是一箭，可这次又没射中它，箭再次被弹了回来。狮子发现了赫拉克勒斯，他立即又射出了第三箭。狮子暴怒，弓起背部跳向它的敌人。赫拉克勒斯立即扔下弓箭和兽皮，挥舞着木棒冲向狮子。一下子，打中了狮子的脖子。趁它喘息之际，赫拉克勒斯冲了过来，用手臂紧勒它的咽喉，直至它窒息。

试了好久，他都没能将狮子的皮剥下来，最后，赫拉克勒斯想到用狮子自己的利爪将它的皮剥下来。后来，他用狮子皮为自己做了面盾，用它的上下颚做了一个新头盔。

他返回到摩罗科斯家里时，正好是第三十天。他们一起祭祀了宙斯。随后，赫拉克勒斯高兴地与他们道别。国王欧律斯透斯见到赫拉克勒斯归来，见到那可怕动物的皮，竟被它的神力吓得躲在一口锅里，通过科普柔斯将命令传给城外的赫拉克勒斯。

第二件任务是杀死堤丰和厄喀德那的女儿——许德拉。它降临到陆地上，把牲畜撕碎，毁坏田地成了荒野。它是一条巨大的九头蛇，只有中间那颗头是杀不死的。对于这次战斗，赫拉克勒斯表现得很勇敢，驾着车与他的侄子伊俄拉俄斯就向勒耳那出发了。

在阿密摩涅河的源头，他们发现了许德拉的洞穴。赫拉克勒斯让伊俄拉俄斯紧紧勒住马，他则下车点燃箭将九头蛇逼出来。果然许德拉摇摆着它九条细长的脖子冲了出来。赫拉克勒斯朝它走了过去，用力将它抓住，可它缠住他的一只脚，并不打算正面交锋。赫拉克勒斯尝试着用木棍击打，可打掉一只头，就又长出两只头。赫拉克勒斯只能叫伊俄拉俄斯过来帮忙，将附近的树林全点燃，在火焰的烧灼下，巨蛇长出来的头没办法长大。最后，赫拉克勒斯顺利地将许德拉不死的头砍了下来。他将许德拉的身体分为两段，埋在路上，并用巨大的石头压住。他还将他的箭浸在它有毒的血液中，从此只要中了他的箭的人，都无药可救。

国王的第三件任务是生擒刻律涅亚山的赤牝鹿。这是一头在阿耳卡狄亚的山上吃草，有金色鹿角和铜脚的漂亮动物。它也是女神阿耳忒弥斯训练狩猎时的五鹿之一，也就只有它留在森林中。在命运的决定下，赫拉克勒斯需要辛苦追逐它，整整追逐了一年，最终在拉冬河追到了它。但没有办法抓住它，只有用箭让它瘫倒在地。也就在这里他碰见了女神阿耳忒弥斯和阿波罗，责怪他杀死她的祭祀物，并想将他的猎物夺走。赫拉克勒斯辩护道："我不是故意的，伟大的女神，我也是被迫无奈的，不然我怎么会完成欧律斯透斯的任务呢？"就这样，他平息了女神的愤怒，带着牝鹿返回到密刻奈。

第四件任务同样是阿耳忒弥斯的祭祀物，去活捉厄律曼托斯山的牲畜，它经常祸害厄律曼托斯这一带。在这次冒险的路上，他遇见了半人半马的西勒诺斯的儿子福罗斯，他热情地招待他，尽管他们马人是生吃肉，但他还是将肉烤好给客人吃。但赫拉克勒斯要求有美酒来饮用。福罗斯说道："亲爱的客人，正好在我的地窖里有一桶酒，但它不属于马人，我不敢打开它，马人们不喜欢客人。"赫拉克勒斯回答道："打开它，我保证，你绝对不会受到任何伤害，我现在很渴。"

原本这桶酒是酒神在一百二十年前交给一个马人的，不让打开，赫拉克勒斯在一百二十年后来到这里。现在福罗斯进入地窖打开罐子，刚一打开，陈年葡萄酒的香味就让所有马人闻见了，他们蜂拥而至，朝洞里投掷石块和树枝。赫拉克勒斯用燃烧的树枝将第一个闯入者驱赶了出去，然后边射箭边驱赶其他的马人，一直追到赫拉克勒斯的老朋友马人喀戎居住的玛勒亚半岛。马人们全躲在喀戎这里，赫拉克勒斯朝他们射出了一箭，很不幸的是，这一箭穿过了一个马人的肩膀，但也射中了喀戎的膝盖。赫拉克勒斯认出这是他童年的朋友，紧忙跑上前去，将箭拔出来、敷药。这药还是精通医药的喀戎送给他的。这箭都在许德拉的毒血里浸过的，伤口无法治愈。马人们将他抬进洞里，希望他能在好朋友的怀里死去。可喀戎忘记自己是不死的，赫拉克勒斯告别了马人，并许诺，不管任何代价，他都会要求死神，苦难的解脱者来到这里。

赫拉克勒斯和其他马人返回到他朋友的洞穴中，他却惊讶地发现福罗斯死了。原来福罗斯把那支致马人死亡的箭拔了出来，可不慎滑落，刺伤了福罗斯的脚，结果毒发毙命。赫拉克勒斯极度悲伤，为福罗斯举行了隆重的葬礼，并将其埋在大山下面，后来，这座山称为"福罗山"。

赫拉克勒斯去寻找野物了，他大声呼叫，将它从灌木丛中驱赶了出来，一路追赶它进了雪山。最后，他用绳索套住了这野物，将它活着带回密刻奈，完成了使命。

国王欧律斯透斯安排的第五件任务是让他在一天之内将奥革阿斯的牛棚打扫干净。厄利斯的国王奥革阿斯拥有相当多的牛，在他宫殿前面，他按年份将牛群羊群圈养起来。三千头牛被养了很长时间，因此牛粪堆积得也是出奇的高。

在奥革阿斯面前，赫拉克勒斯主动提出在一天内为国王把牛棚打扫干净，完全没有提及欧律斯透斯国王的命令。奥革阿斯仔细打量着这个英雄，一想有如此高贵的战士愿去做奴隶的工作，竟忍不住想笑出来。但又一想：重赏之下必有勇夫，他来做事或许是贪图厚礼，就算给他重赏也不是不可以的。但一天之内将牛棚打扫干净，这根本是不可能的。因此，他说道："外乡人，你能在一天之内将所有牛粪打扫干净，那这个牛群的十分之一就是你的了。"赫拉克勒斯很高兴接受了，国王以为他要开始挖粪时，他却先叫奥革阿斯的儿子费琉斯来做证。然后他在牛棚一旁挖了条沟，通过这条渠道将阿尔甫斯河和珀涅俄斯河水引进来，将牛粪冲走。就这样，他完成了一个侮辱性的工作，没有一丝地贬低自己。

奥革阿斯得知赫拉克勒斯是奉了欧律斯透斯的命令来完成这件事的，他拒绝付出酬金并否认诺言。他认为应该让法官来解决这件事，但在开庭裁判时，费琉斯出庭反对他父亲。奥革阿斯大怒，直接命令儿子放弃地位和财富如同外乡人那样离开。

返回到密刻奈之后，欧律斯透斯却宣布赫拉克勒斯工作无效，只因他从中获得了报酬。于是，赫拉克勒斯第六件任务开始了。他需要去驱赶斯廷法罗斯湖的怪鸟，它们有着铁翼、铁嘴和铁爪，它们已经伤害了很多人畜了。

经过短暂的旅途后，赫拉克勒斯抵达了树丛中的斯廷法罗斯湖。正好在树林中他遇见一群躲避狼群袭击的怪鸟。正当他不知所措时，雅典娜出现了，她给他送来赫淮斯托斯铸造的专门对付斯廷法罗斯湖怪鸟的两只铜钹。随即赫拉克勒斯爬上靠近湖的小山，敲击铜钹吓怪鸟。在刺耳的呼啸声中，它们恐惧地飞出树林。赫拉克勒斯抓起弓就将它们一只只射了下来，逃走的怪鸟也不敢再回来了。

克瑞忒的国王弥诺斯曾许诺将海中最先浮出的东西献祭给海神波塞冬。因此波塞冬想考验下他，让一头美丽的牛浮出了海面，可弥诺斯将其藏在自己的牛群中，用别的牛替代了。海神十分的愤怒，他让这头牛发病，并在克瑞忒岛上造成混乱当作惩罚。而赫拉克勒斯的第七件工作就是驯服它，并带到欧律斯透斯这里。

赫拉克勒斯的到来让弥诺斯十分的高兴，他亲自帮助赫拉克勒斯去捕捉这只动物。对于这件工作的结果，欧律斯透斯十分满意，在看过这只动物之后，就将它给放了。结果，这头牛一脱离了赫拉克勒斯的控制后就再次发狂，将它路过的地方全都破坏的跟以前克瑞忒岛一样，直到很久之后，忒修斯才驯服了它。

第八件任务是要把特剌刻的狄俄墨得斯的牝马带到密刻奈。狄俄墨得斯是战神阿瑞斯的子嗣，他是好战的比斯托涅斯族的国王。他拥有狂野又强壮的牝马，用铜槽和铁链将它们锁住，而它们的饲料不是别的，正是不幸的外乡人。他们被扔进马槽里当作牝马的食物。赫拉克勒斯到来之后，先将这个凶残的国王抓住扔进马槽里，然后又将马厩中的看守制服。待牝马们饱餐后，驯服了，便将它们全部赶到海边。可这时比斯托涅斯人追了过来。赫拉克勒斯只能转身与他们战斗，将这些牝马交给赫耳墨斯的儿子阿布得洛斯看守，当赫拉克勒斯将比斯托涅斯人赶走之后，却发现牝马已经将他的朋友阿布得洛斯撕碎了。他无限悲伤，并为纪念他建立了阿布得洛斯城。随后，他再次驯服牝马并带给欧律斯透斯。

赫拉克勒斯的第十件工作是去对抗阿玛宗人。他需要将阿玛宗城的女王希波吕忒的腰带送给欧律斯透斯的女儿阿特梅塔。阿玛宗城是一个女人国，她们居住在蓬托斯的忒耳摩冬河畔，只养育她们的女儿，将男人买卖，成群的去作战。希波吕忒则是她们的女王，为了显示她的荣誉，她总戴着战神送给她的腰带。

赫拉克勒斯召集了一些自愿的战友前去冒险。在阿玛宗城的忒弥斯库拉海港，阿玛宗的女王遇见了他，英雄的美貌深深吸引住了她。她探听到他此行的目的，并愿意将腰带送给他。可赫拉将赫拉克勒斯的死敌变成阿玛宗人的模样。他混迹在其他人中间，散布谣言，说有敌人要将她们的国王拐走，随即所有阿玛宗人都骑上马去对赫拉克勒斯进行攻击。阿玛宗人与赫拉克勒斯一行人展开了激烈的战斗。第一个与赫拉克勒斯战斗的是以快速著称的风娘或埃拉。可她发现赫拉克勒斯比她还要快，只能屈服，在逃跑时被杀死。接着第二个、第三个……最后连阿玛宗人的首领墨拉尼珀也被抓住了，所有的逃跑者都被捉住了。女王希波吕忒将腰带交了出去，跟战前她许诺的一样，而赫拉克勒斯将它当作赎金把墨拉尼珀放了。

赫拉克勒斯的最后三件工作

赫拉克勒斯刚将阿玛宗国王希波吕忒的腰带放到欧律斯透斯的脚下，就被命令马上出发，将巨人革律翁的牛带过来。它是一头在伽得伊剌海湾上名叫厄律提亚岛上生长的公牛。由巨人革律翁和一只有两个头的狗来看守。革律翁巨大无比，有三头六臂，至今没人敢向他挑战。

为了完成这个艰巨的工作，赫拉克勒斯做了很多准备。他不仅要与革律翁作战，还要与他的父亲克律萨俄耳的三个儿子及他们手下好战的军队作战。由此可见，欧律斯透斯多么希望赫拉克勒斯能在任务中送掉生命呀！

但赫拉克勒斯不惧怕任何危险。在克瑞忒岛上他集结了他的军队，首先抵达了利比亚，在那里，他先与该亚的一个巨人儿子安泰俄斯进行格斗，但安泰俄斯只要一接触他的母亲大地就会重获力量。于是。赫拉克勒斯将他抱了起来，在空中将他扼死。赫拉克勒斯随即将食人动物从利比亚清除了，他痛恨一切残酷和不公平的统治。

经过长时间的跋涉之后，赫拉克勒斯赶到了大西洋，找到了两根有名的赫拉克勒斯柱子。

太阳燃烧着，这让赫拉克勒斯无法忍受，他弯弓搭箭威胁要将太阳神射下来。太阳神十分钦佩他的勇气，便借给他一只金碗让他继续前进。每晚，太阳神都用它返回到天上。于是，赫拉克勒斯带着他的同伴用这金碗朝伊柏里亚航行去了。

也就在这里他发现了克律萨俄耳的三个儿子和他们的军队。但赫拉克勒斯仅仅用了两次战斗就征服了这片土地，杀死了他们的统帅。

最后，赫拉克勒斯赶到了革律翁和他的牧群居住的厄律提亚岛。那只有两个脑袋的狗发现了赫拉克勒斯，它立马就想逃跑，可赫拉克勒斯还是用棒子将它打死了。赫拉克勒斯把那头牛绑住了，但革律翁也紧抓着他不放，于是一场恶战发生了。就连赫拉也亲自现身帮助巨人，但赫拉克勒斯一箭射中了她，她惊恐地逃走了。第二箭射中了巨人的身躯，杀死了他。经历过各种艰险后，赫拉克勒斯带着牛返回了。

有两件工作欧律斯透斯不承认，因此赫拉克勒斯只能再多完成两件，现在才开始他的第十项工作。

在宙斯和赫拉举行婚礼时，所有的神都献礼物给他们，就连地母该亚也不例外，她特意从海洋西岸带来一棵长满金苹果的树。种在了由夜神的四个女儿赫斯珀里得姊妹和生有百个头的巨龙拉冬守护着的圣花园。

而赫拉克勒斯的任务就是摘取圣花园的金苹果。首他先到达了巨人忒墨洛斯居住的忒萨吕，忒墨洛斯一见到赫拉克勒斯就想用坚硬的脑壳撞死半神人，可赫拉克勒斯的脑壳却将他的头撞个粉碎。接着，在厄刻多洛斯河，他碰见阿瑞斯和皮瑞涅的儿子库克诺斯，就在他问路的时候，库克诺斯向这个路人挑战，可最后库克诺斯被杀死了。这时，阿瑞斯现身了，要为自己的儿子报仇，赫拉克勒斯被迫迎战，宙斯不愿他的儿子们自相残杀，便用一道闪电将他们分开了。

赫拉克勒斯继续前进，穿过伊吕里亚和厄里达诺斯河，最后来到了宙斯和忒弥斯所生的仙女处。赫拉克勒斯向她打听去赫斯珀里得花园的路，她回答道："去问老河神涅柔斯，他是个先知，知道很多事，只要在他睡觉时绑住他，他就会给你指出正确的方向。"赫拉克勒斯照办了，打听到金苹果树花园的地方，然后朝着利比亚和埃及出发了。

波塞冬和吕西阿那萨的儿子部西里斯统治着埃及，那里发生了饥荒。但有先知预言，只要每年为宙斯杀死一个异乡人献祭就能让贫瘠变富裕。为了感激他的神谕，部西里斯将先知杀掉，随后，他竟迷上这种行为，将所有到埃及的外乡人全杀掉。当然，赫拉克勒斯也不能幸免，他也被抓了起来，拖到宙斯祭坛前。但他挣断了绳索，将部西里斯和他的儿子全都撕成了碎片。

又经历了一些艰险后，赫拉克勒斯到了阿特拉斯背负着天的地方。这里距金苹果树很近。赫拉克勒斯建议让阿特拉斯去摘取金苹果，而他则代替阿特拉斯背负着天空。阿特拉斯同意了，于是赫拉克勒斯撑起了天顶，阿特拉斯则诱惑巨龙睡觉，并杀死了它，然后欺骗看守，成功摘下三只金苹果。可阿特拉斯不愿再对天空了，将金苹果扔到赫拉克勒斯脚下，让他承受这重负。赫拉克勒斯对阿特拉斯说："让我在头上绑团棉花，不然这重物肯定会将我脑袋压碎的。"阿特拉斯认为这是一个合理的要求，便接过重负。他想过一会儿就不用再背着天了。可要想让赫拉克勒斯再次接过重负，他就要一直等下去。这个骗子也被骗了。赫拉克勒斯将金苹果带给欧律斯透斯，欧律斯透斯很惊讶，将金苹果赐给赫拉克勒斯，而赫拉克勒斯则将它们全献给雅典娜，但女神知道这是不能放在别处的，就将它们送回圣花园里了。

最后一次，狡猾的国王让他去力量无法施展的地方与地府的黑暗力量搏斗。他需要从地府里带回来冥王哈得斯的看门狗刻耳柏洛斯。

为了给这次可怕的行程做准备，赫拉克勒斯特意来到厄琉西斯城，在这里，一位祭司向他透露了上天和地府的秘密。就这样赫拉克勒斯携带着神秘的力量赶到珀罗奔尼撒的泰那戎城，找到地府的大门。在灵魂陪伴者赫耳墨斯引导下，他深入到山谷里，来到白普路同的地府之城。一见到活生生的人，徘徊在哈得斯城门前悲惨的阴魂们全都逃跑了，只有墨杜萨和墨勒阿革洛斯的灵魂没有动。赫拉克勒斯想用剑将他们杀死，可被赫耳墨斯阻止了，说他们只是空壳，剑伤害不了他们。半神人墨勒阿革洛斯的灵魂十分友好，赫拉克勒斯答应替他向人间的姐姐问候。

接近哈得斯大门时，他见到朋友忒修斯和庇里托俄斯。他们是因为大胆向耳塞福涅求婚而被白普路同锁在他们休息的石头上的。他俩向赫拉克勒斯伸出求援之手，希望能重返上面的世界。赫拉克勒斯成功地解救出了忒修斯，但解救不出来庇里托俄斯，只要开始解救，他脚下的地面就晃动，打不开锁链。

冥王哈得斯站在死亡城市门口，挡在那里，但英雄的箭射穿了他的肩膀，赫拉克勒斯要求将他的看门狗交出来，他很快就答应了。但他也有一个要求，赫拉克勒斯必须徒手制服这只狗。于是，赫拉克勒斯仅穿着胸甲，披着狮子皮去寻找这个怪物了。在阿刻戎的门口，他发现了这个怪物，他不理会它三个头发出的狂哮，用胳膊紧抱它的脖子，脚夹住三个头。而怪物尾巴上的蛇扑到前面撕咬他，他完全不理会，直至将这个怪物驯服。于是，他通过地府另一个出口，阿耳戈利斯的特洛返回到人间。

一见到地上的阳光，这只狗就恐惧地口吐毒液，这里就长出了有毒的乌头树。赫拉克勒斯立即将它锁定，带到密刻奈。欧律斯透斯见到这个怪物时，甚至都不敢相信自己的眼睛。这时他才明白除掉赫拉克勒斯是根本不可能的，这全是命运的安排。于是，他释放了英雄，并让他将恶狗送回地府。

赫拉克勒斯和欧律托斯

历经这般多磨难后，赫拉克勒斯终于从繁忙的工作中解脱出来了，返回忒拜。但他在失去理智时杀死了他与墨伽拉的孩子，所以他们无法生活在一块，按照她的意愿，赫拉克勒斯将她给了他喜爱的侄子伊俄拉俄斯当妻子。现在，他需要去找个新的妻子。

他爱上国王欧律托斯的女儿——漂亮的伊俄勒。国王许诺只要谁在射箭比赛中打败他和他的儿子，就能得到他的女儿。得知这个消息，赫拉克勒斯连忙赶到俄卡利亚，参加了比赛，并在比赛中证明了自己，获得了胜利。国王很震惊，但他害怕他的女儿会像墨伽拉一样遭受到同样的命运。便对英雄解释道：他还需要时间来考虑这门婚事。

这时，欧律托斯最年长的儿子伊菲托斯与赫拉克勒斯成了亲密的朋友。他利用各种机会让他父亲对这个外乡人产生好感。但他的父亲欧律托斯却固执地拒绝了。赫拉克勒斯抑郁地离开了。这时，有人禀报给国王欧律托斯，有强盗盗取了他的牛群。这是以盗窃出名的骗子奥托吕科斯干的坏事。但愤怒的国王说："一定是因为我没答应将女儿嫁给赫拉克勒斯，他报复我的，除了他没人敢这样做。"伊菲托斯为他的朋友辩护，并请求和他一块将牛找回来。就在他们爬上提任斯的城墙寻找丢失的牛时，赫拉让赫拉克勒斯再次失去理智，把他的朋友看作他父亲的同谋，从城墙上扔了下去。

赫拉克勒斯和阿德墨托斯

离开俄卡利亚王宫的赫拉克勒斯在异乡流浪时，却发生了下面这件事。国王阿德墨托斯和他貌美的妻子阿尔刻提斯居住在忒萨吕的费赖城，他们十分相爱，并且深受人们爱戴。在国王阿德墨托斯生命垂危时，他请求好友阿波罗来保护他。命运女神曾答应他，只要有人愿替阿德墨托斯死亡并去地府里，那他就能摆脱死神的威胁。阿波罗将这个死亡的消息告诉了阿德墨托斯，并告知了怎样摆脱命运的安排。

阿德墨托斯热爱生命，但也是个诚实的人。所有人知道他们将失去阿德墨托斯时，都很吃惊，但没一个人愿意替他去死。国王年老的父母都已是风烛残年，但都想多活几日，所以不愿替儿子去死。只有他那年轻的妻子，他孩子们的母亲阿尔刻提斯愿为他去死。她刚说出这句话，死神塔那托斯的使者就到了宫门口，要将牺牲者带回地府。

阿波罗一见到死神的到来，便飞快地离开王宫，他是生命之神，不愿让死神玷污。虔诚的阿尔刻提斯将自己当作牺牲者，沐浴后盛装装饰。待她装饰完后，便在祭坛前向死神祈祷，随后，拥抱了她的孩子与丈夫，她一天天消瘦，到了最后一刻，在丈夫和孩子及仆人们的陪伴下，去迎接地狱的使者。

她与家人决别："让我说出心里话吧，我将你的生命看得比我都重要，我愿替你去死。尽管我可以不死，但没有你照看孩子们，我根本活不下去。你的父母背叛了你，他们能光荣地去死，但你不会孤独地活着，我们的孩子也不会没有母亲。不过，这都是神安排的，我只求你记住我的善事，你不要为孩子们找继母，她或许会折磨我们的孩子的。"她的丈夫流着泪发誓，她生生世世都是他的妻子。

就在人们为阿尔刻提斯准备葬礼时，流浪的赫拉克勒斯来到费赖城的王宫门前。他在与王宫仆人聊天时，国王阿德墨托斯正好走来，他将自己的悲哀隐藏了起来，热情地招待了这个客人。赫拉克勒斯见他身穿丧服，便询问他的不幸，他不愿客人悲伤或吓跑，只是含糊地说是一个远亲死了。赫拉克勒斯并没发现什么不对，叫一个仆人给他端酒。

他注意到仆人悲哀的神情，并对他的悲伤感到不满，"你为何看起来如此严肃庄重，仆人应该热情地对待客人呀！外乡人死在这里，你就这样，难道不知道这是凡人共同的命运吗？痛苦只会让生命更加悲惨。去，跟我一样，在头上戴个花环，陪我喝酒。"赫拉克勒斯说道。但仆人还是悲伤地走了出去。"我们遇到了不幸，这让我们失去欢快的心情。也就菲瑞斯的儿子好客，他能在心情如此悲伤下招待一个如此快活的客人。"

赫拉克勒斯愠怒道："我不该快活吗？就为了一个不相识的女人死了？"

仆人诧异道："一个不相识的女人，但对我们而言，可不是这样的。"

赫拉克勒斯说："看来阿德墨托斯并没有说出实情呀！"仆人却说："你快活吧，只有她的朋友和仆人才会悲伤的。"现在赫拉克勒斯才了解了实情。他不再沉默，"怎么会这样？他失去了妻子，还能这样殷勤地招待一个外乡人。进门时我就感到勉强，现在我却要饮酒作乐。告诉我，她埋葬在什么地方？"

仆人回答道："要是你一直顺着拉里萨大道走，你就能看见已经竖立的墓碑了。"

独自留下的赫拉克勒斯立即做出了一个决定："我要救助这个妇人，让她再次活过来，只有这样才能报答他的礼遇之恩。我在她墓碑旁等待死神，在他来饮祭祀死者血的时候，勒住他，除非他将战利品交出来，不然的话不放他走。"

阿德墨托斯返回到没有一个人的屋子里，没有人安慰他。此时，赫拉克勒斯返回了，他牵着一个戴着面纱的女人。他说："国王，你不该对我隐瞒你妻子死亡这件事。我在不知真情的情况下犯了错误。希望你不要再继续悲哀。我之所以要回来，是因为我在一次比赛中赢得了这个女人。我要去特拉西亚与比斯托涅斯人的国王作战，在我返回之前，我将这个女人当作仆人托付给你。"

听到这样的话，阿德墨托斯十分惊讶，"我只是不愿你到另一个朋友家里来增加我的悲哀，所有我才隐瞒了这件事。但是这个女人，我还是求你带到别人家去吧，我的负担已经很重了。你还有很多朋友，我怎么会见到这个女人而不流泪呢？我怎么会安排她住到我死去妻子的房间里呢？我害怕人说闲话，更怕死者的指责。"就这样，国王拒绝了赫拉克勒斯，但眼睛却狠狠盯着这个戴面纱的女人。"这个女人是谁？"他叹息道，"她的体形与我的阿尔刻提斯十分像。赫拉克勒斯，你将她带走吧，这样我的痛苦会小一点，只要我一看见她，就会想起我死去的妻子。我就会陷入新的悲痛中。"

赫拉克勒斯回答他："如果宙斯能给我力量将你的妻子救回人间就好，这样就能报答你的友情了。""我知道，要是可以的话，你会这样做的，但人死怎能复生。""现在，让时间来减轻你的痛苦吧，死者也不愿你悲哀，你的第二个妻子也会给你带来幸福愉快的，为了我，至少你试试我给你的高贵女子。"赫拉克勒斯说道。

阿德墨托斯只得命令仆人将这个女人带到里面去，"她不相信仆人，只能你亲自带她进去。"赫拉克勒斯说道。

"不，我不会碰她的，我不会破坏我的誓言！"阿德墨托斯说。赫拉克勒斯依旧不放弃，直到他要牵着女人的手，"看看这个女人吧，是不是你的妻子，能否结束你的悲哀。"说着他将女人的面纱揭开，将活过来的王后交给国王。国王颤抖地拉着她的手，这时赫拉克勒斯讲述了事情的经过。阿德墨托斯紧紧拥抱妻子，但她还是一言不发。赫拉克勒斯解释道："需要三天，等死神的束缚完全结束，她才会说话，你先带她回房间吧，庆贺你们的团圆。而我现在要继续走我的路。"

阿德墨托斯喊道："祝你平安，英雄，你给了我更加美好的生活，我要感谢老天的赐福。我的人民将欢歌跳舞来庆祝，让祭坛燃满香火。用爱和感谢为你祈祷，宙斯伟大的儿子。"

赫拉克勒斯为翁法勒服役

尽管赫拉克勒斯是因为疯病杀死了伊菲托斯，但他依旧心情沉重。为了净罪，他从一个国家走到另一个国家。他先是来找罗斯的国王涅琉斯，随后去拜见了斯巴达国王希波科翁，但这两个国王都拒绝了他。最后，亚密克莱的国王伊福玻斯愿接见他，为他净罪。这次天神严厉地惩罚了他，让他身患重病。但向来健康的英雄忍受不住突如其来的虚弱，于是他来到得尔福，希望能从皮媞亚的神谕中找到医治他的办法，但女巫拒绝与他说话。赫拉克勒斯只得自己将三角圣坛偷了出来，自己请求神谕，这种行为极大地激怒了阿波罗，他现身向赫拉克勒斯挑战。宙斯不愿他们兄弟残杀，在他们中间放了一块陨石，再次阻止了战斗。最后，赫拉克勒斯得到了神谕，只要他能卖身为奴三年，并将所得钱给死者的父亲，这样他就能赎罪了。

赫拉克勒斯重病缠身，只能听从了这苛刻的神谕。他将自己卖给亚细亚的翁法勒为奴。那时翁法勒被叫作迈俄尼亚的女王，后来被称为吕狄亚。他将卖身的钱交给欧律托斯，被拒，随后，钱被转交给伊菲托斯的孩子们。

赫拉克勒斯痊愈了，他对自己的力量充满了信心。再次展示出他的英雄气概，继续造福人类。他将他主人境内所有的强盗全惩罚了一遍，让邻国感到惊慌。在附近居住的刻耳科珀斯人四处掠夺，引起了人们的不安，赫拉克勒斯也将他们杀掉一部分，剩下的则带给了翁法勒。波塞冬的儿子奥利斯国王绪琉斯随意抓往来过客，逼迫他们耕种葡萄园，赫拉克勒斯便将葡萄园铲平，将葡萄树连根拔起。绪琉斯侵占翁法勒的领土，赫拉克勒斯便摧毁了伊托涅斯城市，让所有居民全成了奴隶。赫拉克勒斯也杀死了作恶多端的弥达斯的儿子利堤厄耳塞，并将他扔进迈安得洛斯河里。

对于她奴隶的行为，翁法勒感到很震惊，怀疑他是个闻名的英雄。当她知道他是宙斯伟大的儿子后，她不仅承认了他的功绩，还还给他自由，并嫁给了他。于是，赫拉克勒斯在这国度里过着奢华的生活，忘记了年轻时美德女神的教诲，变得荒淫无度，而他妻子也以羞辱他为乐，让他穿上女人的衣服，戴着女人的发饰。

直到赫拉克勒斯三年奴隶期满，他才从迷惑中清醒过来。他将妇人的服饰甩掉，他又变为了宙斯充满神力的儿子。他获得了自由，他要向他的仇人报仇。

赫拉克勒斯的英雄事迹

他先是出发到特洛亚，去惩治那专制且凶暴的国王拉俄墨冬。当年赫拉克勒斯救回了被恶龙威胁的拉俄墨冬的女儿赫西俄涅，可他却违背许诺，不给他报酬——阿瑞斯的快马，还辱骂他。

赫拉克勒斯带着六只小船和一支小队远征了特洛亚，其中小队中就有希腊第一勇士珀琉斯、俄琉斯、忒拉蒙等他们登陆后，留下俄琉斯看守船只，其他人则朝着城市前进。期间拉俄墨冬带着士兵攻击了英雄们的船只，俄琉斯被害。但当他返回到城里时，却被赫拉克勒斯包围了。忒拉蒙第一个冲入城内，随后赫拉克勒斯攻入。这让赫拉克勒斯心生嫉妒，他举起剑砍向前面的忒拉蒙。忒拉蒙看出了他的图谋，冷静地堆他身边的石头，赫拉克勒斯询问这是做什么，忒拉蒙回答道这是为胜利者赫拉克勒斯建立圣坛！这下打消了他因嫉妒产生的恼怒，让他们重新一起战斗了。赫拉克勒斯用箭射死了拉俄墨冬和他的几个儿子，但有一个除外。

　　他们征服了城市，赫拉克勒斯把拉俄墨冬的女儿赫西俄涅当作战利品送给忒拉蒙，并允许他选择一个战俘释放。于是，他选择了赫西俄涅弟弟波达耳刻斯。赫拉克勒斯说："很好，他就是你的了，但他先要忍受耻辱，成为奴隶，你以后就能用钱赎回他了。"于是，男孩成了奴隶，赫西俄涅用自己的头饰赎回了她的兄弟，自此他改名为普里阿摩斯，意为被卖的人。

　　这半神的胜利很让赫拉嫉妒，就在他返回途中遭受到猛烈的风暴，幸好被宙斯搭救。于是，他就决定国王奥革阿斯为第二个报仇的人，他也曾拒绝付给赫拉克勒斯报酬。他占领了厄利斯城，将奥革阿斯和他的儿子们全都杀死了，当然除了费琉斯，还将厄利斯王国赠给他。胜利之后，赫拉克勒斯将久不举行的奥林帕斯竞技会恢复了，还建立了圣坛给创始人珀罗普斯。

　　现在他要惩罚斯巴达的希波科翁，他是第二个不愿为他净罪的国王。他还十分痛恨国王的儿子们，因为他们打死了他的朋友兼舅父俄俄诺斯。赫拉克勒斯征服了英勇善战的斯巴达人，杀死了希波科翁和他的儿子们。随后，他让卡斯托尔和波吕丢刻斯的父亲廷达瑞俄斯登上王位，但他保留交给廷达瑞俄斯的国家，这以后是他子孙的。

赫拉克勒斯和得伊阿尼拉

　　在珀罗奔尼撒做出很多英雄事迹后，赫拉克勒斯来到埃托利亚和卡吕冬的国王俄纽斯这里。他有个漂亮的女儿叫作得伊阿尼拉，可是有个讨厌的求婚者，这让她遭受的苦恼比任何女人都要多。原本她住在她父亲管理的另一个城市普琉戎里面，但河神阿刻罗俄斯三次变换形象向她父亲求婚。这让得伊阿尼拉备感苦恼，她只求神祇赐她一死，越是这样，他是越固执。但她父亲似乎并不拒绝将她嫁给古代神祇的后裔。

尽管第二个求婚者赫拉克勒斯出现的较晚，但正是时候。在地府里，他的朋友墨勒阿革洛斯就曾给他讲述过得伊阿尼拉的美丽，他知道需要竞争才能赢得这个姑娘。赫拉克勒斯全副武装地来到王宫，头上有角的河神见到他的到来，便想用角去撞赫拉克勒斯。国王不想冒犯这两个强大的求婚者，于是答应将女儿许给两人中的胜利者。

很快激烈的争斗开始了。赫拉克勒斯先是用拳头和弓箭攻击对方，但没什么用，河神则想用角撞赫拉克勒斯，于是这场战斗变成了肉搏。最后，还是宙斯的儿子占了优势，将河神摔在地上，但他马上变成了蛇，赫拉克勒斯立即抓住它，要不是阿刻罗俄斯又变成了牛，他就会杀死了它。赫拉克勒斯抓住它的犄角，将它摔在地上，犄角被折断。河神不得不承认失败，并离开了。

然而新的婚礼并没改变他生活的态度，一如既往地去冒险。一次，他在家时无意杀中死了一个男仆，他再次逃亡了，还带着他年轻的妻子和他们的小儿子许罗斯。

赫拉克勒斯和涅索斯

他们在欧厄诺斯河遇到了马人涅索斯，他靠背负路人过河来赚取报酬的，据说这是神因为他的忠诚而给他的特权。赫拉克勒斯表示自己能跨越河流不需帮助。于是，他将得伊阿尼拉交给涅索斯，并支付了报酬。马人将她背负着过河，但到了河中间，却被这女人的美貌迷惑，他冒险摸了她美丽的手臂。赫拉克勒斯听见妻子的呼喊声急忙转身，见到这个多毛的怪物欺凌他的妻子，毫不犹豫地射出一箭，直穿他的胸膛。

得伊阿尼拉紧忙逃脱了出来，要奔向她丈夫，但这时即将死亡还想报仇的马人叫住了她，欺骗道："听着，俄纽斯的女儿，你是我背过的最后一个，我会给你些好处的。你收集我致命伤口处流出的新鲜血液。这些地方血液凝结快，容易拾取。这样你就能将它当作魔药来管束你丈夫。将它涂在他的内衣上，这样他就会永远爱你的。"说完这些恶毒的话语后，便毒发身亡了。

虽然得伊阿尼拉不曾怀疑丈夫对她的爱，但她还是照办了，将凝结的血块收集起来，并没让远处的赫拉克勒斯看到。在两人一起经历了其他艰险后，来到忒萨吕的达特剌喀斯，在好客国王刻宇克斯的招待下，他们就在这住下了。

赫拉克勒斯的结局

赫拉克勒斯与欧律托斯的作战是他最后的战斗，这是一桩旧怨：欧律托斯拒绝将他的女儿伊俄勒嫁给他。他便在希腊组建一支庞大的军队，朝欧玻亚进发，准备包围欧律托斯及他儿子所在的首都俄卡利亚。他胜利了，宫殿夷为平地了，城市毁灭了，国王和他的三个儿子全都死亡了，还俘虏了依旧美丽年轻的伊俄勒。

这时，在家的得伊阿尼拉正焦急地等待着丈夫的消息。终于，使者来报："女王，你的丈夫，他将带着胜利的荣誉归来。仆人利卡斯正在向民众们宣布胜利呢！由于要绕道欧玻亚的刻奈翁半岛去祭祀宙斯，所以赫拉克勒斯要回来的晚点。"很快，押送俘虏的利卡斯出现了，"我的女王，神疾恶如仇，他们保佑赫拉克勒斯正义的事业，所有欺骗过他的人都被打到地府里了，我们也奴役了他们的城市。可这些俘虏，你的丈夫希望你可以饶恕他们，尤其是跪在你脚边的女人。"

得伊阿尼拉同情地看着这个貌美地女孩，将她扶起来说道："是啊，可爱的人们，我一见到不幸的人们流落他乡，遭受奴役，就会心痛。宙斯，征服者呀，愿你不要将这些忧虑加到我们身上。但你是谁？看起来，你还是个处女，应该出自高贵的家庭。告诉我，利卡斯，她父母是谁？"

利卡斯掩饰道："我哪会知道？为什么问我呀！"但他的表情泄露了实情。"她是……她不是来自俄卡利亚的小户人家。"他犹豫下说道。这个可怜的女孩只是叹息和沉默，因此得伊阿尼拉不再追问，将她送到一个房间中，并慈爱地对待她。就在利卡斯去执行任务时，第一个使者进来，悄悄说道："不要相信你丈夫派来的人，他对你隐瞒了事实，在市场上，有着很多证人，他们说你的丈夫为了这个女孩摧毁了俄卡利亚的宫殿。她是欧律托斯的女儿——伊俄勒。在认识你之前，你的丈夫曾疯狂地追过她。她的到来，不是一个奴隶，而是一个竞争者，一个情敌。"

这个消息让得伊阿尼拉不住地叹息，很快她就恢复了平静并将仆人利卡斯叫了过来，他朝宙斯发誓说他不知道这个女孩的身份。得伊阿尼拉悲叹道："别再嘲讽宙斯了，我的丈夫可能会对我不忠，但我还不会卑贱到去敌视她，她并没侮辱我。我只是可怜她，她的美丽不仅给她带来了不幸，还让她的祖国受到伤害。"利卡斯听到她的表白后，他承认了她的身份。但得伊阿尼拉并没责备他，还让他离开了。

现在得伊阿尼拉想到恶毒马人的魔药，她想这是使用魔药的时候了，她要用它赢回她丈夫的心和忠诚。她偷偷用一簇羊毛浸上魔药涂在送给赫拉克勒斯的一件内衣上，将它锁在一个小匣子里。随后，她叫来利卡斯，让他将它当作礼物送给她的丈夫。"这是我亲手缝制的，只有他能穿，在他祭祀前不能让这衣服暴露在火焰或阳光下，这是我许下的心愿，要是他胜利归来，一定要这样做，你将我的口信带给他，他看见这指环就会相信的。"

利卡斯答应按照女主人的吩咐去做。他没有停留，立即带着衣服赶往欧玻亚。几天后，赫拉克勒斯与得伊阿尼拉所生的大儿子许罗斯去见他父亲，并催促他回家。在这期间，得伊阿尼拉走进涂药的房间，见到她不小心落在地上的羊毛，太阳照在上面，羊毛化成灰烬还冒出有毒的气泡。这让她有种不祥的预感，她在王宫中不安地徘徊着。

终于许罗斯回来了，可没有跟他父亲一起回来。"母亲，我多希望世上没你这个人，或你不是我母亲，或神赐你另一个灵魂！"他喊道。得伊阿尼拉大吃一惊："为何要这样仇恨我？"

儿子大声哭道："母亲，我刚从刻奈翁半岛回来，是你让我父亲死在那里了！"得伊阿尼拉脸色苍白说道："谁告诉你的，我的儿子，谁要将这罪名加在我身上？"

年轻人说道："正是我亲眼所见，并非他人，我见到他时，他正在为宙斯建立圣坛宰杀祭品，这时他的仆人利斯带着你的礼物出现了，按照你的意思，父亲立即穿上那件衣服开始献祭。父亲是十分喜欢这件漂亮衣服的，但点燃祭品时，他流了很多汗，那件衣服如同紧紧黏在他身上，他全身抽搐，如同蛇吞食一样。他痛苦地喊来利卡斯，他走过来，天真地重复你说的话。父亲将他扔到海边的石头上，摔得粉碎。所有人都吓坏了，没人敢靠近他。他痛苦地哀号着，咒骂着你和给他带来痛苦的婚姻。最后，他看着我说'我的儿子，要是你同情我，就赶紧带着我上船，我不想客死他乡。'我们将父亲抱回了船上，在他的喊叫和抽搐中，我们到了这里，一会儿你就会看见他是死是活了。这全是你的杰作，我的母亲，你谋杀了千古英雄。"

得伊阿尼拉绝望地离开了。她信任的仆人告诉这个孩子，这样是对他母亲不公的，得伊阿尼拉早就告诉她如何用涅索斯的神奇药膏来保持丈夫的爱。他立即去追那个不幸的女人，可还是晚了，他的母亲躺在卧室里，胸前插着双刃刀，死在她丈夫的床上。

这痛苦的寂静被他父亲的到来打破了。"儿子，来用你的剑杀死你的父亲吧，将我喉咙刺穿，来医治你不信神的母亲给我造成的癫狂。别退缩，可怜我吧，可怜我这个哭啼得像女孩的英雄吧！"他转过身来伸出手臂喊道，"看，你们还认识这双手吗？它已经失去了力量，但依旧是那双手，曾杀死牧羊的敌人涅墨亚狮子，曾扼死巨大的许德拉，解决厄律曼托斯山的牲畜，从地狱将刻耳柏洛斯带出来的手！没人能征服我，可我却要死在妇人手中，儿子，杀死我吧，并惩罚你的母亲。"

赫拉克勒斯从儿子许罗斯的述说中得知，他母亲无意间害死她的丈夫，并以死谢罪，赫拉克勒斯转暴怒为忧郁。他让儿子许罗斯娶了年轻的伊俄勒为妻，并让人将他抬到俄忒山顶，放在柴堆上。

他让人燃起柴堆，可没人愿意去做。最后，他只能急切地请求他的朋友菲罗克忒忒斯来帮他完成。为了表示感谢，他将他的弓箭送给了菲罗克忒忒斯。柴堆刚被点燃，天空就打起了闪电，加快了火焰的燃烧。随后，天降云彩；雷电托着这位英雄升向奥林帕斯圣山。伊俄拉俄斯和其他朋友靠近灰烬，拾取骨灰时，却什么都没找到。他们不再怀疑，神谕应验了，赫拉克勒斯已经解脱了，成为了天神。所有希腊人都将他当作神来崇拜。

天上，雅典娜正式接纳了成神的赫拉克勒斯，并引入诸神的团体。在他完成历练后，赫拉自愿与他和解，并将她的女儿女神赫柏许他为妻。自此，在奥林帕斯山上，赫柏为他生育永生的孩子们。

第四章

忒修斯的传说

忒修斯的出生和青年时代

埃勾斯和特洛曾国王庇透斯的女儿埃特拉所生的儿子——忒修斯，雅典的国王，伟大的英雄。在他还没出生之前，埃勾斯十分的忧郁，害怕他的婚姻无法给他带来子嗣。他是当时雅典的国王，因为他没有儿子，所以他十分惧怕对他充满敌意的兄弟帕拉斯的五十个儿子。因此，他想偷偷再娶一个妻子，得到一个儿子，这样他晚年就有了依靠，王位也有了继承人。他将这个心思透露给他的朋友庇透斯，正好庇透斯也得到一个奇特的神谕，被告知他的女儿将缔结一桩不光彩的婚姻，但她会生出一个伟大的儿子。

也就是这个神谕促使庇透斯将他的女儿埃特拉秘密嫁给一个已有家室的男子。在迎娶了埃特拉之后，埃勾斯仅在特洛曾待了几天就返回了雅典。在他与新婚妻子告别时，他将宝剑和鞋藏在一块巨石下，说道："咱们的婚姻，不是轻率，而是为了我的家族和王国造出一个继承人，要是神明保佑我们，那就让你生个儿子，你需要将他秘密抚养成人，不要告诉任何人他的父亲是谁。当他有力气搬开这块巨石时，就让他将剑和鞋取出，让他来雅典见我。"

埃特拉果真生了一个儿子，并为他取名忒修斯。在他外祖父庇透斯照顾下，他成长着。她也一直隐瞒着孩子父亲的真实姓名。而他的外祖父则散出谣言，说他是波塞冬的儿子。孩子长大后，他拥有健美的身躯，还机智勇敢，意志坚定。这时。他母亲埃特拉才将他带到巨石前，告诉他的出身，让他取出他父亲的证物，前去雅典。

忒修斯轻而易举地将巨石推到了后面。他穿上鞋子，挎上宝剑。尽管外祖父和母亲苦苦相劝，但他还是拒绝从海路走，坚持从陆路穿越伊斯特摩斯地峡去雅典。忒修斯钦佩英雄赫拉克勒斯，想做出同样的功绩，便说道："如果我给父亲带去一尘不染的鞋和没有血迹的剑，那人们传说是我父亲的那位神明会怎么想，会说我是在他安全的怀抱中去做这种懦弱的旅行！我真正的父亲会怎么说？"听到这样的话，外祖父心花怒放，他也曾是个勇敢的英雄呀！于是，在母亲的祝福下，忒修斯出发了。

忒修斯投奔父亲

在路上，他先是遇到拦路大盗珀里斐忒斯，他的武器是一根铁棍。在忒修斯来到厄庇道洛斯地区时，从幽深的树林中就冲出了这位大盗，把他的去路挡住。但这少年信心满满地说道："可怜的强盗，来得正是时候，你的武器正好可以成为世上第二个赫拉克勒斯的武器。"交战片刻，他就将强盗杀死了。他拿起铁棍，当作战利品和武器带走了。

在科林斯地峡他遇见一个名叫辛尼斯的恶徒，他外号为"扳松贼"，每次他抓获俘虏后就将两棵树枝掰弯，把人绑上去，然后让树枝弹回去，将人撕成两半。忒修斯挥起铁棍就把这个恶魔打死了。

一路上，忒修斯不仅肃清坏人，还与害人的野兽搏斗。期间他还杀死了一头名叫菲阿的克罗米俄尼亚的牲畜，它可不是一般的家禽，而是一只凶残的野兽。

最后，忒修斯到达了墨伽拉的边界。在这里他遇见第三个劫匪斯喀戎。据说，他总是命令外乡人为他洗脚，然后在洗脚的过程中将他们踹进海里。同样忒修斯对他施行了死的惩罚，一下将他撞进大海的波涛中。

没过多久，忒修斯便遇到最后一个凶残的劫匪达玛斯忒斯。他人称普洛克儒斯忒斯，就是"铁床匪"的意思。他有两张床，巨长或超短。一旦有外乡人落入他的手中，要是他很矮，就领到长床上睡觉，然后说："看，我的床对你而言太长了，我把你弄得跟床一样长吧！"接着就会把他拉长，直到死亡。而高个子则带到短床上，将超过床长的双脚剁掉。现在忒修斯以其人之道还治其人之身，把这位身材高大的普洛克儒斯忒斯扔到短床上，用剑砍去他超过的身躯，让他痛苦地死去。

直到现在，整个旅途中，我们的英雄都没遇见一件开心的事。终于在刻菲索斯河畔，他遇见几位热情的费塔利得斯族的男子，然后在他们家中做客。他稍作休整，便谢过这些人后，再次朝着他父亲的家乡出发了。

忒修斯在雅典

在雅典，这位英雄并没见到他所希望的和平和欢乐。全城混乱，市民四分五裂。就连他的父亲埃勾斯家也十分的不幸。美狄亚离开了科林斯和伊阿宋，去了雅典。她许诺能用魔药让老埃勾斯重获青春，自然而然得到了他的宠幸，并很快同居在一块了。

在她魔力的帮助下，美狄亚先得知了忒修斯到来的消息，因此她蛊惑埃勾斯说这个青年是刺探他的危险奸细，不能将他当成自己的儿子，而是该把他当作客人，然后毒死他。

忒修斯想给自己父亲一个惊喜，于是并没在进早餐时亮出自己的身份。但是毒酒已经摆在他面前了，美狄亚害怕自己会被赶出宫去，急切地希望这新来的人抿上几口毒酒。尽管忒修斯很想去饮酒，但他更期待父亲的拥抱。他抽出父亲留给他的宝剑，希望父亲能认出他来。埃勾斯一见到这把熟悉的宝剑就将毒酒打翻在地，愉快地拥抱了他的儿子。随即这位父亲将忒修斯介绍给民众们，把痴杀的美狄亚赶出了王国。

忒修斯和弥诺斯

现在，忒修斯拥有了阿提刻王子和王位继承人这两个身份。

当时，雅典需要向克里特国王弥诺斯进贡的，据说是因为在阿提刻的山里，弥诺斯的儿子被谋杀了，为了给儿子报仇，弥诺斯向雅典居民发动了毁灭性的战争，众神也让这个地方遭受到干旱和瘟疫。这时，阿波罗的神谕给予了判决：只要能平息弥诺斯的震怒，雅典人的灾难就能结束。于是，雅典人便主动求和，而弥诺斯的条件是：每九年雅典人都需要向克里特送出七对童男女作为贡品。据说，这些童男女被送去后全被关在他的迷宫中，任由怪物弥诺陶洛斯杀害。

现在，第三次进贡的时间接近了，有童男女的家庭都有可能遭受悲惨的命运，因此，民众又开始对埃勾斯产生了不满，责怪他是灾祸的根源，可他却没受到惩罚，竟冷漠地看着别人的儿女被夺走。内心饱受痛苦的忒修斯毅然在民众集会上站出来表示不用抓阄，他愿当贡品送上门去。民众们都赞美他的高尚品格和精神。他对自己的父亲说，他不仅会保证跟他前去的童男女不会遭受毁灭，还要制服莫诺陶洛斯。

抓阄结束以后，忒修斯带着选中的男孩和女孩去阿波罗神庙中祈求保护，随后在众人的陪同下，他与选定的童男女走下海岸，登上大船。

得尔福的神谕曾劝爱情女神为向导并恳求她帮助护送。忒修斯不懂这个寓意，但他还是给阿佛洛狄忒献了祭礼。结果，这证明了一个良好的意向。当忒修斯出现在国王弥诺斯面前时，他的俊美深深吸引着公主阿里阿德涅的注意。在与他秘密交谈时，她向他表白了，并给予他一个线团。让他将线的一头绑在迷宫入口处，然后顺着线团走，可以一直走到那可恶的弥诺陶洛斯待着的地方。同时，她还送给他一把能杀死这个怪物的魔剑。

忒修斯和他的同伴全都被送进了迷宫，他带头先走，并在一场恶斗中用魔剑杀死了怪物弥诺陶洛斯，十分幸运地依靠线团走出了这迷宫。然后他与他的同伴们及阿里阿德涅一起逃跑了。临走前，他还按照阿里阿德涅的主意将克里特人那些船的船底全给凿穿了，使弥诺斯无法追捕。

忒修斯以为他们已经彻底安全了，便无忧无虑地在狄亚岛上休息了，但这时忒修斯的梦里出现了狄俄倪索斯—巴克科斯神，声称命运女神已经注定阿里阿德涅为他的未婚妻，并威胁道，要是忒修斯不放弃的话，他会让忒修斯遭受灾难。忒修斯早接受过敬畏神明的教育，他十分害怕惹怒神，于是他就将这位公主留在孤岛上，自己离开了。夜里，狄俄倪索斯将阿里阿德涅拐到了德里俄斯山。可在那里，先是神不见了，然后是阿里阿德涅也不见了。

在得知公主被劫后，忒修斯和他的同伴都十发悲伤，竟忘记换下离开阿提刻海岸时升起的表示哀恸的黑帆，挂上白帆。在海岸上瞭望的埃勾斯见到船帆的颜色，认为儿子已死，便跳进了大海。这时，忒修斯登陆了，先是根据出发时许下的愿进行献祭。在传令官带来他父亲的死讯时，他悲伤欲绝，带着同伴们走进雅典城，一路放声大哭。

忒修斯登上王位

登上王位的忒修斯，不久便证明了他也有能力治理国家，让人民安居乐业。甚至在这方面，他做的要比他的榜样赫拉克勒斯做的还要好。忒修斯将阿提刻地区内所有的人民都聚集在一个城市里，建立起一个共同的国家，而这个伟大的事业不是凭借暴力完成的，而是他走访每个地区，让其自愿实现的。

忒修斯废除了独立政权，建立了共同议会。这时，雅典才变为一个公认的城市。为了扩大城市，他接纳移民，给予他们公民的权利。还将人民分为贵族、农民和手工业者三个阶层，规定了他们应有的权利和义务。他还主动削减国王权利，让贵族议会和人民大会约束他的权利。

和阿玛宗人的战争

就在忒修斯忙于加强国家建设时，雅典却遭遇了一场战争灾难。早年忒修斯曾在一次征战中登上阿玛宗人的海岸，这些阿玛宗人并不惧怕男人，并将这个英雄当作客人给予了很多礼物。忒修斯不仅喜欢这些礼物，还喜欢上送礼物来的那个美丽的阿玛宗女人。她的名字叫希波吕忒，英雄开船将美人夺走了。一到雅典就与她结了婚，并且希波吕忒也十分愿意做一个英雄和国王的妻子。

对于这种肆无忌惮的掳掠，好斗的阿玛宗妇女十分愤怒，一直想报复。一天，雅典人的城池似乎并没设防，她们便包围了城市，甚至在市中心搭起一个营盘，迫使居民们都退到城堡中去了。起初，双方都没进行攻战，直到忒修斯冲了下来，才开始战斗。希波吕忒王后跟他丈夫一块参加了战斗，不幸一支标枪刺中了王后，她倒地身亡。随后在雅典建立一座纪念石柱来纪念她。战争和平解决，阿玛宗人撤回本国。

和庇里托俄斯的战斗

忒修斯以力量和勇敢闻名于世。

古代著名的英雄庇里托俄斯很想与他进行比试，为了向忒修斯挑战，他先是将忒修斯的牛群全给赶走了。听到这个消息的忒修斯急忙拿着武器追赶庇里托俄斯。但庇里托俄斯并不逃走，甚至迎着他走来，两个英雄一相见，都不由得从内心赞美对方的英俊和勇敢。突然两人像同时得到信号一样，将武器抛在地上，朝对方奔去。庇里托俄斯请求忒修斯裁决他驱赶牛群的罪名，不管是什么样的处罚，他都愿意接受。忒修斯眼睛一亮，说道："我唯一的要求就是你成为我的知己和战友。"就这样，两位英雄紧紧拥抱在一块儿，发誓建立忠实的友谊。

不久之后，忒修斯受邀去拉庇泰人的辖区参加庇里托俄斯与拉庇泰族的忒萨利亚国的公主希波达弥亚的婚礼。拉庇泰人是一个很著名的种族，他们是喜欢动物形象的山居野蛮人，也是他们最先驯服了马匹。虽然新娘出自这个民族，但没一点这个民族的特点。她身材优美，所有人都钦慕庇里托俄斯的好福气。忒萨利亚所有的贵族也都参加了婚宴。那些在忒萨利亚森林中生活的马人——庇里托俄斯的亲戚，也都捐弃了宿怨参加了婚宴。喜宴开始了，每个房间里都散发着酒菜的芳香，厅堂容不下的客人只能挤在树荫下待客山洞里的餐桌旁。

在无所顾忌的欢乐气氛中，宴会吵吵嚷嚷地进行着。因为饮酒过度，最野蛮的马人欧律提翁心绪开始迷乱，一见到美丽的少女希波达弥亚就心神发狂，想将新娘抢走。谁都想不到事情会是这样的，也没人注意到这种行为是怎样开始的：突然客人们就见到狂暴的欧律提翁抓住希波达弥亚的头发拖起就走，希波达弥亚拼命地抵抗并呼救。而醉酒的马人将他的行经当作一种信号，也干起这种罪恶的勾当。马人们各自抢了一个少女当作战利品，瞬间整个宫廷和花园似乎变成了一个被占领的城池。

大厅里回荡着女人的呼喊声。忒修斯冲着欧律提翁喊道："你是头脑发昏了，在我活着的时候就敢激怒庇里托俄斯，这不是惹怒两个英雄吗？"接着便冲上前去夺回新娘。欧律提翁并不答话，举起手来就是一拳。忒修斯也抓起一个铜壶抛向对手的脸，一下子就将他打的脸朝天倒地，血汩汩地从他头上流出来。"拿起武器呀！"马人高喊道。一时间天空中飞舞着酒杯、酒瓶和碗盘。一场恶斗开始了，很多人为此丧命，直到夜里，马人才被击退。

庇里托俄斯合法地拥有了他的新娘。第二天早上，忒修斯才辞别了朋友，这次共同的战斗迅速地使他们的兄弟同盟变为至死不渝的友谊。

忒修斯和淮德拉

忒修斯从弥诺斯那儿骗走他的女儿阿里阿德涅时，她的妹妹淮德拉也跟着过来了。阿里阿德涅被狄俄尼索斯抢走之后，淮德拉不敢回到她专横的父亲那里，只能跟着忒修斯返回了雅典。在她父亲去世之后，她返回了故乡克里特岛，居住在她哥哥丢卡利翁——弥诺斯的长子的宫殿中。此时，淮德拉也长成了美丽动人的少女。在他妻子希波吕忒死去很长一段时间里，忒修斯都没有再娶，当听到淮德拉动人的传言之后，他就希望他妻子的妹妹跟她一样美丽可爱。很快，忒修斯就将淮德拉娶了回来，并且很快就有了两个儿子——阿卡马斯和得摩福翁。

虽然淮德拉十分漂亮，但不忠贞，没过多久，她就喜欢上国王的儿子希波吕托斯。她喜欢这位与她年纪相仿王子的程度远超喜欢她丈夫的程度。希波吕托斯健壮的身体，纯洁的灵魂深深吸引着她，但她却将这种欲望深深隐藏在内心深处。最终，她还是忍不住透露给了她的奶娘，她的奶娘是一个阴险狡猾却又深爱着她的人。当她知道少女的心思之后，她竟告诉了王子。王子听到继母的情感之后，心地纯洁的他心生厌恶，甚至在听到继母要帮他推翻父亲分享王权时，他都不敢相信自己的耳朵。因此，他憎恶所有的女人，并为听到了这些话而深感罪恶。恰好父亲此时不在家，希波吕托斯不想与他的继母同在一个屋檐下，便在打发老奶娘走后就立即外出打猎。他希望能在父亲回来之前，一直为他可爱的女神阿耳忒弥斯服务。

遭到拒绝的淮德拉心生不满，心中充斥着恶毒的阴谋。当忒修斯回来时，就看见了死去的妻子，在她手上还紧握着遗书："亲爱的丈夫，希波吕托斯想要轻薄我，我不能对不起你，只能以死明志了。"

国王一丝不动地站在那里，镇静和憎恨充斥着内心。最后，他祈祷道："波塞冬，我知道你是爱我的，你曾答应满足我三个愿望，现在我第一个愿望就是让我的儿子死去。"希波吕托斯一返回到宫中，就见到父亲趴在死去的准德拉身边痛哭，还发下毒誓。他十分镇静地说："父亲，请相信我，我并没犯罪。"但是忒修斯一点都不相信他，并将他驱逐出国了。

当晚，希波吕托斯的死讯就传到忒修斯耳中，但他表现得十分冷淡，笑道："是情敌打死他的吗？他也侮辱了别人的妻子，跟他侮辱他父亲的妻子一样？"但是信使否定了他的猜测："是你的诅咒和马车害死了他！""波塞冬还是兑现了他的诺言，请告诉我他是怎么死的？"忒修斯说道。

使者说："因为他被放逐了，所以我们在海边洗刷希波吕托斯的马匹。但没过多久，他和他儿时的伙伴就过来要备马。准备好之后，他就祷告：'伟大的宙斯呀，如果我是坏人，就让我在这世上消失吧，我父亲并不公正呀！'说完之后，他就离开了。海岸边是连绵的群山。突然一声巨响传来，伴随着巨响一头公牛跃出了海面。马一见到这个怪物，就受惊了。希波吕托斯控制不住马，只能任由马匹狂奔。在这个海怪的逼迫下，马车撞到海岸的岩石上，连车轮都撞碎了，你儿子也摔了出来，可他已经被翻倒的马车拖着走了好远，已经死去。这一切发生得太快了，都没人来得及去救他。"

听到这个报告的忒修斯痴呆地望着地面，可他心里却想着，要是他还活着，我肯定会找他谈谈他的错误。这时，一个老妇女的哀号打断了他，她径直走过来跪在国王脚前。她就是王后的奶娘，受不住良心的谴责，便哭诉着说出王后的罪恶，为王子洗脱罪名。也就在这个时候，奄奄一息的王子被抬进了王宫，抬着担架的仆人们也十分的悲戚，可国王还没完全清醒，但他一见到遍体鳞伤的儿子时，抑制不住自己的感情扑倒在儿子身上。只剩最后一口气的王子问周围的人："真相大白了吗？我的冤屈洗清了吗？"身边的人全都点了点头。父亲感到十分的痛心，说道："不幸的儿子呀，我也是被欺骗了。"王子说出"我不怪你！"之后就死去了。

忒修斯抢妻

随着时间的流逝，忒修斯也衰老了。他的好友庇里托俄斯结婚不久，他的妻子也离开了人世。这时，他产生了一个大胆的想法，既然他们都是孤身一人，为何不去冒险，各自抢回个妻子。

那时闻名于世的海伦姑娘是宙斯和勒达的女儿，她十分的年轻美丽，在她继父斯巴达国王廷达瑞俄斯的王宫里，她成为了那个时代最漂亮的少女。所有希腊人都知道她的美丽，在巴格达阿耳忒弥斯神庙里，忒修斯和庇里托俄斯同时爱上正在跳舞的海伦。他们两个不顾一切地抢这位公主，并把她带到阿尔卡狄亚的忒革业。他们两人约定好用抓阄的方式来决定这个姑娘的命运，并且赢的一方需要协助另一方去抢其他的美女。最后，忒修斯胜利了，他便将少女交给住在阿提刻地区的阿菲德那，并嘱托另一位朋友照顾她。

就这样，忒修斯和他的战友再次出发了，他们一心想做出一桩英雄的事迹来。为了弥补没有得到海伦的遗憾，庇里托俄斯意图从地府中将普路同的妻子珀耳塞福涅带走。不仅没成功，他俩还被囚禁在冥府中了。赫拉克勒斯仅仅救出了忒修斯，可他的朋友再也出不来了。

在忒修斯不在的时候，海伦的哥哥卡斯托耳和波吕丢刻斯去营救他们的妹妹。他们在雅典要求和平解决这件事情，但城里的人没一个见过这位公主，更不用说知道她在哪里了。这兄弟俩扬言要使用武力，这时雅典人害怕了，他们中有人曾探听到忒修斯的秘密，于是告诉了他们。卡斯托耳和波吕丢刻斯立即围困了阿菲德那，并迅速占领了那里。

珀透斯的儿子墨涅斯透斯想要夺取王位，于是，他鼓动人们反对忒修斯，自立为王，内战爆发了。海伦的两个哥哥占领了阿菲德那，这令雅典人十分恐惧和害怕。仅仅为了反对抢掠海伦的忒修斯，卡斯托耳和波吕丢刻斯也进行了战斗，墨涅斯透斯利用人民的恐慌，劝说人们打开城门迎接他们兄妹三人。两兄弟用武力控制了一切，但没有去伤害任何人，这就是他们仅仅反对忒修斯的最好证明。他们要求以正式的规格去参加厄琉西尼亚神秘习俗中的秘密的祭神仪式。待仪式一结束，他们就离开了。

忒修斯的结局

在经过地府的监禁之后，忒修斯十分的后悔，认识到自己行为的轻率和卑劣。他回到雅典之后，变成了一个神情严肃的老人，他为自己的掳掠行为感到羞耻，因此他在得知海伦的哥哥将她就救走的时候没有表现出一丝的不满。他镇压了墨涅斯透斯再次执政，但他受到了仇视，这让他忧虑不安。紧接着墨涅斯透斯再次叛乱，并得到了贵族的支持，这让他无力治国，对暴乱屡禁不止，所有的努力都是徒劳的。无奈之下，他乘船去了斯库罗斯岛，这那里，他拥有父母留下的大笔遗产，也有他的好友。

这时的斯库罗斯被吕科墨得斯统治着。忒修斯准备长住在斯库罗斯，于是，他向国王要回自己的遗产。但吕科墨得斯却说要去见奇珍，将他们带去了最高的岩峰，其实他是想将忒修斯杀害。就在忒修斯瞭望时，国王一下将他推下了山谷，摔得尸骨无存。

雅典墨涅斯透斯当了国王之后，人们没多长时间就忘记了忒修斯，仿佛墨涅斯透斯一直以来就是国王的样子。

　　数百年后，这位英雄的神灵从地下站了出来，带领雅典人打败了波斯人，因此得尔福神谕告诉雅典人一定要将忒修斯的遗骸找回来。可是该怎么找呢？就在这时，弥尔提阿得斯的儿子咯蒙，曾在一次远征中占领斯库罗斯岛而声名大振的雅典英雄。在寻找英雄遗骸时，他见到一座山上飞翔着雄鹰，并见到那只雄鹰落了下去，用爪子刨开了泥土。他认为这就是神的指示，于是，他在那里停了下来，让人们挖开泥土，果然找到了一副棺木。里面是巨人的尸体，还放着矛和剑。咯蒙认定那就是忒修斯的遗体，便用三橹船将尸体运回了雅典。人们用最热烈的方式去迎接他们的归来，这仿佛就是迎接他们最值得尊敬的英雄。忒修斯，一个被同代人漠视的缔造自由和民主宪法的英雄，现在却受到了后代人的景仰。

第五章

俄狄浦斯的传说

俄狄浦斯的出生和青年时代

拉伊俄斯是忒拜的国王。墨涅扣斯的女儿伊俄卡斯忒也是城中的贵族，可是，他们结婚许久后都没有子嗣。拉伊俄斯急得向得尔福阿波罗请求神谕，神谕告诉他："不用担心，你会有儿子的，可你却要死在你儿子手里。这是宙斯为你定下的，只因你曾将珀罗普斯的儿子抢走了。"——也就是说，在拉伊俄斯年轻逃亡时，不仅没有感谢伯奔尼撒国王的接纳和款待，而且还将他的儿子克律西波斯给拐走了。对于神谕的话，他深信不疑，他的确犯过错误，因此他与妻子长期分居。可彼此相爱的两个人最后不顾命运的警告，又在一起了。不久，伊俄卡斯忒为拉伊俄斯生下一个儿子，这时他们想起了神谕，便决定将刚出生的孩子抛到喀泰荣荒山上，并刺穿了他的脚踝，意图以此逃脱命运的安排。但执行命令的人下不去手，便将孩子交给邻国波吕玻斯的牧羊人。国王和王后全都受骗了，他们认为孩子死去了，这样神谕就不会应验了，他们的儿子也避免了弑父之罪，以此来安慰自己的良心，快乐地生活了起来。

波吕玻斯的牧人不清楚孩子的来历，他将孩子身上的绷带解开，并为他取名俄狄浦斯，这意思也就是"肿胀的脚"。之后，他将孩子送给了波吕玻斯国王，国王十分同情这个孩子，便将他交给妻子墨洛珀当亲生孩子养。他是国王唯一的儿子，所有人都认定他是王子。长大之后的他也成了最高尚的公民，但是一次偶然事件，让他掉进怀疑的深渊，失去了自信。

一个十分嫉妒俄狄浦斯的科林斯人，在一次醉酒后大声呼喊道俄狄浦斯并不是真正的王子。为此俄狄浦斯十分痛苦，他特意来到国王这里询问真相。对于这个乱说话的人，波吕玻斯和他的妻子相当的厌恶，他们一直努力让俄狄浦斯认为自己就是真正的王子。但是怀疑一出现就很难消除了，尽管养父母给予的爱让他感受到无限的温暖，可是怀疑的痛苦却一直在折磨着他。

他一声不吭，就离开了皇宫，去寻找神谕，他急切地想听到有句话能驳斥那句诋毁。可是太阳神阿波罗并没回答他的问题，而是告诉了让他接受不了的真相。神谕说："你会与你生母生下孩子，你还会杀掉你的亲生父亲。"听到神谕的俄狄浦斯恐惧万分。他十分爱抚养他长大的父母，因此不愿神谕应验在他们身上。为了避免这些恶果的发生，他离开了家乡。

在前往珀俄提亚的路上，一位不相识的老人和一个使者驾车朝他走来，驭手残暴地把他挤出了路外。暴躁的俄狄浦斯无法忍受，车上的老人见到冲着马车大喊的少年，便用双排钉棍打向俄狄浦斯的头，这下，彻底将他激怒了。他第一次使用神力，杀死了老人，除了一人，车上的人全都死了，之后，俄狄浦斯继续赶路了。

俄狄浦斯一直都认为那是自己的自卫，却不知道他杀死的正是他的生父，忒拜的国王。当时老者身上没一点高贵的标志，他是想去皮提亚神殿才走这条路的。尽管他们父子都极力避免神谕，但预言最终还是应验了。

俄狄浦斯娶母

斯芬克斯是巨人堤丰和妖蛇厄喀德那所生，长有狮身人头、翅膀的怪物。自从那次争斗之后，她便出现在忒拜的城门前。本来厄喀德那就是个女妖，她拥有蛇的身体，因此她的孩子们也全都是怪物，比如冥府的三头狗刻耳柏洛斯、勒耳那的多头水蛇许德拉和喷火的喀迈拉全部都是她的孩子。斯芬克斯专门从缪斯女神那儿学来咒语，趴在悬崖上让忒拜的来往行人将她的咒语破解，要是不成功的话，她就会把这个人吃掉。

谁都不知道是什么人杀死了国王。于是，王后的兄弟克瑞翁继承了王位。在失去国王的悲痛下，这个怪物降临了，就连新国王的儿子也被它给吞食了。因此国王发出公告，只要有人能将这个怪物杀死，那他就把他的姐姐，前王后嫁给他。

此时俄狄浦斯走进了忒拜城，他认为这个公告十分具有挑战性，他想打破受诅咒的生命而不被人看重，因此他来到斯芬克斯这里。这个怪物决定刁难一下他，便说道："清晨四条腿，中午两条腿，黄昏则为三条腿。这种事物是万物中唯一用不同数目的腿来行走的，但他腿最多时，力量却是最小的。"

对于俄狄浦斯而言，这个谜语没有难度。他说道："这就是人，在人刚生下来时，是爬着走的，这正是生命的清晨，力量最薄弱的时候，中午则是生命的成年，那时则是直立着行走的，但到了生命的黄昏就是老年，那就需要去借助拐杖，那就是三条腿。"因此，谜底被俄狄浦斯猜透，这让斯芬克斯倍感羞愧而死。俄狄浦斯也娶了王后，也就是他的生母。不久之后，伊俄卡斯忒为他生下了四个孩子：双生子厄忒俄克勒斯和波吕尼克斯，两个女儿安提戈涅和伊斯墨涅。不过他们不仅仅是父女，更是兄妹。

真相大白

俄狄浦斯将忒拜治理的十分和谐。他的婚姻也是相当的和谐，因此这一罪恶一直没有被揭露出去。但天神降下了瘟疫，人世无法医治，人们普遍以为这是惩罚，便希望在他们的幸运儿国王的庇护下逃过灾难，因此在祭司的带领下，人们汇集成人流等待着国王的出现。

　　烟雾、悲涕和哀号充斥着整个城池。国王俄狄浦斯听到之后，便走出城堡询问情况。一位老祭司开口道："国王啊，城外的牧场和田野全都被热浪烤焦了，瘟疫遍布，人们想从这灭顶之灾中逃出去都变成了不可能，这些您全都看见了吧！您从前都能将斯芬克斯打败，这一定是有神力相助。这次，您也一定能救我们对吧？"

　　俄狄浦斯回答道："我亲爱的子民们，我很理解你们的心情。不用担心，我已经派遣克瑞翁去请求阿波罗来帮助我们躲过灾难。"

　　也就在这时，克瑞翁带回了神谕，但让所有人都感到恐慌，他说道："这块土地是因为杀死国王拉伊俄斯的罪人而受到的惩罚，只有让他离开，不然没有办法解救这座城市。"俄狄浦斯压根就没想到会是他自己杀死拉伊俄斯而招惹神灵降下的灾难。他满脸茫然地听完王国遭受灾难的原因，随后宣布让他们解散，他会正确处理死者的问题。接着，他通告全国，只要是知道凶手消息的必须上报。外邦知情人将会得到厚报，但隐瞒者则会受到重罚，他们将不能去参加宗教仪式，也不能去享用祭餐，就连交谈的权利都没有了。最后凶手则会受到最恶毒的诅咒，最终灭亡。

　　俄狄浦斯特意请来了双目失明的预言家忒瑞西阿斯。并当着所有人的面说出了人们的烦恼，希望这位预言家能找到这个凶手。

　　可忒瑞西阿斯突然恐慌地说道："国王请让我回去吧，知道实情会带来灾难的，我不愿理会这件事情。"

　　预言家越是这样，人们越是好奇，他们请求他说出实情，甚至向他跪下，但他依旧不愿说出实情。国王俄狄浦斯十分生气，指责他是帮凶。在这样的情况下，失明的预言家只能说出实情，"俄狄浦斯，我的国王，那个可恶的凶手就是你，你就是这全城的罪人呀！"

　　当预言家说出国王是杀父娶母的罪人后，意味着他的灾难也不远了。俄狄浦斯生气之极，大骂忒瑞西阿斯是骗子，是巫师。就这样，预言家也愤然离去了。

　　他的妻子知道这一切之后，也咒骂预言家，她也不相信这是真的。她说道："亲爱的，预言家全都是骗子。我第一任丈夫拉伊俄斯曾得到神谕，说他的亲生儿子会杀了他，可他却死于强盗之手。我的儿子刚生下来就被抛弃致死了，这就表明了预言家的愚蠢。"

一听完这番话，俄狄浦斯十分震惊，完全出乎王后的预料。他问道："拉伊俄斯外貌有什么特点？岁数多大？他真的死在一个十字路口？"

伊俄卡斯忒不明白丈夫这是要干什么，疑惑地回道："他十分地高大，灰白的头发，跟你还有几分相似呢。"俄狄浦斯立即惊呼道："忒瑞西阿斯什么都知道了。"他立马开始了调查，首先他就想到当时逃跑的仆人，他派人找回他，他很想知道事情的经过。但也就在此时，波吕玻斯的死讯传了过来，让俄狄浦斯赶紧返回继承王位。

得知这个消息的王后说道："现在俄狄浦斯的父亲也安享晚年了，神谕呀！你到底哪里准确了？"

俄狄浦斯理解不了神谕的正确性。虽然他相信玻吕波斯是自己的生父，但他还是有所疑惑。他母亲墨洛珀还在世，他惧怕娶母的预言会应验，因此他不想返回。但是，很快他就不再怀疑了。因为使者说道："你是当年被牧人送给国王的，并非墨洛珀亲生，就连你脚上的绷带都是牧人解开的。这就证明，你虽然是继承人，但不是亲生的。"

这时，伊俄卡斯忒知道俄狄浦斯就是当年被抛弃的孩子，她离开了人群，放声大哭。年老的牧人认出了俄狄浦斯，他十分地害怕，在俄狄浦斯逼迫下，他才说出了实情，是当年的怜悯之心让他救下了这个孩子。

伊俄卡斯忒自杀和俄狄浦斯的自惩

现在真相大白，人们都知道了真相。俄狄浦斯疯狂地叫喊着，在王宫里四处奔走，想找一把剑，将那个女人碎尸万段，他实在难以忍受，那个女人既是他的母亲，又是他的妻子。他怒气冲冲地冲到紧闭的寝室门前，不顾一切地砸开房门冲了进去。但眼前的一幕让他不敢相信，伊俄卡斯忒披头散发，她已经上吊自杀身亡了。他呆呆地立了很久，才想起来将尸体解下来。他不愿见到眼前这一幕，也痛恨自己的眼睛，于是，他用伊俄卡斯忒的胸针将自己的双眼刺穿了。他让仆人把他带出去，向世人宣布他的罪行，并且他还将受到诅咒，他是这片大地的妖怪。但是人们并没责怪这位仁君，反而十分同情他，他倍受感动。他把自己年幼的孩子交给新的国王——他的大儿子，让自己的内弟去辅佐他。在他的授意下，国王埋葬了自己的母亲，并将他放逐到他母亲曾想将他埋葬的喀泰戎山上，这也是死神所指示他去的地方。在那里，他衷心地祝福仁爱的克瑞翁，祈求神能更好地保佑他和这里的人民。

女儿安提戈涅

　　真相刚公诸于世的时候，俄狄浦斯最早的想法就是尽快死去。要是人民能起来反对他，或用石块砸死他，他会十分乐意，把这当成一种善行来主动接受。后来，他也觉得内弟克瑞翁提议的放逐，这也是一种恩典。在家中黑暗处坐着的他，怒火逐渐消息，突然他觉得一个盲人在外乡流浪真的很可怕。他没有一丝犹豫，直接将自己想留在家的愿望告诉了他的两个儿子和克瑞翁。

　　当时的情形是：克瑞翁已经不再对他产生怜悯，他的两个儿子也都是自私自利。克瑞翁坚持要放逐，两个儿子也不对他们的父亲提供任何援助。甚至一声不吭，他们就硬塞一根用来乞讨的棍子给他们的父亲，并把他从王宫中赶了出去。惟有两个女儿同情她们这位遭到驱逐的父亲。在她们哥哥家的小女儿伊斯墨涅尽力帮助处理父亲的事务，宛如一位远离世俗的律师样子。只有大女儿安提戈涅想为失明的父亲引路，便跟随着父亲一起流放。

　　因此，安提戈涅陪伴着父亲走上毫无目的的艰苦旅行，她忍受饥饿，脚上也没有穿鞋子。在她的陪伴下，她跟父亲忍受风吹日晒，穿过了原始森林。尽管在她哥哥家里，她能得到无微不至的照顾，但在苦难中，她的父亲能饱餐一顿，她就十分的欣慰。

　　俄狄浦斯最初的意向是在喀泰戎的深山中熬过剩余的岁月，或者是直接结束生命。但他是一个对神明十分虔诚的人，在没有神的旨意下，他是不会轻易迈出这一步的。因此，他便去朝圣，请求阿波罗的神谕。在圣地，他的内心得到了极大的安慰，诸神都明白，他是在逃避犯罪的情况下，无心违反了自然和人类社会最神圣的法则，犯下了大错。因此，神谕告诉他："只要你可以听从命运女神的安排去复仇女神为你准备的栖身地。就算经过漫长的岁月，你也会有被拯救的那一天。"神谕的言辞让人难以琢磨，还令人寒战。复仇女神会赦免俄狄浦斯，让他得到安宁和解脱。对于神的诺言，他深信不疑，开始在希腊境中流浪。他善良的女儿安提戈涅照顾着他，一直有好心人援助他们的生活。

俄狄浦斯在科罗诺斯

穿越过城乡、荒野，经过很长一段时间的流浪后，在一天黄昏，这对父女抵达了一片十分温馨的区域，一座美丽的村庄坐落在小树林中，夜莺越过灌木丛尽情地歌唱，葡萄架上的小花释放着芬芳，橄榄树和桂树的枝条遮掩着山岩，就算是失明的俄狄浦斯也能通过其他方式感受到这个地方独特的美丽。再听了他女儿的描述，他就更加确定这是个神圣的地方。走了一天路的他，觉得十分的疲惫，就倚靠在一块大石头上休息。但是一个村民立即要求他起来，这里是不允许凡人踏入的圣地。这时，这两个流浪人才知道这里是科罗诺斯村，也就是复仇女神的领地和圣林，但是这里的希腊人称"复仇女神"为欧墨尼得斯。

俄狄浦斯清楚，这就是他流浪的终点，他让人怨恨的命运即将结束。

长期的苦难经历让他对世界的历史和现状变得十分陌生："谁是你们的国王？"

那个村民回答道："你听说过闻名四海威猛的英雄忒修斯吗？"

俄狄浦斯回答道："要是你们国王真的是这般高贵，就请你将我的口信传达给他，请他来这里，我会用重大的酬谢来感谢他的行为的。"

"你一个盲人会有什么礼物来酬谢我们国王呢？村民说道，又用怜悯的眼神看了这外乡人一眼。"不过，要是你不是双目失明，我绝对会因为你高贵的外貌而尊重你的，因此我会满足你的愿望，将你的请求告诉我们国王和同胞们。那也请你坐在这里等待回话，让他们来决定你们的去留。"

俄狄浦斯和他的女儿又单独在一块了，他立即向复仇女神祷告："你们让我心生恐惧，但你们始终是慈爱的，请你给我指示下生活的道路吧！黑暗的女儿们，请你们发发善心吧！伟大的雅典城，请可怜下在你面前站着的俄狄浦斯国王的影子吧，他的躯干早就没有了。"

没过多长时间，一个仪表堂堂的盲人来到复仇女神不允许凡人涉足的圣林的消息就传开了，村里的长老们立即将他围绕。当他们知道这个盲人便是被命运女神放逐的人，他们的内心变得更加慌乱。他们害怕，要是他们允许这位受到神惩罚的人停留在圣林中过长的时间，神会震怒。因此，他们要求他立即从这个地方离开。俄狄浦斯恳求他们不要将他赶走，不要让他从这个神谕指定的地方离开。安提戈涅也恳求着他们："就算你们不愿可怜我年老的父亲，那就请你们看在我无故受罪，还背井离乡的份上，请收留下他吧，请你们厚待我们吧！"

就在双方对话，村民在同情和恐惧之间摇摆不定时，一个骑着小马的女子和仆人走了过来。安提戈涅见到之后惊喜万分又激动地说道："那就是我的妹妹，伊斯墨涅。她一定带来我们家乡的消息。"

弹指间，那个遭到流放国王的小女儿来到了他们的面前，给她父亲带来了关于忒拜的消息。俄狄浦斯的两个儿子自食其果，陷入困境中。一开始，在家族的诅咒下，他们都想让舅舅克瑞翁来即位，但在他们心中父亲的印象变得淡薄后，这种让出王位的冲动就消失了，在对权利和王位的强烈欲望下，这两位更是相互的敌对成仇。作为长子的波吕尼克斯先做了国王，但对于兄长提议的轮流执政，弟弟厄忒俄克勒斯心怀不满，于是他制造了叛乱，把他哥哥驱逐了。忒拜城里的传言说波吕尼克斯逃往了伯罗奔尼撒的阿耳戈斯，并成为了那里国王阿得剌斯托斯的乘龙快婿，结交了新的朋友与盟友，扬言要报仇，现在他正威胁着祖国的安危。同时，一道新的神谕散布了出来，说俄狄浦斯的儿子也会一事无成，要想珍惜幸福，他们必须要去找回父亲，不管现在父亲是死还是活。

听到这些话的科罗诺斯人全都惊讶万分，这时，俄狄浦斯站起来说道："原来我的处境是这样呀！他们竟需要到我这么一个遭到放逐并乞讨的人这来寻求帮助，我这个废人竟成了他们要找的人了！"

伊斯墨涅说着带来的消息，"父亲，过不了多久，我们的舅父克瑞翁就会为此来到这里，我是赶在他的前面来的。他是想劝你，把你带到忒拜地区的边界。这样，不仅能满足神谕的要求，还能为他本人和我哥哥厄忒俄克勒斯带来好处。同时，没有你的出现，忒拜城也不会遭到亵渎。"

父亲问道："你都是从那里知道这些消息的？"

"是从去得尔福朝圣的人口中听来的。"

俄狄浦斯接着问道："要是在忒拜的边界我死去了，他们会将我安葬在那个地方吗？"

"不，不会的，你的血债是不会允许他们这样做的。"她回答道。

"那，"国王愤慨地说道："我让他们永远找不到我。他们要是觉得统治欲比父亲的爱还要重要的话，那神永远也不会消除他们之间的仇恨。如果我的决定能解决他们的争端，那不管是现执政者，还是被驱逐者，都不会再见到自己的祖国。我的两个女儿才是我真正的后人！我要为我的女儿祈福，善良的朋友呀，请求你们了，请保护她们。"

俄狄浦斯和忒修斯

随后赶来的忒修斯亲切又恭敬地走向这个盲人，温和地与他攀谈："可怜的俄狄浦斯，通过你被刺瞎的双眼，我已经明白了你的命运，我也知道你的为人。你的不幸深深触动我了。那请你告诉我，你是怎么来到这里的，寻找我为何事。只要你提出来，我都会满足你的，因为我与你曾有着同样的经历，我也是在他国长大的，期间经历了无数艰难险阻。"

俄狄浦斯回答道："从这几句话中，我已经看出你高贵的灵魂，我来到这里，仅仅是为了向你提出一个请求，也算得上是一份捐赠，我这副疲惫的身躯想送给你。我知道这很微不足道，但这也是一份很宝贵的财产。请你将我埋葬在地下，你的仁慈会得到很大的报酬。"

忒修斯十分惊诧，"你所提出来的事实在微不足道，请你提出更高的要求吧，不管是什么，我都会满足你的。"

接着，俄狄浦斯讲述，他为何被放逐，可现在为了一己之私，他的亲属都想找到他。因此，他恳求忒修斯帮助他。忒修斯认真地听完了他的讲述，然后庄重地说道："我王宫的大门为每个外乡人敞开，我不会将你排斥在外。更何况你是在神明的指引下来到我家乡的，你还答应为我和我的祖国祈福，你说让我如何不接待你！"是去雅典还是留在科罗诺斯做客，让俄狄浦斯自己选择。俄狄浦斯选择了后者，他的命运要求他在这个地方取得最后的胜利，直至他走完生命最后历程。于是，雅典国王忒修斯答应给予他最大的保护，说完就返回到城里了。

俄狄浦斯和克瑞翁

没过多久，武士护送着忒拜的国王克瑞翁闯入科罗诺斯，直接奔向俄狄浦斯面前。他对着聚集的村民说道："对于我闯入阿提刻地区，你们一定很意外，但请你们不要发怒，我没幼稚到敢去挑战希腊最大的城市。我仅仅是一个老人，在我国人民的派遣下才来劝说这个老人跟我一块回忒拜的。"说完，他转向俄狄浦斯，虚情假意地说着同情俄狄浦斯和他两个女儿的悲惨命运。

但俄狄浦斯将行杖往前一伸，不让克瑞斯靠近他。他喊道："卑鄙的骗子，要是你到这里是想把抓起来并带走，这只是在我的伤口上撒盐罢了。但别想让我挽救你的城市，消除你们迫在眉睫的惩罚。我不会跟你们走的，我只会派遣复仇的恶魔给你们的。我的那个逆子，他们占有的土地只能埋葬他们。"克瑞翁想用武力劫持这个失明的国王，但遭到了全体科罗诺斯公民的反对，按照忒修斯的嘱咐，他们是不会让俄狄浦斯被劫走的。一片混乱中，在国王的指示下，忒拜人抓住了伊斯墨涅和安提戈涅，并从她们的父亲身边拖走。克瑞翁嘲讽地对俄狄浦斯说道："你失去了依靠，看你怎么继续流浪。"胜利下的克瑞翁胆子又大了些，准备向俄狄浦斯动手。这时，忒修斯赶了过来。他亲眼见证了这里发生的一切，并立即派出随从以徒步和骑马这两种方式去往忒拜人劫走伊斯墨涅和安提戈涅的大道去追赶。忒修斯对克瑞翁说道，不将俄狄浦斯的两个女儿放回来，他就永远离不开这里。

俄狄浦斯和波吕尼克斯

就算这样，俄狄浦斯还是无法平静下来。忒修斯给他带来了追回两姐妹队伍的报告：他的一个亲人已经抵达了科罗诺斯，就在刚才忒修斯向波塞冬献祭过的神庙前跪着祈祷。

俄狄浦斯愤怒地叫道："那就是我的逆子波吕尼克斯。我真的受不了他说的话。"但是，在安提戈涅的眼中这位哥哥还是相对温和友善的，也比较喜欢他。因此她就劝父亲先消消气，至少先听听这位哥哥想说些什么。

波吕尼克斯刚露面，他的态度完全与他的舅父克瑞翁不一样。安提戈涅急忙提醒她的父亲去注意这一点。安提戈涅大声说道："他是一个人走来的，他满脸泪痕。"俄狄浦斯边问边转过身来，"是他来了吗？""父亲，真的是他，你的儿子波吕尼克斯已经站在你的面前了。"他善良的妹妹回答道。

波吕尼克斯随即跪倒在父亲面前，紧抱他的双膝。儿子抬头凝望父亲，内心无比痛苦，父亲一身乞讨者的破烂服装，双眼凹陷，头发也是凌乱的很久，很久没有梳理。他大声说："我明白得太晚了，我很后悔，是我忘记了父亲，要是没有妹妹的照料，我都不敢想象父亲会变得怎么样？父亲，你为何一言不发，你可以饶恕我犯下的罪孽吗？你说话呀，父亲，别把怒气憋在心里呀！妹妹，我希望你能帮帮我，让父亲开口说话呀！"

妹妹温柔地说道："哥哥，还是你先说说你来到这里的原因吧，说不定，你说完了，父亲就会开口说话呢！"

于是，波吕尼克斯便告诉他们，他是如何被他的兄弟驱逐的，又是怎样被阿耳戈斯的国王阿德剌斯托斯收留并将女儿嫁给他。在那里，他是怎样率领着七倍于他军队的七个王子结盟，为他的事业征战。现在，他们已经把忒拜地区团团围住。说到这里，他满脸泪流地恳求父亲与他一起重归故里，请父亲帮他推翻他狂妄弟弟的政权，这样，父亲又能取得对忒拜国的统治权了。

儿子的悔恨并没让这位内心千疮百孔的父亲回心转意，也没有人把跪倒在地的人搀扶起来。父亲说道："卑鄙的小人，在你紧握王权和权杖时，你没有一点怜悯，狠心把你父亲驱赶了出来，还让他穿上与乞丐般破烂的衣服。现在，你也要面临同样的灾难了，你才于心不忍，不想见到他这样落魄的样子！我没有你们这样的孩子，要是我依赖你们，我早就死去了。幸好我有这样的女儿，在她们的照料下，我才得以存活。等待你们的，只会是神明的惩罚，故乡的城池也不会被毁灭。你将在你的血泊中痛苦地死去，你的兄弟也不会幸免。这就是你盟友们将得到的回答。"

在父亲的痛骂中，波吕尼克斯惊恐地站了起来，后退了几步。这时，在他面前的安提戈涅很明智地说道："听我一句劝，波吕尼克斯，你带领着你的军队撤回阿耳戈斯吧，不要给你的故乡带来战争。"

他犹豫片刻后说道："不可能，一味地逃避只会给我带来屈辱，甚至是毁灭。就算在我们兄弟面前摆着的是灭顶之灾，我们俩也不可能重归于好！"说完这句话，他连与妹妹拥抱都没有，便绝望地冲了出去。

在两方亲属诱惑后，俄狄浦斯将他们丢给复仇女神来裁决，而他的个人命运也走到了尽头。天上一阵霹雳，整个地区都是狂风暴雨，沉浸在一片黑暗之中。一种难以抵抗的恐惧笼罩着失明的国王，明白了人生含义的老人急切地想见到忒修斯。他担心他即将死去见不到这位将他视为上宾的朋友，不能感谢这位东道主的盛情。终于，忒修斯来了。俄狄浦斯向忒修斯说出他对雅典城庄严的祝福。然后，他希望国王忒修斯可以遵从神的旨意，单独陪伴他去他该去的地方。但是任何凡人的手不能触碰到他的手，只能让忒修斯看着他。任何人都不可以知道俄狄浦斯离开人间的地方，这样就没人可以知晓并吞没他这座坟墓。这样，他的坟墓就会变为防御一切敌人的武器，比一切坚盾利矛和盟友都要管用。他允许他的女儿和科罗诺斯的居民可以送他一程，但都不可以触碰俄狄浦斯。此前一个还需女儿搀扶的盲人，瞬间变成了一位眼神健康的人。他昂首挺胸走在所有人的前面，将命运女神指定通往目的地的道路指给大家看。

在复仇女神的圣林里，人们看见一个裂开的地洞，入口处有着青铜的门槛，很多纵横交错的路与它相通。自古以来，这个洞穴就被传说是进入地府的一个入口。走上弯曲小路的俄狄浦斯就不让陪同的人继续向前走了。在一棵空心的树下，他停了下来，坐在一块石头上，把破烂衣服上的腰带解开，用一些干净的水清洗身上长期流浪沾上的污垢，然后把女儿给他带来的华贵的衣服穿在身上。

换完装饰的他，完全是另一个人的样子。这时，地下传来轰隆的雷声。两个女儿急忙扑到他的怀里。俄狄浦斯紧抱她们，亲吻着她们，"亲爱的孩子们，永别了，从今以后，我真的要离开你们了。"

这时，一个不知是来自天上还是地下雷鸣般的声音打断了他们。"俄狄浦斯，你为何还要拖延时间？为何还不走？"听到这个声音后，失明的国王知道神要将他带走了，便将两个女儿的手放在忒修斯的手里，并托付他要保护他的女儿们。然后，他让所有人离开，只允许忒修斯跟他一起走向那个洞口的门槛。

行走了很长一段路之后，他的女儿和随行的人才扭过头来看。这时的一幕，真的让人惊叹，俄狄浦斯已经消失了，电闪雷鸣和狂风都停息了，仅留下一片深沉的寂静。在地府里，黑乎乎的门槛为他开放着，这位终于得到解脱的老人，没有一丝痛苦，走进了大地的裂罅，来到了地府的深处。众人见到捂着眼的忒修斯，他给人一种神圣而不可侵犯的感觉。在祷告之后，忒修斯国王来到俄狄浦斯的两个女儿面前，说他一定会像父亲般保护她们的，然后在全是复杂的心情中，带着她们返回到雅典。

第六章

七雄攻弎拜

收留波吕尼克斯和堤丢斯

塔拉俄斯的儿子，阿耳戈斯的国王阿德拉斯托斯。他一共有五个子女，其中两个女儿分别是阿耳祭亚和得伊皮勒。但一个令人诧异的神谕提到了她们：她们的父亲将会把这两个女儿分别许配给狮子和牲畜。阿德拉斯托斯百思不得其解，始终不明白这句话中隐含着什么含义。在两个女儿长大后，他就想赶紧把女儿嫁出去，这样那可怕的预言就不会实现，可神谕一定是会实现的呀！

就在这时，两个来自不同方向的逃亡者出现在阿耳戈斯城门前。一个是被兄弟厄忒俄克勒斯赶出来的波吕尼克斯；另一个则是堤丢斯，俄纽斯和珀里玻亚的儿子，墨勒阿革洛斯和得伊阿尼拉同父异母的兄弟，他在一次打猎中无意杀死了一位亲戚，便从卡吕冬逃了出来。

在阿耳戈斯城门前，两个逃亡者不期而遇，都以为对方是敌人便搏斗了起来。听到城堡下战斗的声音后，阿德拉斯托斯手持火把走了下去，分开了这两个人。就当这两个英雄站立在他身旁时，他惊呆了。波吕尼克斯的盾牌上雕刻着狮子头，堤丢斯的盾牌上则是一个牲畜头。波吕尼克斯使用雄狮徽章是因为他崇拜赫拉克勒斯。而堤丢斯则是为了纪念狩猎卡吕冬牲畜并怀念墨勒阿革洛斯才使用的牲畜徽章。这时，阿德剌斯托斯明白了神谕中的含义。于是，这两个逃亡者就分别娶了国王的女儿，成为国王的乘龙快婿，其中大女儿嫁给了波吕尼克斯，小女儿嫁给了堤丢斯。

决定最先攻打忒拜后，阿德剌斯托斯将各路英雄召集在一起，连同他一共七个王子，分别率领七路大军。他们分别是阿德剌斯托斯、波吕尼克斯、堤丢斯、安菲阿拉俄斯、卡帕纽斯及他的两个兄弟，希波墨冬和帕耳忒诺派俄斯。国王的姐夫安菲阿拉俄斯是一位预言家。在过去很长时间里，都与他作对，现在他被迫为整个征战预言。他费尽口舌劝说都没能改变阿德拉斯托斯和其他英雄的心意，他便找到一个仅有妻子知道的地方躲了起来。英雄们寻找了很长时间都没找到他。在没有他的情况下，阿德剌斯托斯不敢贸然出征。

从忒拜逃跑时，波吕尼克斯带着一条项链和一个面网，这些都是阿芙洛狄忒送给哈耳摩尼亚的结婚礼物。不过，礼物会给佩戴者带来不幸，引来了杀身之祸。他计划用项链贿赂安菲阿剌俄斯的妻子厄里费勒，让她将丈夫藏身之地告诉他和征战的伙伴们。闪亮的宝石和黄金项链深深诱惑了她，跟随着她，波吕尼克斯把安菲阿拉俄斯从藏匿的地方找了出来。这次他只能参加远征了。他换上戎装，紧握武器，把他的将士汇集在一起。但在出发之前，他把儿子叫到了跟前，让他对神明起誓，以后要为他报仇，让不忠的妻子付出惨痛的代价。

英雄出发

在其他英雄都准备好之后，在短时间里，阿德拉斯托斯把这支庞大的军队聚集了起来，又把它分为七个英雄带领的七个支队。在号角和军笛的嘹响声中，大部队从阿耳戈斯城浩浩荡荡地出发了。但是，在行军的过程中，灾难降临了。在他们抵达涅墨亚大森林后，所有的泉水、河流和湖泊全都变得干涸，在炎热的天气摧残下，他们都觉得咽喉冒火，身上的盔甲和盾牌十分的沉重。在行进时，口中全粘着扬起的尘土，就连马嘴中的唾液也都枯竭了，鼻翼干涩，它们咬得嚼铁嘎嘎作响。

在森林中阿德拉斯托斯带着几名武士四处寻求泉水，依旧一无所获，就在这时，他们碰见一个美人。她在树荫下坐着，抱着一个小男孩，披肩随风飘扬，衣衫破烂。阿德剌斯托斯十分惊讶，以为她就是森林中的女神，他立即跪倒在地，请求她帮助他们摆脱灾难。

那妇人谦卑又恭敬地说道："外乡人，我并不是你所说的女神，但我从你光彩的外表中能看出，你极有可能是神族的后裔。要是说我身上有不同于凡人的地方，可能是我所受的灾难比常人多些罢了。我是以前楞诺斯岛女人国的女王许普西皮勒，我的父亲是伟大的托阿斯。我被海水夺走了，随后被卖掉，受尽了苦难，现在成了涅墨亚国王吕枯耳戈斯的奴隶。我现在所看护的孩子并不是我自己的孩子，而是我主人的儿子俄斐尔托斯。我的主人指定我看护他。不过，你们要想从我这得到东西，我是十分愿意帮助你们的。在这让人绝望的荒原中，只有一处往外喷水的喷泉，而通往那里的密道只有我一个人知道。那里水源十分充足，足够所有的人马来解渴提神，现在请你们跟我走吧！"

说着，妇人站了起来，把婴儿小心地放在草地上，哼出摇篮曲哄他入睡。阿德拉斯托斯和几个武士则呼喊着其他的同伴，接着，整个部队紧跟着许普西皮勒，穿行着密林中的小道。没过多久，他们就赶到了一个大峡谷中，峡谷中，晶莹又清凉的水花往上蹿，第一批到达的武士立即接受了轻盈的水珠，立即变得精神抖擞，同时，他们也听到了水流发出的轰隆声。部队欢呼道："水！"几步就越过了峡谷，用头盔盛奔流下来的泉水。整个部队都在重复着"水！"这个字。欢呼声最终掩盖了瀑布的轰鸣声，回声从瀑布周围的群山中传了回来。武士们尽情地伏地在曲折流淌的小溪边，像饮用美酒般大口饮着甘甜的清泉，这竟是一种享受。接着，他们又找到了横穿树林直通谷底的山间车道，驭手们没有卸马，而是直接将车赶到水上，让马感受下水的清爽，套着挽具来解渴。

所有人马都恢复了之后，许普西皮勒带着阿德拉斯托斯和他的武士们返回到相对宽敞的道路上，大部队紧跟在他们后面，保持着礼貌上该有的距离。接着，他们向之前遇见她的那棵树下走去，还没到达，突然传来一声惨叫让许普西皮勒吓了一跳。不祥的预感笼罩了她的心神，她急忙走到英雄的前面，跑到她经常休息的地方。啊，孩子不见了。她急切地用目光搜寻着孩子的踪迹，但是，不仅找不到孩子的踪迹，就连哭叫声都听不见了。很快，她就明白了：在她热心地为阿耳戈斯部队带路时，她看护的孩子惨遭了不幸，一条丑陋的大蛇就在大树不远处蜷缩着。现在，它正把头放在肚子上，想在懒洋洋的睡眠中，将它刚吞下的食物慢慢消化。这一切吓得这位倒霉的保姆寒毛直立，失声痛哭起来。

这时，英雄们也赶来了。希波墨冬第一个见到这条大蛇，没有一点儿迟疑，他搬起地上的巨石砸向怪物，但是，大蛇身上的鳞甲却将石头抖落了，摔成了一片碎土。紧接着，希波墨冬将矛投了过去，插入巨蛇腹中。那怪物在刺伤它的矛杆上来回的盘旋，就像一个陀螺，最后，在嘶叫声上，它逐渐断了气。

在大蛇被杀之后，这位保姆才壮着胆子去寻找孩子的踪迹。附近很多草都被鲜血染红了，最后在离她休息地很远处找到了孩子被啃光的骨头。这个女人绝望地把孩子的尸骨收集了起来，随后交到那些英雄手中。阿德拉斯托斯和他的整个军队为这个为了他们不幸丧生的孩子举行了一场隆重的葬礼。为了纪念这个孩子，他们创立了神圣的涅墨亚赛会，称他为"阿耳刻摩洛斯"，意思为过早的完人，并尊他为半神。

丧子的吕枯耳戈斯和他的妻子欧律狄刻怒不可遏，将许普西皮勒打入大牢，看来许普西皮勒必死无疑。幸好，故乡年长的儿子们正四处寻找他们的母亲许普西皮勒，事发不久，他们就来到了涅墨亚，将他们沦为奴隶的母亲救了出来。

到达忒拜

"你们看到远征即将结束的征兆了吧！"就在发现俄斐尔忒斯的遗骨时，预言家安菲阿剌俄斯阴沉着脸说道。可其他人更多的是沉浸在杀死巨蛇的喜悦中，他们都认为这是一个喜庆的象征。军队刚刚度过一个难关，大家的兴致都十分的高涨，完全没有去理会预言家的长叹，部队继续前进。

几天之后，他们就抵达了忒拜城外。与此同时，厄忒俄克勒斯和他的舅舅克瑞翁也做好了守城的准备，他们对着聚集起来的民众说道："公民们，现在就是你们报答你们故乡城的时候，这座城哺育了你们，把你们培养为勇敢的战士，你们都应拿起武器去对抗敌人，保卫故乡的圣坛，保卫家人，保卫每一寸土地，属于你们自由的土地。刚有个鸟卜者告诉我，今天夜里，阿耳戈斯的部队将集合攻打我们的城门。因此，我们必须拿起武器去城门前，尽我们最大的努力，去守护我们的掩体，用箭石堵住每一道城门，守护好我们每个出口，不要惧怕敌人的众多。全城都遍布我的探子，我能随时得到他们传来的消息，我会根据他们的报告布置好一切的。"在厄忒俄克勒斯进行动员时，年轻的安提戈涅和祖父拉伊俄斯的老卫士站在王城城墙最高的雉堞上。待父亲离开后，她没有停留，便跟着妹妹伊斯墨涅返回了家乡。她希望能为自己的故乡贡献自己的爱心和自己的绵薄之力，更重要的是能帮助自己的哥哥波吕尼克斯。到了忒拜，她的舅舅克瑞翁和哥哥厄忒俄克勒斯热情地接待了她，他们都把这位少女看作一个自投罗网的人质，一个他们欢迎的调停人。

　　也就在这时，安提戈涅从宫殿陈旧的雪松木楼梯上爬了上来，在雉堞的平地上，仔细倾听着老人给她讲解现在敌人的形势。

　　在城市周围的田野及伊斯墨诺斯河两岸，驻扎着敌人庞大的军队。队与队分开，做着运动，整片田野都宛如一片波动的海洋，闪烁着盔甲和武器的光辉。大批的步兵和骑兵大声喊叫着逼近忒拜的大门。看到眼前这一幕，年轻的姑娘内心不由地恐惧了起来。这时，老人安慰道："不用担心，我们的城墙高又坚挺，我们的橡胶城门又被沉重的大铁闩锁住。我们不惧怕厮杀，又有勇敢的将士为我们守卫，我们的城市是绝对安全的。"

墨诺扣斯

就在这时，克瑞翁和厄忒俄克勒斯主持了军事会议，会议上决议每个忒拜的城门都派去一位首领，正好与敌人首领的数目是一样的。但在战役打响之前，他们还想研究一下飞鸟观测出战斗的最终结果的征兆。

克瑞翁派遣他的小儿子墨诺扣斯去将忒拜城中一位名叫忒瑞西阿斯的双目失明的预言家邀请到王宫中来。很快，在女儿曼托和墨诺扣斯的搀扶下，老预言家双腿哆嗦着来到克瑞翁面前。克瑞翁强迫他去预示飞鸟带来的城市命运。长久的沉默后，忒瑞西阿斯说出一段让人绝望的话来："俄狄浦斯的两个儿子对他们的父亲犯下了重罪，不可饶恕，因此，忒拜这块土地也会被他们兄弟俩带来一场灾难。阿耳戈斯人和卡德摩斯人会相互厮杀，兄弟俩也会相互厮杀，最终，一个死在另一个手上。能救忒拜的方法只有一个，但这种方法对于被挽救的人而言实在太痛苦了，我都没法说出口来。再见！"

克瑞翁一再的挽留，本想转身离开的他留了下来。预言家严肃地说道："你真的要听？要是这样，我就讲给你听吧！不过，你要先告诉我，那个把我领到这儿来的墨诺扣斯在哪儿？"克瑞翁回答道："他就在你的身旁站着。"

"那就请他尽快逃命吧，能逃多远就逃多远。避开我将说出来的神谕。"老人说道。

克瑞翁问："这是为何？墨诺扣斯是我的好儿子，不让他说话的话，他一句话都不会说的，一直保持沉默，一言不发。要是让他知道能解救我们的办法，他肯定会很高兴的。"

"那就先听我从鸟雀飞翔中看出来的征兆吧，幸福肯定会来的，但中间要跨过一个十分残酷的门槛。想要得到胜利女神的青睐，只有在龙种最小的儿子死去的条件下才能产生的。"忒瑞西阿斯说。

"实在太可怕了，"克瑞翁说，"老人，这话到底是什么意思？"

"意思就是，要想全城得救，卡德摩斯最小的孙子，也就是你最小的儿子，他必须要死。"

克瑞翁突然站起来说道："想要换来忒拜的和平，也就只能让我最可爱的儿子墨诺扣斯死去才可以吗？我不需要你的预言，你给我滚！"

忒瑞西阿斯语气严肃地问："就是因为给你带来灾难，真理就不是真理了吗？"一听完这句话，克瑞翁就扑到忒瑞西阿斯的面前，紧抱他的双腿，恳求他，看在他已经上了年纪的份上，就收回这个残酷的预言吧，可是预言家没有一丝退让。"这个要求是无法避免的，这个孩子必须用自己献身的血液洒在毒龙曾俯卧的狄耳刻泉旁边。当初将龙牙种了下去，现在只能将这片曾给予卡德摩斯人血液的土地中的血液收回去，才能让它成为你们的朋友。墨诺扣斯为了他的国家奉献了自己的生命，这样他的死就会拯救你们所有人。这对于阿德剌斯托斯及他的同盟者而言，他们也会因为自己的返乡而得到一个可怕的下场。现在，克瑞翁，就请你在这两种命运中选择一种你可以接受的吧！"说完这句话，预言家就扶着女儿的手离开了。

克瑞翁陷入沉默之中。最后，他恐慌地说道："我愿意为了我的国家和子民奉献我的生命。可是，我亲爱的孩子，我却不愿用你的性命来换取胜利！快走吧，我的孩子，逃的越远越好，逃离这个受诅咒的地方，这对你这个无辜的孩子太残酷了。你穿过得尔福、埃托利亚和忒斯普洛提亚，逃到多多那神庙里，去寻求圣坛的庇护吧！"

墨诺扣斯目光一闪："好，亲爱的父亲，就请你为我准备行装吧，相信我，我一定不会走错道路的。"听到小儿子的话，克瑞翁这才慢慢冷静了下来，回去处理要务。剩下墨诺扣斯一个人的时候，他伏地向众神祷告："天神呀，请你饶恕我刚才说谎的行为，我这样做仅为了消除他的恐惧，我才不得已说谎骗了我的老父亲。可是，要我出卖曾哺育的家乡，我做不到，那样我就成了可耻的逃兵！逃跑会让我备受耻辱。我愿登上城头，从那跳入毒龙深谷，按照预言家的指点来拯救我的故乡。"

之后，墨诺扣斯勇敢地跳了起来，朝城垛走去，做好跳城准备。在城堡围墙的最高处，他观察了一下敌人的布阵，对敌人说出一句简短的诅咒，然后，把袍子中的匕首抽了出来，割破了自己的咽喉，往深谷里跌落了下去。

攻打忒拜城

看到神谕的实现，克瑞翁强忍着悲痛，再次投入到战斗之中。厄忒俄克勒斯给七位守门英雄分别调配了七队人马，骑兵前赴后继地补充着，后面紧跟着持盾者和轻装上阵的步兵。他们让所有遭到敌人攻击的地方都有忒拜人的守卫。就在这时，阿耳戈斯人也朝忒拜发起了攻击。敌人和忒拜的城墙上同时吹起了战争的号角，在紧密的盾牌掩护下，女狩猎家阿塔兰塔的儿子帕尔忒诺派俄斯率领着他的队伍冲击一个城门。在他的盾牌上，他母亲飞箭射杀托科亚牲畜的图案就刻在上面。接着，僧侣预言家安菲阿剌俄斯第二个冲向城门，他的武器上没有一点物品装饰，既没刻画徽章也没有精美的图案。第三个向城门推进的是希波墨冬，能清楚地看见他的盾牌上刻画着百眼的阿耳戈斯看守着一个被赫拉变成小母牛的伊俄姑娘。朝第四个城门发起进攻的是堤丢斯，他的盾牌上画着一张毛绒蓬松的狮皮，左手正野蛮地挥舞着一个大火把。盾牌上愤然腾跃着几匹驾车骏马的被驱逐出境的国王波吕尼克斯则朝着第五个城门推进。卡帕纽斯领导着他的部队冲向第六个城门，他说要与战神阿瑞斯一决高下。最后一个奔赴城门的是阿耳戈斯国王阿德剌斯托斯，这位国王的盾牌上画着一百条嘴里衔着忒拜儿童的巨蛇。

所有人马逼近了，战斗立即打响。最先是投石，然后就是弓箭和长矛。在忒拜人强有力的防守下，敌人的第一次进攻很快就被打退了。在这种情况下，阿耳戈斯人只能选择后撤。这时，为了振作士气，堤丢斯和波吕尼克斯大喊道："同伴们，你们为何在敌人的箭和矛把你们击倒前没有将城门攻下来？步兵、骑兵、战车驭手，让我们像狮子般冲过去吧！"很快，这声呼喊迅速在军队中传播起来，极大地提升了阿耳戈斯人的士气。整个队伍都振奋了起来。他们用更加强大的力量展开了进攻，但是结果与第一次相比，并没太大的进展。守城者脚下死去了大批的攻城者，城外血流成河横尸遍野。

就在这时，阿耳卡耿亚人帕耳忒诺派俄斯闪电般地冲向城门，大声呼叫着要用火和斧头把忒拜的城门夷为平地。正在城门上防守的忒拜英雄珀里克吕墨诺斯见敌人来势汹汹，急忙从城墙上把一块巨石推了下去。这一下，正中进攻者的头颅，一块差不多与一辆战车重量相符的巨石直接把他的骨头压碎。

厄忒俄克勒斯见到这个城门已经安全了，便前往其他城门督战了。在第四个城门前，他见到如同一条被阳光灼痛的龙般暴躁的提丢斯，随着他晃动的头，他头盔上的羽毛来回飘浮，手中挥舞着盾牌，镶在盾牌上的铜环响个不停。他也亲手投掷标枪到城墙上，一大队手持盾牌的武士紧紧围绕着他，武士们也将手中的矛投掷到最高的城堡上。在这样的攻击下，抵挡不住的忒拜人只能逃离城墙的边缘。

就在这时，厄忒俄克勒斯赶了过来，他迅速将他的武士集合到一起，带领他们回到城墙的雉堞前。接着，他又赶往另一个城门前去观察情况了。在战斗期间，他碰见了暴怒的卡帕纽斯，肩扛云梯的他，夸口道，就算宙斯的闪电都不能阻止他毁灭这座被团团围住的城市。他边夸海口，边搭建云梯，踩着云梯上的阶梯攀爬。这时，宙斯给予了这个狂妄的家伙应有的惩罚，在他爬上城头时，宙斯的闪电击中了他，大地都被震得颤抖。被击中的卡帕纽斯直接毙命落到城上，他燃烧的发丝则飞上天去，地上四处流淌着他的鲜血。

国王阿德剌斯托斯从中意识到，众神之父宙斯反对他们的进攻计划。于是，在他的命令下，士兵们离开城外的战壕，跟着他撤退了。同样，忒拜人也看见了宙斯赐给他们的吉兆，他们命令步兵和战车冲了出来。在阿耳戈人的队伍中，他们的步兵混迹其间，四处斯杀了起来，而战车则去追赶攻击战车。最终，忒拜人取得了胜利，把敌人驱逐到离城很远的地方才准备返回城里。

兄弟对阵

就这样，这场战争结束了，忒拜人成功地抵抗住了敌人的进攻。但克瑞翁和厄忒俄克勒斯带领着他们的队伍退守城垣后，阿耳戈斯人的军队进行了重新调整，不久便具有再次发起攻击的能力了。见到第一次攻击所受的损失后，忒拜人对获得第二次胜利并不抱太大的希望。就在这时，国王厄忒俄克勒斯做出一个重大的决定，他派遣出他的使臣去阿耳戈斯军队中请求结束这场战争。与此同时，忒拜城四周再次密集地驻扎起阿耳戈斯的军队了。武士们都匍匐在城外的战壕里。随后，厄忒俄克勒斯站在城堡的最高处大声呼喊道："达那俄斯人和阿耳戈斯人，以及所有围困城池的敌人与忒拜的子民们，你们都不要再为波吕尼克斯和我牺牲性命了。让我来承担战争的流血和牺牲吧，让我与我哥哥波吕尼克斯决一死战吧！要是我将他杀死，我还是忒拜的国王，反之，我被他杀死，那王位就是我哥哥的了。这样你们阿耳戈斯人就可以放下武器了吧！现在，请你们回到家乡去吧！不要无谓地在这座城下流血牺牲。"

波吕尼克斯立即从阿耳戈斯人的队伍中跳了出来，朝着城堡喊道，他同意这样的提议，接受挑战。这时，早已厌倦战争的双方士兵都大声欢呼，表示赞同这个提议。为此，双方还签下一个协议，双方首领也宣誓表示遵守这个协议。

此时，俄狄浦斯的两个儿子也都做好了战斗准备。在搏斗之前，双方的预言家都聚集过来，向神明献祭，希望能从献祭的火焰中推测出战斗的结局。可是，预兆却是模棱两可，谁都有可能获胜，也都有可能失败。

战斗的号角吹响了。兄弟俩先后冲了出来，如同两头正龇着獠牙进行搏斗的牲畜，相互攻击着。嗖嗖两声，两支标枪向对方的方向飞去，双双被盾牌阻挡反弹到地上。接着他们用长矛进行战斗，可是前面的盾牌却使刺杀的行为落空。观战者不由得被这场恶战吓出了冷汗。不久，厄忒俄克勒斯便先负了伤：有一块石头挡在了他出击的道路上，他想用右脚将它踢走，却不小心将腿暴露在盾牌下面；这时，波吕尼克斯瞅准时机，立即冲了过来，用长矛将他的胫骨刺穿。见到这一幕，所有阿耳戈斯人都觉得这是决定性的胜利，全都欢呼了起来。但厄忒俄克勒斯却十分的清醒，趁着对方不注意，一矛深深刺入对方暴露在外的一个肩头，他用力过猛，甚至连矛头都断在里面了。厄忒俄克勒斯紧忙后撤，并在途中用力砸断了他哥哥的矛杆。

现在双方再次势均力敌，他们都又失去了一件能用来投掷的武器。他们都将自己的剑迅速地拔了出来，彼此靠得很近，盾牌相撞，发出震耳的轰鸣声。最后，厄忒俄克勒斯猛地冲了上去，一剑刺中哥哥的身体。在剧烈的疼痛下，波吕尼克斯身体开始倾斜，很快，他就因为流血不止而倒地。这时，厄忒俄克勒斯认为胜利女神就站在他这一边，便抛开宝剑，俯伏到在生死线上垂死挣扎的哥哥身上，想将哥哥的武器夺走。可他却不曾想到，就是因为这个举动，毁灭瞬间降临了。尽管波吕尼克斯跌倒在地，但手中还是紧握着他的剑，于是，他使出全力把他的剑刺入他弟弟厄忒俄克勒斯的心脏，当场，他弟弟厄忒俄克勒斯就死亡了，倒在他流血不止，垂死挣扎的哥哥身边。最后，他父亲对他们兄弟二人的诅咒还是变成了现实。

就在这时，双方军队都认为自己的领导者是胜利者，为此双方大吵了起来，最后动起武来。不过，忒拜的部队是全副武装的，而阿耳戈斯人早认为自己获胜而把武器丢到了一边。就这样，阿耳戈斯人还没准备妥当，忒拜人就冲了过来，没有遇到一点儿抵抗，所有没有武器的士兵都去逃命了。最后，忒拜人的标枪下死了成百上千的阿耳戈斯人，尸骨遍地，血流成河。

克瑞翁的决定

在这两兄弟死后，忒拜的王位便由他们的舅父继承了。当然，他也一手操办了这两个外甥的安葬事宜。他命人用国王的礼仪安葬厄忒俄克勒斯，还命令城里所有居民去参加送葬。可波吕尼克斯的尸体却被抛尸荒野留在了原地。克瑞翁决定要让猛禽和恶犬去啄食和撕扯波吕尼克斯的躯体，他还派遣士兵秘密看守，以防有人偷走或偷埋尸体。要是有人敢违抗命令，把尸体盗走或安葬，克瑞翁会不留情面地将违令者处死并在城里公开使用石头击毙他。

很快，安提戈涅就知道了这个残酷的通告。早在她哥哥波吕尼克斯临死之前，她就答应将她哥哥的尸体运回故乡埋葬。她拖着沉重的步伐去找她妹妹伊斯墨涅，希望能通过她的协助将她们哥哥的尸体从看守手里夺过来。可是，她妹妹伊斯墨涅性格懦弱，实在不适合参与这种危险的行动。她哭啼道："亲爱的姐姐，难道你忘了我们父母的死吗？难道你忘了我们刚刚死去的两个哥哥吗？难道你也希望活在世上的人都横死街头吗？"安提戈涅冷漠地将脸转了过去，不再理会她懦弱的妹妹，"我并不需要你的协助，"她说，"我一个人去将哥哥的尸体埋葬，只要我将这件事情办完，就会高兴地去赴死，就死在我这辈子最敬爱的兄长身边。"

没过多长时间，国王克瑞翁面前就出现了一个迈着迟疑胆怯步子的看守。他高声对这位最高统治者说道："有人将你让我们看守的尸体掩埋了，这个人也从我们眼皮底下逃走了，我们都不知道这是如何发生的。白天看守人指给我们看时就觉得很奇怪，死者身上覆盖着一层薄薄的土，这样的埋葬只有冥府的神才会认同的。地上完全没有锹铲铲过的痕迹和车走过的痕迹。为此我们还争吵了一番，每个人都推卸责任，认为不是自己的错，甚至还打了起来。最后，大家一致决定向国王你报告所发生的一切，而这个向你报告的差事就落在我的头上了。"

听到这个消息的克瑞翁勃然大怒。他威胁看守，要是不能将埋葬者抓到，他们就会被活活地绞死。这些看守人只能按照国王的命令把尸体上的泥土扒去，像以前一样看守着。从清晨到正午，他们都严密地看守着，就在这时狂风突起，空中弥漫着灰尘，看守们还在推测这意外景象时，一个少女缓缓地走了过来，她伤心地哭啼，就像发现自己的巢被掏空的鸟一样，手中提着一个铜喷壶，迅速在喷壶中装满尘土，然后才缓慢靠近波吕尼克斯的尸体，并朝着尸体上洒了三次泥土。就在此刻，看守们走了过来，将她抓住，交给了盛怒的国王。

安提戈涅和克瑞翁

克瑞翁一下子就认出来作案的是自己的外甥女安提戈涅，"你这个孩子呀，你总是垂着脑袋，你是否承认你做了这件事？"

少女把头高昂起来，说道："是我做的。"

"你知道，你这样做违抗了我的法令吗？"

安提戈涅十分平静地说道："我知道，但神并没下达这条法令，而且我也知道其他永恒的法规。只要有人违反了这个法规，他就会引起神的愤怒。我一定会将我母亲死去的儿子埋葬的，这是一条永恒的法规。在你看来，我的行为十分的愚蠢，其实，真正愚蠢的人正在责备我。"

在外甥女的反驳下，克瑞翁更加的愤怒，他说道："你觉得你的意志是不可屈服的吗？处于别人的掌控之下，你就不该这般倔强。"

安提戈涅立即回答："你除了能将我处死之外，你还能怎么办？你为何还不动手。处死我是丝毫不会影响我该享有的荣光的。其实这里的人民对我的行为都是赞同的，只是因为畏惧你，才闭口不言。他们都明白妹妹的首要义务就是爱护哥哥。"

克瑞翁怒喊道："如果你坚持要这样爱护你的哥哥，那就去地府里爱护吧！"随即他下令把安提戈涅带下去。听到姐姐被捕的消息，伊斯墨涅赶紧跑进王宫来，完全没有一点女性的懦弱和羞涩，她直楞楞地走到她残暴的舅舅面前，说她也是知情者，希望能与她姐姐一同赴死。同时，她也告诉国王不要忘了，安提戈涅的母亲是他亲姐姐，也是他亲儿子海蒙的未婚妻。对于伊斯墨涅的话，克瑞翁并没回答，仅仅让侍卫将两姐妹抓了起来，由他的胥吏带回内宫。

很快，克瑞翁就为他可怕的决定做好了准备。在忒拜人面前，刑吏把安提戈涅带到拱形墓穴前。她呼唤着众神，呼唤她想亲密联系的亲人们，然后，她就大步走入了洞穴。

这时，波吕尼克斯的尸体已经逐渐腐烂了，可它依旧躺在那里，没有下葬。野狗和猛禽啄食着他的尸体，它们叼着腐肉四处乱跑，结果全城都是尸体腐肉气味，又脏又臭。年迈的预言家瑞忒西阿斯如同当年去见俄狄浦斯那样，再次来到国王克瑞翁的面前，给他说明了飞鸟和献祭阵列预示出的灾祸。在他的耳边不断响起以尸体充饥恶鸟发出的聒噪声，但在火焰中，神坛的祭畜中没有闪出亮光，而是在暗灰色的黑烟中冒出晦气。"这十分明显，我们已经惹怒了诸位神明，我们对被打死的王子太残酷了。国王请你收回成命吧！向死者作出些退让，不要再紧盯着被杀死的人了！再屠杀死者是没有一点荣光的。请撤回命令吧！我这完全是出自好意呀！"就这样，忒瑞西阿斯把他的报告结束了。

可是，国王并没听从这位预言家的话，反而说出了一些伤害人的言语拒绝他。他责怪预言家说谎，还骂他贪图钱财。国王过分的言语深深地激怒了预言家，他不顾一切地向国王指明："只要你的亲人没有一个为这两具尸体死去，那这太阳是不会落下的。你已经犯下了双重罪，你阻止该去阴间的死者去地府，也让该存活的人离开了人世！"说罢，在领路人的搀扶下，预言家就拄着拐杖从王宫离开了。

对克瑞翁的惩罚

浑身发抖的国王目送生气的预言家离开。随即，他召集了城里所有的长老来王宫中，向他们请教该怎么办？他们的意见很统一，都是："将安提戈涅从墓穴中放出来，再将处于荒野中的波吕尼克斯的尸骨掩埋了。"固执的克瑞翁很难做出让步，但是现在他失去了信心，只得同意这个唯一能拯救他家族的方法。在他的率领下，侍从和护卫来到弃置波吕尼克斯尸骨的荒野中，把尸骨掩埋了。然后往囚禁安提戈涅的墓穴走去，他将他的妻子欧律狄刻独自留在王宫中。

不久，一阵哀号从大街上传来，欧律狄刻听到这哀号声越来越大，便从内室中出来，就在她赶到前庭时，正好遇见一个使者迎面走来，就是刚才引导国王出行的引路人。

使者不安地讲述："我们给冥府的神做了祈祷，为死者举行了圣浴，随后将他的遗骸焚化，用家乡的土为他建立了坟丘，然后，我们就赶往囚禁安提戈涅的墓穴了。我们刚到达那里，一个走在前面的侍从就听见从远处恐怖的墓穴中传来惨叫声。他赶紧跑到国王身旁，这时，国王已经听见了惨叫声，并听出来这就是他儿子的叫声。他立即命令我们跑过去，透过岩石缝隙，往墓穴里面看。啊，那真的太惨了。我们看到，在岩石很深的背影处，安提戈涅姑娘用面纱条做的绳索上吊了，而在她前面跪着的就是你的儿子海蒙，他抱着她的双膝，放声大哭，还口出怨言，诅咒他父亲的凶残，悼念他未婚妻的死。就在这时，国王也来到了墓穴，从门口进来了，'我的孩子，你到底想做什么？你的眼神为何这般吓人？快出来吧，我跪在这求你了，快来我身边吧！'国王轻轻呼唤着。可海蒙用绝望的眼神看着父亲，一声不吭，只是从剑鞘中抽出他的那把双刃剑，国王只好躲了出来。海蒙一下子扑到利剑上，就躺在他未婚妻身旁死去了。"

听到这些，一直默默倾听的欧律狄刻依旧一言不发，只是匆忙地跑开了。绝望又悲痛的国王刚回到王宫，噩耗再次来临。他的妻子欧律狄刻死掉了，她躺在内宫的血泊中，胸口有一道刺得很深的剑伤。

在俄狄浦斯的整个家族里，只有死去两兄弟的两个儿子及安提戈涅的妹妹伊斯墨涅了。关于她的传说很少，有人说她直到死去都没结婚，有人说她膝下无子嗣。随着她的死去，这个不幸的家族整个销声匿迹了。

第七章

赫拉克勒斯的后裔

赫拉克勒斯的子孙来到雅典

在神主的召唤下，赫拉克勒斯正式步入了天庭成为了神的一分子。也就在那一刻，他的堂兄阿耳戈斯的国王不再惧怕他，心中萌发出一颗复仇的种子，逐步迫害这位半神的亲戚。赫拉克勒斯的母亲阿尔克墨涅带着她儿子赫拉克勒斯大多数的子孙居住在阿耳戈斯的首都密奈刻。在他们逃脱国王的追捕后，便去了特剌喀斯，取得了国王克宇克斯的保护。欧律斯透斯得知消息后，不惜以战争相威胁强迫这个小国领导人交出他要缉拿的人。赫拉克勒斯的母亲和子孙们深感特剌喀斯不再是安全之地，便连夜离开。他们整日在希腊东躲西藏，四处流浪。幸好，上天还是保佑他们的。赫拉克勒斯的侄儿和朋友伊菲克勒斯的儿子伊俄拉俄斯如同父亲般帮助着他们。青年时期，伊俄拉俄斯就与赫拉克勒斯相识并互为知己好友。他们曾一起并肩战斗过，如今年事已高，但依旧全身心地照料朋友遗存在世的子女。不管他们未来将遭遇什么，困难，他们都做好了一起去面对，去抗争的准备。再次占领他们父亲曾征服的伯罗奔尼撒是他们最终的目标。

尽管欧律斯透斯派人不间断地去追击，最后他们还是平安地赶到了雅典。这时的雅典是由忒修斯的儿子得摩福翁统治的，不久前，他才将篡位的墨涅透斯踢下台去。刚到雅典，伊俄拉俄斯一行人就匍匐到市场上宙斯的圣坛前，祈求雅典人民的保护。可是，平静的日子没有过去太长时间。一天，国王欧律斯透斯派遣的一个使者便追踪到这里了。这个使者狂妄自大，用着阴阳怪气狂妄的语气警告伊俄拉俄斯："你觉得这雅典就是你们安身之所了，被一个有盟约的国家接纳，你真是愚蠢之极，你想想，谁会为了没有一点价值的友谊去背叛与强大的欧律斯透斯之间的友谊呢！赶快带着你的亲人和朋友返回阿耳戈斯吧！去接受国王的审判和最严厉的刑罚乱石击毙吧！"

面对这般狂妄自大的使者，伊俄拉俄斯毫无惧色，说道："我十分清楚，你们是根本不会得逞的，宙斯的圣坛不仅会保佑我们不会遭受你的迫害，还会保护我们不被你主人派遣军队的骚扰。雅典是一个自由的国度，在这里，我们不仅会得到帮助，还可以永远地安心生活下去。"

科普柔斯是这个使者的名字，他也针锋相对地说道："你要清楚，我仅仅是我国国王派遣来的使者，但我不只是一个人，我的身后站着国王和他强大的军队。不久后，他们就会来到这片你所谓自由的大地上，将你们统统带走。"

听到这番言论后，赫拉克勒斯的子孙们不由得感到一丝悲伤。为了抚平子孙们的哀痛，伊俄拉俄斯转向所有雅典的公民放声说道："所有雅典善良的公民们，你们会眼睁睁地看着在你们所信仰的宙斯面前，我们被带走吗？你们会容忍我们这些虔诚求神者头上的花冠遭受到玷污吗？这是一种对神的亵渎，更是对雅典的一种羞辱。"

听到这般振奋人心的求救声，雅典人不再无动于衷，市场的四面八方都蜂拥过来大批的雅典人。这时，他们才真正看清在神坛周围坐着的这群流亡者的长相和穿着。也就在这时，有上百张嘴同时提出："这位言辞犀利的老人是谁？那些满头卷发的俊朗少年又是谁？"

人们得知请求雅典人民保护的人是赫拉克勒斯的子孙后，他们不仅表示出了同情，也表现出了尊敬，用一种命令的口气让那个准备拖走其中一个流亡者的使者离开神坛，前往雅典城向国王提出要求。

很明显，市民的坚决态度吓住了科普柔斯，他不再狂妄自大，而是发出蚊子般的声音问道："请问这里的国王是谁？"

众人回答道："不朽的忒修斯的儿子得摩福翁是我们的国王，他可不是一般人物，他的任何裁决你都要无条件服从。"

得摩福翁

没过多长时间，宫廷中的国王便得到了消息：几个流亡者围坐在市场上，城外一支阿耳戈斯的军队也在往这边赶，准备把这几个人带走。于是，国王得摩福翁亲临了现场，使者也转达了欧律斯透斯的要求。科普柔斯说："我是一个阿耳戈斯人，国王命令我将这几个触犯国法的阿耳戈斯人带回国，我们的国王有权对他们进行管制，忒修斯的儿子，你不会因为同情心而丧失了理智吧！你想与欧律斯透斯兵戎相见吗？"

得摩福翁是一个聪慧且谨慎的人，他巧妙地避开了使者所有的问答："我还没有听到双方的说法，我无法正确且有效分析和判断出到底是谁的过错。要不然先这样，我们一块儿听听保护这些孩子的老人的说法？"

听到国王说的这句话，伊俄拉俄斯仿佛找到了坚实的后盾，立即从神坛台阶上站了起来，朝国王恭敬地鞠了一躬，开口道："伟大的国王，你是多么的英明呀，我第一次感受到我处在一个自由的国度里，在这里，我享受到了人权，不仅能为自己辩解，而且也能让其他人听我辩解。在其他地方，别说是有人听我们辩解了，就连暂留的权利都没有，总是被驱逐。现在我就将事情的原委告诉你，阿耳戈斯的国王欧律斯透斯让我们在他的国内无法生存，把我们驱赶出去的。他已经狠心将我们作为臣民的一切权利都剥夺了，那还怎么能说我们还是他的臣民呢，还要求我们像臣民那样服从他？一个被阿耳戈斯抛弃的人，难道在整个希腊都找不到一个安身之所吗？不，不会的，至少在你治理下的雅典是不会这样的！这座造就过无数英雄的城堡里的居民都不会去驱逐赫拉克勒斯的子孙的。伟大的国王呀！

你也不会眼睁睁看着这些祈求保护的人被人从宙斯神坛边拉走吧！可怜的孩子们！放心吧！我们处在一个自由的国度，还是与亲人在一块的。雅典英明的国王呀，你要清楚，遭到迫害的不是外人，而是赫拉克勒斯的子孙，他们需要你的保护。你的父亲忒修斯和赫拉克勒斯都是珀罗普斯的孙子，并且他们还是亲密无间的战友呀！更何况，就是这几个孩子的父亲把你的父亲从危险的冥府救出来的。"说完这些，伊俄拉俄斯便跪倒在地，抱住国王的双膝，拉起国王的手，轻抚他的下颚，祈求他的保护。

国王将他缓慢地搀扶了起来，"我无法拒绝你的请求，这里的原因主要有三个：第一，这里有宙斯，还有神坛；第二，我与他们是亲戚；第三，赫拉克勒斯曾救过我的父亲，如今他的子孙有难，我必须有所报答。要是今天，我将你们从神坛甚至是这个国家驱赶出去，那这里——雅典，就不再是一个可以享受自由的国度了，更不用说是一个敬神和讲道德的国家了！因此，阿耳戈斯的使者，你立即返回密刻奈，把我的话原原本本地讲给你们的国王。不管是你，还是阿耳戈斯的国王，你们无法从这里将这些人带走。"

科普柔斯十分不甘地说道："我走，"还不忘将他手中的使者杖举起来以示威胁，"但是，我还会回来的，并且将带来一支阿耳戈斯的军队，到时，将有我们的国王亲自率领，你要知道，城外现在就驻扎着一万名盾甲兵，他们正在等待着国王的命令。"

得摩福翁轻蔑地说道："我不惧怕阿耳戈斯的国王，更别说你了！"

使者被迫灰溜溜地离开了，久久萦绕在赫拉克勒斯子孙们心头的恐惧消失了，这群阳光快乐的少年，激动地在神坛旁跳了起来，热情问候着他们的亲戚，雅典的国王，他们心中的英雄。伊俄拉俄斯再次代表这些孩子讲话，他十分诚恳地感谢这位国王及他的子民们。"要是我们还能返回故乡，并让你们夺回本属于你们的王朝与王位，你们要永远记住这些曾拼死救你们的人，不要因为一时冲动而将战争带到这个曾热情款待过你们的城市，准确地说，你们该将这座城市看作永远的朋友和最忠实的盟友。"

从现在起，得摩福翁就要为战争做准备了，去击败新的敌人。他将所有的预言家都聚集在宫廷中，让他们举行献祭仪式。同时，为了避免阿耳戈斯人的骚扰，他还准备让伊俄拉俄斯和他朋友的子孙们住到王宫里来。但伊俄拉俄斯不愿从宙斯的神坛离开，他们想在这里为因他们而陷入战争的雅典城祈福。他说："现在我们只能借助神的力量了，只有这样，我们取得胜利，才能让我们在你的贵宾房里得到安稳且充足的休息。"

随后，国王得摩福翁登上城中最高的城楼，观察不断逼近的阿耳戈斯军队。他召集了雅典城里所有的战斗部队，做出战斗部署，分发战斗命令，并与预言家一起，对于抵御外敌进行再次磋商，准备举行更为隆重的献祭。

就在伊俄拉俄斯和他的这群孩子正在宙斯神坛前虔诚祈祷时，国王得摩福翁眉头紧皱快步走了过来，高声道："我的朋友呀！你说我该怎么办？"他的话语中充斥着忧虑，"尽管我的军队早已做好战斗准备，去迎击阿耳戈斯人，但我的预言家却向我传达出一个令人难以置信且难以实现的神谕，意思是："我们不该去宰杀牛犊和公牛，而是需要用一个出身高贵的少女当作祭品，只有这样，你们，甚至是这个城市才有希望得救或获胜，可是这该怎么办呢？尽管我有几个年轻漂亮的女儿，但哪个父亲愿意去让女儿牺牲呢？就算我向民众提出这样的要求，但是谁会忍心把自己的女儿交给我来祭神呢？"听着他们之间的谈话，赫拉克勒斯的子孙们表现地异常恐惧。这时，伊俄拉俄斯突然惊呼道："我们不是和那些沉船遇难者一样吗？已经到达了阳光海滩，却又被暴风无情地卷进了大海，无法见到光明，孩子们，我们没一点儿希望了！就算我们被他们交出去，我们也不能有一点儿责怪之意。"但是，刹那间，一丝希望之光闪现在老人的眼中。"尊敬的国王，我突然产生了一种念头，你知道该怎么救大家吗？只需你助我一臂之力，这件事情就可以成功！我希望你可以将我交给欧律斯透斯，留下赫拉克勒斯的子孙们，好好照料！我相信，欧律斯透斯见到我肯定会很高兴，很满足。他将亲自杀死一个伟大英雄的忠实伙伴。我已是风烛残年，为了这些孩子，我愿奉献出我的生命。"

得摩福翁悲恸地说道："你的提议无比高尚、无私，但这一点儿作用都没有。你觉得欧律斯透斯会只满足杀死你这样一个老人吗？不，他不会这样善良的，他的目的就是让赫拉克勒斯整族灭绝，他要杀死的正是这些朝气蓬勃且充满活力的年轻人。除了这个，你还有其他好的建议吗？说给我听听。"

玛卡里亚

现在，不仅是赫拉克勒斯的子孙们发出悲叹声，就连所有的雅典民众也发出了悲叹。这种悲叹慢慢地传到了王宫中。这群流亡者刚到雅典，国王为了避免一些干扰便将赫拉克勒斯年迈的母亲阿尔克墨涅和他与得伊阿尼拉所生的漂亮且可爱的女儿玛卡里亚藏到了宫中。她们仿佛就在等待着即将发生的事情，赫拉克勒斯的母亲早已是风烛残年，又加上长时间过着流亡生活，更是被折磨得心力憔悴，整天处于迷糊状态，根本不知道外面发生了什么事情。可她的孙女却是十分的机灵，喜欢了解周围一切事情，能听到市中心传来的悲号。她十分担心她兄弟们的命运，便悄悄地从王中离开了，赶往市场。

她一走到人群中间，国王和站在那里的民众都十分的惊讶，更别说伊俄拉俄斯和她兄们的惊讶程度了。她在人群中一声不吭地待了好长一段时间，才了解到雅典城及赫拉克勒斯的子孙们所面临的艰难处境，同时，也知道了神谕的内容，那就是一个根本就没法解决的难题呀！这时，玛卡里亚坚定地走向国王得摩福翁，说道："你们正为寻找一个能完成神谕且能保护我们的祭品而发愁，在我看来，她的牺牲是值得的，因为这样能使我可怜的兄弟们免受那个暴君残忍的杀害。但你们忘记了吗？我是一个出身于高贵门第的赫拉克勒斯的女儿呀！我完全可以作为这个祭品，我也十分愿意做这个祭品，就这样决定，我相信，诸神一定会很喜欢的。况且，雅典城的人民有着高风亮节，可以为了保护赫拉克勒斯的后代而不惜生命来战斗，那赫拉克勒斯的后代就不能为了这些具有高尚品质的人获得胜利而牺牲自己的生命吗？所以，你们就带我去我该去的地方吧！让我像个祭祀品那样头戴花环吧！来吧，杀了我，让我的灵魂飞往天堂。"

这个少女一身正气地述说完她的慷慨陈词后，所有的民众和伊俄拉俄斯都沉默了，全都一丝不动地站在那里。最后，一位一直保护他兄弟们的监护人打破了沉默："孩子，你真是赫拉克勒斯的好女儿，但我觉得，你们还是抽签的好，用这种方式来决定你们姐妹中哪个为你们兄弟去放弃自己的生命。"

但是玛卡里亚说道："我不愿让抽签来决定我的生死，再说了，我是心甘情愿去牺牲的，因此，你们不要犹豫了，减少敌人突袭你们的时间，不过，我不希望让男人看见我死去的样子，我希望本城妇女可以送我最后一程。"

最后，在雅典高贵妇女们的陪伴下，这位甘愿牺牲自己为了他人的高尚少女，大步走向了死亡之路。

战争

雅典国王和他的臣民们满怀敬佩地目送这位少女离开，而伊俄拉俄斯和赫拉克勒斯的子孙们则强忍着无比的悲痛望着她的身影。这种状况没有持续太久，就被一个向神坛这边急速跑来的使者打破了，他边跑，边喊道："亲爱的赫拉克勒斯的子孙们，我在这向你们致敬了，快告诉我，伊俄拉俄斯这位老人在哪里？我有一个好消息要告诉他！"这时，伊俄拉俄斯慢吞吞地从人群中站了起来，内心的痛苦无法掩饰，完全在脸上显示着。因此使者好奇地问："伊俄拉俄斯老人，你为何如此悲伤？"

"我是在为赫拉克勒斯这个家族感到可悲，"老人无奈地回答道，"算了，你别追问了，从你快乐的表情中，我就能看出来你带来的一定是好消息。"

"你不记得我了吗？"那个使者激动地说道，"难道你不记得赫拉克勒斯和得伊阿尼拉的儿子许罗斯的老仆了吗？在你们的逃亡中，我的主人为了找到同盟军，被迫与你们分开。对于这个，你该有所印象吧！皇天不负有心人，他找到了同盟军，还带回来了一支力量强大的军队，现在就驻扎在与欧律斯透斯的军队遥遥相望的地方。"

话一说完，一种令人兴奋且快乐的氛围出现在围绕神坛旁逃亡的人群中，并且这种氛围很快就传播开了。就连迷糊的阿尔克墨涅也被这种气氛感染，慢慢清醒了过来，走出了王宫女眷居住的地方。而老当益壮的伊俄拉俄斯则让人拿来了武器，穿上了盔甲，请求雅典城的老人帮忙照料这些孩子及他们的祖母。而他则与国王和城中的年轻人一并去与许罗斯的军队会合，一起去抵御敌人。

阿耳戈斯国王亲自率领的军队早已做好了战斗的准备。他们在同盟军对面展开了战斗队形，而同盟军也布置了对抗阵容。各种武器装备的亮光闪烁在辽阔的草原上。这时，赫拉克勒斯的儿子许罗斯缓缓地从他的战车上走了下来，走到两军对阵的空间地带，朝着欧律斯透斯喊道："阿耳戈斯的国王呀，在这场无谓的流血牺牲开始之前，请听下我的建议，这场战争主要是为了少数人的利益，可却要付出巨大的代价，双方的毁灭这样的代价实在太大了，也没有一点儿意义。因此，我觉得最好的解决方法就是让我们两人的战斗来决定这场战争的胜负吧！要是你赢了我，那你就可以将我的兄弟姐妹们带走，任你处置；反之，要是我赢了，那就请你将我父亲的伯罗奔尼撒的王权还给赫拉克勒斯一族。"

听到这番话，同盟军全都鼓掌欢迎，表示认同，大地都被掌声所震动。阿耳戈斯军队也默认了这个建议。可是，国王欧律斯透斯一想到要独自对抗赫拉克勒斯的儿子，内心不免有些害怕，以前，他面对赫拉克勒斯本人时就十分胆怯，现在，更是害怕会命丧黄泉，因此，他再没敢离开他的队伍。这时，许罗斯也返回到自己的队伍中，预言家开始献祭，战斗的号角也随之吹响。

得摩福翁对着他的士兵放声喊道："我的子民们，你们要记住，这场战争是为了家园而战，为了这座城堡而战。"

另一边，欧律斯透斯也不断告诫士兵们，为了国家而战，为了尊严而战。

就在这时，大量的声音在空中响起：提瑞尼亚人的高音喇叭声，战车前进发出的轰隆声，盾牌碰撞发出的砰砰声，刀剑互砍发出的铮铮声，还有长矛刺杀的嗖嗖声，各种武器的声音汇集在一起，震耳欲聋，其中不时会夹杂着撕心裂肺的嚎叫。有一段时间，赫拉克勒斯的联军被阿耳戈斯的长矛队打得节节退败，就连他们最后一道防线也险些被攻破。但没过多长时间，赫拉克勒斯联军竟奇迹般地把敌军击退了，紧接着就是肉搏战，一时双方难分胜负。

战斗进入了胶着状态，阿耳戈斯人出现了明显的动摇，他们的战车和士兵出现了溃逃。这时，已是老年的伊俄拉俄斯想在他人生最后一个阶段再建奇功，为自己的晚年再加光环。就在许罗斯驾驭战车四处追击溃逃的敌人而恰巧经过他身旁时，他拦住了战车，希望许罗斯可以让自己代替他，面对父亲昔日的好友和冒死保护自己兄弟姐妹的人所提出的要求，许罗斯只能答应他。许罗斯走下了战车，而伊俄拉俄斯则代替了他的位置，继续与敌军对抗。

对于年迈的伊俄拉俄斯来说，驾驭战车并不是一件十分容易的事情，但他却用惊人的力量不断地驾车前进。就在他追击到雅典娜神庙时，他望见前面正是欧律斯透斯的战车在拼命逃奔着。为了给亲人和朋友们报仇，伊俄拉俄斯从战车上站了起来，双手合十，仰望天空，祈求宙斯、青春女神赫柏、成神的赫拉克勒斯和升入奥林帕斯山的妻子可以赐予他力量，让他战胜欧律斯透斯，取其首级。

这时，奇迹发生了：从天而降的两颗星星直接落在拴骏马的曲木上，瞬间，一股浓密的云雾产生了，它仅仅将战车笼罩。但是，这种奇怪的现象很快就消失了，云雾消散了，星星也没了，但是，战车上却站着一个满头褐发，威武雄壮、青春再现的伊俄拉俄斯。他挥舞着充满力量的坚实臂膀，紧握拴马的缰绳，策马奔腾。伊俄拉俄斯拼命追赶已经穿过斯喀洛尼亚山崖的欧律斯特斯。最终，在峡谷入口处把他拦住了。欧律斯透斯回头看了看紧紧追他的人，看见并不认识，便与他厮打了起来。但是，如有神助的伊俄拉俄斯几个回合就把他的老冤家、老仇人打倒在地了，并把他绑在车上，押回联军驻地了。这场战争祸及欧律斯透斯他的儿子及无数士兵，而阿耳戈斯人失去了统帅和主心骨，便四处逃窜。自此阿提刻又恢复了平静再也见不到一个敌人了。

欧律斯透斯和阿尔克墨涅

凯旋的军队受到了雅典民众热烈的欢迎。伊俄拉俄斯也变为了原本年老的模样。他亲手将那个丧心病狂、迫害他们的欧律斯透斯押解到阿尔克墨涅的面前，让她亲自处理。

一见到欧律斯透斯站在她的面前，老人就恨得牙根直痒，朝他怒吼道："你这个天杀的欧律斯透斯，我等这一天等了好久了，尽管过去了这般长的时间，你依旧逃不过正义的审判！你要是还有胆识，那就请正视你的敌人，不要像一个懦夫那样低着头。这些年，你都是怎么折磨我儿子的，不光肉体上的折磨，还有精神上的折磨。你就派他一个人去森林中，去击杀毒蛇与猛兽，这不是想让他死无全尸吗？你还将他驱赶到暗无天日的冥府去，这难道不是想让他永堕阴间吗？就算他成了神，你还纠缠不清，依旧不放过他的家人，三番五次地进行迫害，还将他们赶出了希腊，甚至还想从神坛这里把他们劫走。但是你万万没想到，你所碰见的全都是些勇敢的好人，这里还是一个向往公平自由的城市。现在，轮到你了。你罪孽深重，罄竹难书，要是就这样被处死，实在太便宜你了，你该处以凌迟的极刑。"

欧律斯透斯不愿在一个年老女人面前示弱，他是一个国王，于是他假装振作了起来，故作镇静地说："不管你怎么处置我，就算判我死罪，我都不会说出一句求饶的话，不过，我希望能为我自己辩解两句。这一切并非我的本意，战争全是赫拉女神委托我发起的，我完全受她控制。是她让我将人民中的英雄，这个半神当作敌人的，可是我这样做，是为了不让他生气发怒呀！因此，在他成神后，为了防止他的后人向我报仇，我才不得已出手的。事情全都讲完了，你想怎么处置我，你随意！虽然我很不想死，但是，逃不过死亡的厄运的话，我依旧毫不畏惧。"

　　说完这死前的告白，欧律斯透斯便平静地等待命运的安排。这时，许罗斯站了出来，想为他说情，雅典的民众们也希望能对俘虏处以宽大的处理，进而赦免。可是阿尔克墨涅无法宽恕他，她回忆起儿子在世时所遭受的磨难，还有为雅典民众和所有亲人慷慨赴死成为祭品的可爱聪慧的孙女，她要让所有人明白，他们承受的苦难。要是换一个角度，欧律斯透斯今天是以胜利者的身份站在我们的面前，他会这样轻易放过我们吗？我们的命运又会是何等的悲惨。"不，我做不到，他必须死，谁都没有权利把这个罪人放走，他的命运只有死路一条。"她高叫道。

　　欧律斯透斯知道自己罪不可赦，便转过身来对雅典民众说："你们才是真正的英雄，谢谢你们为这个曾给你们带来灾难的人求情，上帝会保佑你们的，希望我的死，不会影响到你们的生活。要是你们认为我是一个诚实守信的人，那就请在雅典娜神庙旁，我被俘的地方给我竖立一个墓碑，我会永远保护你们的边疆，免受敌人的袭击。但是，你们也要做好准备，你们所誓死保护的赫拉克勒斯的子孙们，他们早晚会恩将仇报，把你们的国家侵占。到那时，我这位赫拉克勒斯的死敌，会以守护者的身份来保卫你们的疆土。"说完这些话，他就没有一点畏惧地去赴死了。在欧律斯透斯看来，他的死要比他的生还要光荣。

许罗斯和他的子孙

得救的赫拉克勒斯的子孙们都立下誓言，要永远对他们的守护者得摩福翁表示感恩之情。随后，在伊俄拉俄斯和许罗斯的带领下，他们从这座让他们获得重生的城市离开了。没过多长时间，他们就抵达了父亲曾经的领地——伯罗奔尼撒半岛。在来这里的过程中，他们发现路途中全都是同盟军。他们便以这里为根据地，辗转各个城市，通过一年的努力，终于将阿耳戈斯以外所有的地方都给征服了。

万万没有想到的是，就在这时，瘟疫将整个半岛给笼罩了。赫拉克勒斯的子孙们实在想不出可以控制瘟疫的方法，只好求助于神。从神谕中得知，正是因为他们没有得到允许就返回到这里才造成现在的瘟疫横行，无法消除。因此，他们只能从这个占领区离开了，返回到阿提刻，居住到马拉松的田野中。许罗斯也遵循了父亲的遗愿，与漂亮善良的伊俄勒结为夫妻，赫拉克勒斯在世的时候，许罗斯就曾向她求过婚，现在，终于梦想成真了。只是，现在还有一件事让他放心不下，那就是该怎样拿回父亲的封地。于是，他再次赶往得尔福祈求神谕，这次，他得到"回归之时就是第三次结果时"这个答复。在许罗斯看来，这意味着他需要等到庄稼成熟的第三个年头。于是，他忍耐着等到了第三年夏季的来临，他才再次率领大军进攻伯罗奔尼撒。

自从欧律斯透斯战败被杀以后，密奈刻的国王由坦塔罗斯的孙子，也就是珀罗普斯的儿子阿特柔斯继承了。但是没过多久，许罗斯就率领大军来攻打他们了，为了抵抗他们的进攻，阿特柔斯与忒革亚及周围的国家结成了同盟。终于，两支军队在科林斯地峡相遇了。许罗斯不想让战乱祸及希腊人，便提出由双方首领的决斗来解决这次争端，他相信这次战争一定是诸神所授意下的战争，便提出他可以接受敌军任何一个人的挑战。如果他胜出了，赫拉克勒斯的子孙们将进驻这个城市，要是他失败了，50年以内，赫拉克勒斯的子孙们是不会再去骚扰伯罗奔尼撒的。听到这个对决条件，敌军的忒革亚国王厄刻摩斯急忙来应战，他正值壮年，凶猛、勇敢。这两个勇士拼杀的难解难分。但是，许罗斯还是战败了。一直到他去世，他都没有明白那道神谕的真正含义。因此，根据之前的协议，赫拉克勒斯的子孙们结束了这场战争，返回到伊斯特摩斯，又过上他们的田野生活了。

就这样，50年过去了，在这期间，遵守协定的赫拉克勒斯的子孙们都没想过去夺回本属于他们的土地。现在，就连许罗斯和伊俄勒的儿子克勒俄代俄斯都已经五十岁了。但是，这份协议已经过期了，密奈刻不再受协议保护，他没有了约束，他可以大展手脚了，因此，他要跟赫拉克勒斯其他的子孙一并收回伯罗奔尼撒。

此时，距离特洛伊战争已经过去的整整三十年了。而战争的结果，跟他父亲一样，全军覆灭。

时间流逝，转眼间又过去了二十年，他的儿子阿里斯托玛科斯与他的父亲和祖父一样，再次对伯罗奔尼撒半岛展开了进攻。这场战争是发生在俄瑞斯忒的儿子提萨墨诺斯统治的时期。不过，他们再次被神谕骗了，他们走上了歧途，还赔上了性命。神谕说："只要从地峡小道通过，你们就可以取得胜利。"结果他也一样，从科林斯地峡进军，却遭受到敌人的伏击，导致失败。

转眼间，又是三十年，也就是特洛伊战争结束后的80年。这次，阿里斯托玛科斯的三个儿子：忒墨诺斯、克瑞斯丰忒斯和阿里斯托得摩斯，他们做了充分的准备，决定发起最后一次进攻。尽管他们一次次被神送上死亡之路，但他们没有对神失去信心，便赶往得尔福请求女祭司给他们指点迷津。这次，神谕跟往常一样，依旧写着："第三次结果时，就是成功，"还有"穿过地峡小道，就可以获胜"。

三兄弟中的老大忒墨诺斯诉说着前两次战争的结果："按照神的旨意，我们的父亲、祖父和曾祖父却都付出了生命的代价！"神听了之后，十分同情，便让女祭司给他们讲解神谕真正的含义。

　　她十分认真地说："你祖先的牺牲，都是没有真正理解神的智慧箴言！"神谕中的第三次结果，并非指庄稼，而是指你们家族的第三代人，克勒俄代俄斯，你们的祖父是第一代人，你们的父亲阿里斯托玛科斯则是第二代人，而你们三兄弟则是第三代人，也是最为关键、决胜的一代。地峡小道也不是你们父亲认为的科林斯地峡，而是指科任科斯海峡。现在你们该明白神谕的意思了吧！希望这次，在神的指导下你们凯旋。

　　听到这番话，忒墨诺斯终于明白了。他和他的兄弟四处招兵买马，为这次战争做准备。很快，他们就武装起来了一支强大的军队，甚至在罗克里斯，他们还铸造起了战船。此后，人们称这个地方为"堖帕克托斯"，意思就是"造船厂"。尽管已经为这次出征准备好了一切，但这对于赫拉克勒斯的子孙们来讲，实在太艰难了，在这段日子里，他们不知经受多少煎熬，流下多少泪水。

　　在所有军队集结完毕后，一个噩耗却传了过来。他们最小的弟弟阿里斯托得摩斯竟然遭受雷电死亡了。这下子，他的妻子——波吕尼克斯的重孙女阿耳癸亚变成了寡妇。他的双胞胎儿子欧律斯忒涅斯和普洛克勒斯也成了孤儿。他的哥哥们为这位被雷劈死的兄弟进行了埋葬，就在他们搭乘战舰出发时，一个自称受神之托来宣读神谕的预言家出现在他们的面前，可他们却将这位预言家当作是巫师和捣乱的探子。他们争执不休，预言家觉得他们这些人太傲慢了，不听神的旨意。而赫拉克勒斯的重孙，费拉斯的儿子却用一支标枪将他打死了。预言家的死让诸神对赫拉克勒斯的子孙们大为不满，他们使舰队遭受暴风雨的袭击，所有的战船沉没了，而地面的部队也因为缺少粮食，土崩瓦解了。

　　忒墨诺斯因为误杀了预言家这件事感到万分的惭愧，对于这次出师不利的遭遇更加不安，他只能请求神的指点。神向他阐述道："你们不听从预言家的劝阻，还把他残忍地杀害了，因此，你们的遭遇完全是咎由自取，只有你们将杀人凶手驱逐出境十年，并将军队的指挥权交给有三只眼的人，不然你们是不会取得胜利的。"

　　神谕主要指示了两个部分：第一件事是，杀人凶手希波忒斯被驱逐出境，发配到遥远的地方过着流放的生活。很快，这件事就完成了。可是，第二件事却让赫拉克勒斯的子孙们十分为难，哪里会有三只眼的人，我们该怎样找到他？他们按照神谕不断地寻找着，他们相信神说的不会是假的。一天，他们找到了，他们偶遇到了埃托利亚族的后裔，海蒙的儿子俄克绪罗斯，在赫拉克勒斯的子孙们进攻伯罗奔尼撒半岛时，他杀了人，被迫离开了故乡，逃到了伯罗奔尼撒境内的一个小国厄利斯。如今被惩罚的年限已满，他才敢动身返回家乡埃托利亚。没有想到的是，他在中途遇见了赫拉克勒斯的子孙。而俄克绪罗斯仅有一只眼睛，另一只眼睛在小的时候被飞箭射瞎了。因此，他有时需要骡子的帮忙来照看物品，这样算来，他不正好有三只眼睛。赫拉克勒斯的子孙们竟找到了三只眼睛的人，这就满足了神谕的第二个条件。于是，俄克绪罗斯就成了军队的最高统帅，率领新的军队和战船朝密奈刻进发了，杀死了敌军首领提萨墨诺斯。

瓜分伯罗奔尼撒

秉承永不言弃的精神，赫拉克勒斯的子孙们历经艰苦的奋斗，最终占领了整个伯罗奔尼撒半岛。在此，他们为祖先建立了三座祭坛，方便以后举行献祭仪式。随后，他们采取抓阄的方式，给赫拉克勒斯的子孙们分发城市。他们一共准备了三个阄儿：分别为阿耳戈斯、拉刻代蒙和墨塞涅。对于这种做法，大家都十分的满意，便将写有自己名字的阄儿投进装满水的坛子里。可忒墨诺斯与阿里斯托得摩斯的双胞胎儿子欧律忒涅斯和普洛克勒斯投入水坛的却是两颗做有标记的石子。克瑞斯丰忒斯更为狡猾，他投入水坛的是一个石块，可他没想到的是水很快把石块溶解了，其实，他这样做是为得到墨塞涅这座城市。最后，抓阄决定出了城市的归属，最先决定的是阿耳戈斯的归属，这时，忒墨诺斯的石子露了出来，紧接着便是拉刻代蒙城，那对双胞胎的石子露出了水面。最后一个石子，怎么都找不到，不过也没关系，墨塞涅注定是克瑞斯丰忒斯的了。

分发结束后，他们就带着各自的随从赶往圣坛向神献祭。这时，一个奇怪的现象出现了：他们献祭的神坛上都出现了一个动物，得到阿耳戈斯的人面前是一只蟾蜍。获得拉刻代蒙的人面前是一条蛇。而墨塞涅的归属者前面则是一只狐狸。他们百思不得其解，这些动物到底意味着什么？他们也就只能去求助预言家。通过分析，预言家说道："蟾蜍意味着不能外出，他的主人最好待在城中不要出去，不然得不到保护。得到蛇的人会成为强大的进攻者，因为蛇具有攻击力，因此，他可以离开自己的国土，去开拓新的疆土。而狐狸却是十分狡猾的动物，它的主人不可轻信，也不能用暴力对抗，他们拿手绝活正是巧施诡计。"后来，阿耳戈斯人、斯巴达人和墨塞涅人盾牌上的徽章代表都分别成为了他们所对应的三种动物。

当然赫拉克勒斯的子孙们获得了自己理想的城市，他们也没忘记他们的独眼统帅俄克绪罗斯，他们把厄利斯王国当作奖励奖给了他。直到现在为止，除了阿耳卡狄亚牧区没有被完全占领外，整个伯罗奔尼撒半岛都是他们的领地了。在这个半岛上，赫拉克勒斯的子孙们建立的三个王国中，只有以蛇为代表动物的斯巴达王国存在时间较长。阿耳戈斯国王忒墨诺斯把他心爱的女儿嫁给了赫拉克勒斯族中的一个曾孙得伊福涅斯，并允许他参与一切国事。这一举动，引起了人们的大胆猜测，就是在国王去世后，最高的统治权会落在他女婿手中。这让他的儿子们大为愤怒。于是，他们联合起来，一起反对他们的父亲，甚至将其打死了。表面上，阿耳戈斯人默认了长子继承王位，但人们心中热爱自由向往和平的情怀可以超越一切，他们处处限制国王的权利，最后导致他和他的后人仅仅可以挂个国王的空头衔罢了。

墨洛珀与埃皮托斯

墨塞涅国王的命运还不及他哥哥忒墨诺斯，尽管他迎娶了阿耳卡狄亚国王库普塞罗斯的女儿墨洛珀为妻，还有了很多孩子，其中最小的儿子名叫埃皮托斯。对此，克瑞斯丰忒斯相当的开心，他为自己和儿子们建造了一座豪华的宫殿。他是赫拉克勒斯的子孙，因此，他对普通人的理解和照顾是十分大度的，只要他可以办到，他就义无反顾地去完成。这一举动极大损害了富人们的利益，他们极度的不满和愤慨。于是，他们便联合在一起把他和他的儿子们全都害死了。只有他的小儿子埃皮托斯在他母亲的保护下逃脱了凶手的追杀，被秘密送到她父亲库普塞罗斯那里抚养。

就在这时，一个赫拉克勒斯的后裔波吕丰忒斯趁机夺得了墨塞涅的王位，还逼迫墨洛珀嫁给了他。时间一天天地过去了，一种传言出现在了民间：还有一个克瑞斯丰忒斯的继承人活着。一听到这个消息，国王便重金悬赏求取他的项上人头。但没有一个人愿意，或者说能取得这份赏金，因为没有一个人知道这个失去继承权的人现在在哪里！

在外祖父的培养下，埃皮托斯逐渐成长为一个有为青年。他悄悄离开了王宫，来到了墨塞涅。在这里，他听说国王正在重金求取他的人头，便以陌生人的身份来到了波吕丰忒斯的宫中，在王后墨洛珀面前，走到国王面前："国王陛下，那份重赏一定属于我。我认识那个威胁你地位的克瑞斯丰忒斯的儿子，没有人比我更熟悉他了，你放心，我会把他交到你手里的，任你处置。"听完这个人的话，墨洛珀脸色煞白，赶紧派人去找曾救过小埃皮托斯的老仆人，希望能得到他的帮助。

这个仆人害怕国王的迫害，因此居住在离皇宫很远地方。墨洛珀找到他之后，让他前往阿耳卡狄亚去保护她的儿子，或者，让她的儿子带领反对暴君的人去夺回本属于克瑞斯丰忒斯家族的王位，推翻波吕丰忒斯的王朝。

可当老仆人赶到阿耳卡狄亚宫廷时，却发现包括国王在内所有王宫的人都神色怪异，十分的紧张。埃皮托斯竟然不见了，没人找得到他，也没人知道发生了什么。听到这个消息，老仆人十分的失望，连忙赶回了墨塞涅，向王后报告了这件事。他们都认为是前来的陌生人泄露了他的行踪，并把他杀害了。

没有多加考虑，他们就认定陌生人是凶手。一心报仇的王后在老仆人的陪同下，趁着夜深人静，拿着斧头闯进了陌生人居住的地方。月光照在陌生人的脸上，他睡得香甜且安稳。他们想趁其不备把他砍死，就在他们在他床边俯下身子，墨洛珀拿着斧头要砍向他时，老仆人急忙大叫了一声，还紧抓王后的手臂："住手！你不能杀害他，他就是你的儿子埃皮托斯，你拼死保护的人呀！"听到这话，墨洛珀扔掉手上的斧头，一下子扑到儿子的床上，紧抱住他，眼中流下激动的泪水，泪水将埃皮托斯弄醒了。

母子二人紧抱在一起，双双都流下眼泪。埃皮托斯告诉他母亲，这次回来，他不是自投罗网的，而是要让这些无耻的杀人凶手得到惩罚，也要让他的母亲结束这段痛苦的婚姻，自己则重登王位。

相聚一番之后，埃皮托斯和母亲及老仆人一起商量如何对付凶残卑鄙的波吕丰忒斯。第二天，墨洛珀就身穿一身丧服来到她丈夫面前，说刚得到消息，她唯一的儿子埃皮托斯死亡了。她也想开了，她要抛弃以往的烦恼，与他和睦相处。听到这个消息，这个暴君十分的高兴。他心中的一根刺终于拔掉了，随即他也落入他们设计好的圈套中。从此以后，他可以安心做他的国王，世上再没他的敌人了。因此，他想为诸神做一次谢恩献祭。所有的民众都被聚集到集市市场上，但是，他们的心情却是无比沉重的，他们心爱的国王克瑞斯丰忒斯被人害死了，现在就连他唯一存活在世的儿子也惨遭不幸，最后一点儿希望都破灭了。但是，就在波吕丰忒斯向神献祭的一刹那，埃皮托斯从人群中冲了出去，用剑刺穿了他的心脏。随即王后和老仆人冲了上来，告诉民众，这就是埃皮托斯，他并没死去，他才是真正的王位继承者。这时，欢呼声从人群中爆发了出来，大家都热烈地表示欢迎。随即，王宫中举行了盛大的登基仪式，在他母亲的引导下，埃皮托斯走进王宫，继承了他父亲的王位。在位期间，他为人谦和，深受墨塞涅贵族的爱戴，他慷慨大方，深受平民的爱戴。因此，他获得了极高的声誉，以至于他的后代都不被说是赫拉克勒斯的后代，而说是埃皮托斯的子孙。

第八章

俄底修斯的传说

众多求婚人

在特洛伊战争结束后，希腊人陆续返回到了他们的家乡，但是拉厄耳忒斯的儿子，伊塔刻的国王俄底修斯却一直在海上漂流着。在此期间，他经历了一次罕见的遭遇。在无数次海上逃生后，他登上一座名为俄古癸亚、覆盖着浓密森林的荒岛，可他却被居住在岛上的一个仙女卡吕普索抓了起来，关在山洞里，她是提坦神阿特拉斯的女儿，她想要俄底修斯娶她为妻。她许诺能让他长生不老，可是他不愿背叛家中贤淑的珀涅罗珀而果断拒绝。直到最后，就连奥林帕斯山上的诸神都为俄底修斯的命运感到悲哀。但是，对于他的愤怒，有着"海洋之神"之称的波塞冬始终无法化解，尽管他不敢将他毁灭，但也能让他返回不到家乡，一直遭受漂泊之苦。如今，他陷入荒岛就是海神精心安排的结果。

奥林帕斯山上的众神痛心之余，他们做出一个决定，让卡吕普索女神释放俄底修斯。在女神雅典娜的请求下，派出了众神使者赫尔墨斯前往俄古癸亚去宣读宙斯的旨意：放俄底修斯回去，让他返回到故乡。而雅典娜则脚穿可以翻山越海的黄金神鞋，手持神枪，从奥林帕斯山上冲了下去，没多长时间她赶到了位于希腊西海岸伊塔刻岛的俄底修斯的王宫中。转眼间，化身为塔福斯国王——手持长枪的门忒斯。

俄底修斯的宫殿被糟蹋得不堪入目。这里的主人早就不是美丽的珀涅罗珀和她年轻有朝气的儿子忒勒玛科斯了。特洛伊沦落以及其他人陆续返乡后，很长一段时间里，俄底修斯都没回来，于是，大家都认为他已经死了。没过多久，很多本岛及周围岛屿的求婚者便来到这里向年轻貌美的珀涅罗珀求婚，甚至堂而皇之地居住在这里。他们借机挥霍着俄底修斯的财宝，贪图享乐，无耻之极。这些人整整在这里待了三年之久。

就在雅典娜化身门忒斯来到这里时，一群假装求婚者正在宫中享乐，而在他们中间坐着的正是忒勒玛科斯，但他似乎并不开心，他心中盼望着他的父亲可以早日回宫，将这些可耻的人全都赶走，让宫殿恢复原来的模样。当忒勒玛科斯注意到门口站着化身陌生国王的女神时，他急忙走了过去，紧握她的手，表示热烈的欢迎。随即，他们进入到拱形大厅中，雅典娜把她的长枪放在大厅柱子旁的枪架上，跟俄底修斯国王的长枪放在了一块。随后，忒勒玛科斯命人把女神带到餐桌前，让她坐在脚凳上，吩咐女仆端上一金罐的净水来让她洗手，之后又送来面包、肉及男仆用金杯送来的美酒。但是，没过多久，那群所谓的求婚者也成群地走了过来，来享受美食，还要求歌者演唱。在这群让人讨厌的人的威逼下，侍从将一把漂亮的竖琴递到了歌者斐弥俄斯的手中，他只得慢慢拨动竖琴，唱起欢快的歌曲。

求婚者听得十分的入迷，就在这时，忒勒玛科斯悄悄地把头靠近化身门忒斯的女神，悄声说道："大开眼界吧！这些人就是这样来挥霍我父亲的财富。或许我的父亲再也看不见了，海滨的大雨已经把我父亲的尸体腐蚀了，或许他正在大海某个地方漂泊吧！他再也没机会来惩罚这些无耻的人啦！但请你告诉我，这位高贵的陌生人，你到底是谁，你生活在哪里，为何来这里，你的父母在什么地方？""我就是门忒斯，喀阿罗斯的儿子，"雅典娜回答道，"我还是塔福斯的国王。我乘船来到这里，是为了用我们的铁来换忒墨萨的铜，顺便来问候你的父亲。十分可惜，他并没回来。但我能确定，他一定活在世上，不过他流落到荒岛上，被扣押了起来。不错，这都是我预知未来的能力告诉我的。我还要告诉你，他很快就会回来的。但你可不可以告诉我，你的家为何会被搞成这样？你这是在宴请宾客还是举行婚礼？"

听到这句话的忒勒玛科斯长叹了一口气，解释道："亲爱的朋友，你是不知道，原来我们的宫殿是多么富丽堂皇，多么气派，可现在早已被蹂躏的不像样了。之前你所见到的人，全都是来向我母亲求婚，并来糟蹋我们的家产的。"女神听后，十分的愤怒，说道："不管怎么，你都必须听我的话，把这些无赖驱赶出去，明天就要离开。并且，转告你母亲，要是她想再次结婚的话，就让她回到她父亲那儿，让她自己去安排婚礼和嫁妆。而你则需要去武装一艘最好的船，并带上二十个资深的水手，去沿途寻找你的父亲。你要先去皮罗斯岛，那个岛上居住着一位德高望重的老人涅斯托耳，你先去问问他，要是没有消息的话，就去寻找一位在斯巴达居住的英雄墨涅拉俄斯，他是最后一个返回到希腊的人。如果你能得到你父亲还活着的消息，那就等上一年，先看看结果如何。但是，一旦确定你父亲已死，那就立即启程回来，举行祭奠仪式，并建造一座墓碑。至于那些求婚者，先采用劝说的方法，如果不行，就设法把他们全都杀死，反正不管怎么做，只要达到目的就可以了。"说完这些话，女神如同鸟一样飞入了云层，消失不见。这个场面深深震撼住了忒勒玛科斯，他猜想他一定是神，便认真考虑他的劝告了。

他们谈话期间，大厅中的演奏和歌唱都没停止过。所有求婚者都在倾听歌手斐弥俄斯歌唱关于使人伤悲的特洛伊返乡之行的歌。这时，忒勒玛科斯走进了大厅，把所有人聚集在一块儿，说道："你们这些求婚者，你们可以在这玩乐，但不能大声喧闹！我要向你们说明，明天我将举行一次重要的会议，因此，你们都回去吧，自己养活自己，别再挥霍他人的财产了！"听到这些，所有的求婚者都瞬间瞠目结舌了！

第二天清晨，忒勒玛科斯迅速地跳下了床，整理好衣着，挎起自己的宝剑，走出自己的房间，并吩咐仆人去召集民众，他要开大会，就连那些求婚者也要来参加。在人们都聚齐后，这位被雅典娜赋予修长的形体和气质高贵的国王儿子出现了，他手持长枪，神采飞扬，人们都暗自惊慕，就连最年长的长老们都为他让出一条路来，以便他登上他父亲俄底修斯的王座。这时，德高望重知识渊博的英雄埃古普提俄斯从人群中站了出来，说道："自从俄底修斯失踪之后，再没召开过会议，如今是谁把我们都召集在这里？是一位年轻人还是一个长者？到底发生了什么事让他这样做？是有军队逼近我们的国家还是他有什么造福国家或人们的良策？不过，他已经这样做了，那他肯定是一个诚实守信的人。不管他要做什么，我们都会祈求宙斯来保佑他的。"

一下子，忒勒玛科斯就听明白了这些话中所包含的善意和祝福。他十分的开心，迈向年老的埃古普提俄斯说道："敬爱的老人家，是我让你们聚集在这里的。

因为痛苦和忧愁深深缠住了我，让我无法呼吸。第一，我伟大的父亲离开了我们，也就是你们心中伟大的国王；第二，现在我的家正处在被毁灭的边缘，所有的财产都被糟蹋了！那些无耻的求婚者日日夜夜骚扰着我的母亲，这些人还不听取我的建议，甚至跑到我外祖父伊卡里俄斯那里去向我母亲求婚。他们这些人日复一日，年复一年地在我家胡吃海喝，穷奢至极。我到底该怎样对付他们呢？今天，大家都在这里，我要让你们感觉你们是错的！我不相信，在这众多邻人和其他人的面前，你们都不会感到害怕，不会惧怕诸神的复仇而发抖？你们到底与我慈祥的父亲有何过节？我又是怎么得罪你们了？竟让你们这样对待我们，把所有的痛苦强加到我们身上，真让人难以忍受。"

一边说着，忒勒玛科斯一边流下痛苦的泪水，他怒不可遏，激动地把权杖狠狠地砸向了地面。除了安提诺俄斯，没有一个求婚者敢勇敢地站出来应对这番指责。他大声道："你这个孩子呀，你竟敢如此侮辱我们？那我就告诉你，这罪魁祸首就是你的母亲，不是我们的错。都快四年了，可她依旧不断地嘲讽我们的愿望。表面上，她对我们所有求婚者都有好感，其实背地里却是另一番模样。我们看透了她的阴谋诡计，她曾将所有的求婚者召集在她的房间里，边织布边说：'年轻人呀，我只有为我丈夫拉厄耳忒斯织好死去丧服所需的布，才会告诉你们我的决定，然后再举行婚礼，不然的话，我会被希腊女人指指点点的，责怪我不能为一个备受尊敬的死去的老人准备华丽而又隆重的寿衣！'她那种诚恳且坚定的口气赢得了我们所有人的尊重。可她每天都在织布，但一到夜晚，她就会将布全都拆散。就这样，她反反复复，足足让我们等了三年。她就是用这样的方式来欺骗我们这些高贵的希腊子孙。因此，忒勒玛科斯，你要明白：你必须把你母亲送到她父亲那去，并且她也必须结婚，不管是她挑选的，还是她父亲挑选的，反正，只要她结婚就行。要是她依旧想这样愚弄和欺骗我们，那我们依旧会糟蹋你的家产，最好让你母亲赶紧找个丈夫，不然我们会一直在这里玩乐下去的。"听到这些，忒勒玛科斯回答道："安提诺俄斯，她是我的母亲，她生了我，也养了我，我没有权利让她离开这个家。尽管现在我父亲生死未卜，但她的父亲伊卡里俄斯和诸神也都不会同意的。要是你们还知道对错的话，就请立即离开我的家，去找一个可以真正让你们寻欢作乐的地方。如果你能听我的话，就请你们别再糟蹋我的家产了。

但是，你们要是认为这样做真的心安理得的话，那也只能自便了，我会请求神祇，希望宙斯可以帮我得到应得的补偿。"

　　忒勒玛科斯刚说完这番话，宙斯就给予了他一个预示。空中立即俯冲下来两只挥舞着巨大翅膀的山鹰，它们咄咄逼人的眼神直盯着会场，然后环绕头部，再次飞起，朝伊刻塔城飞去。老预言家哈利忒耳塞斯从鸟的飞翔姿态中预测了未来，他把这个征兆解释道，求婚者终将彻底灭亡。俄底修斯就在不远处，这就意味着求婚者将走向死亡。但是求婚者欧律玛科斯却嘲讽地说道："愚蠢的老家伙，快回家吧！给你的孩子们宣布命运的安排，别来打搅我们了。太阳下，鸟儿飞翔是很正常的，不一定都带有寓意的。这什么都说明不了，只能说明俄底修斯已死。"

　　这次会议在一片嘈杂声中结束了，没有做出任何决定，只有忒勒玛科斯让民众帮他准备一艘快帆船和二十名有经验的水手，他要出海去皮罗斯和斯巴达寻找父亲。而民众们都陆续返回了自己的家中，而求婚者依旧向俄底修斯的宫中走去。

忒勒玛科斯和涅斯托耳

　　忒勒玛科斯缓慢地朝海边走去。他一边用海水清洗双手，一边呼唤昨天在王宫中以人形出现的那位不知名的神祇。就在这时，女神雅典娜一步步靠近了他，不管是身材还是声音，她都跟门忒斯丝毫不差。她说："忒勒玛科斯，要是你的体内还寄存着你睿智父亲俄底修斯的精神的话，那我就希望你赶紧付诸行动！我会帮你准备快船的，并与你一起出发，因为你的父亲是我最好的朋友！"忒勒玛科斯认为这就是门忒斯在与他说话，他一路狂奔跑回家中走进他父亲的储藏室，那里堆着大量的黄金和青铜，还有华美的衣服在箱子里面堆放着，而周围则全是装满油料的罐子和盛满美酒的器具。他关上门对女管家欧律克勒亚说："帮我准备十二缸好酒和二十石用皮袋装好的面粉。并将它们堆起来，等我母亲回到睡房，我就会来将这些东西全带走。要是十二天之后，她发现我不见了，你就告诉她，我去寻找我的父亲了！"善良的女管家一边哭，一边称赞他，然后按照他的吩咐全都准备好了。

也就在这段时间里，女神雅典娜变成了忒勒玛科斯，为这趟远行招募了同伴，并从有钱人诺蒙那里借到一艘快船。之后，她又施法让那些喜酒好乐的求婚者心智蒙蔽了，手中的酒杯纷纷落地，昏昏入睡。最后，她又化身门忒斯，到忒勒玛科斯面前，不断鼓励他，希望他可以尽早扬帆起航。没过多久，两人就与同伴们会合，一并把物品搬上了船，乘船入海。就在海浪拍打龙骨，海风吹动船帆时，他向诸神献酒，祈求在夜间船顺风航行。

正午时分，忒勒玛科斯一行人抵达了涅斯托耳所居住的城市皮罗斯，正好赶上市民们把九头黑牛献给海神当祭品。他们这些伊塔刻人一个个上了岸。在雅典娜的引导下，忒勒玛科斯向人群中心走去。涅斯托耳和他的儿子们就坐在那里，他们边享受仆人送来的美酒佳肴边享受宴席带来的快乐。皮罗斯人一见到有陌生人出现，立即迎了上来，甚至涅斯托耳的儿子珀西斯特剌托斯为了表示欢迎，还给予了忒勒玛科斯和他的引路人他父亲和他的兄弟特剌绪墨得斯之间准备的空余座位。给予了最好的肉和金杯中最好的美酒，一起击掌畅饮。而且，他还对化身门忒斯的雅典娜说："请两位朋友为波塞冬进行祭酒仪式，毕竟每个凡人都是需要神的庇护。"随即雅典娜举起酒杯，向海神祈祷，希望他可以赐福给涅斯托耳、他的儿子和皮罗斯所有的人，顺便保佑忒勒玛科斯可以实现他的愿望。最后，她把酒洒向大地，让所有年轻人一起做了。

仪式结束之后，大家随意地吃喝，酒足饭饱之后，满头白发的涅斯托耳善意地问起他们从何而来，来到这里有何贵干！忒勒玛科斯如实相告，只是在谈到他父亲俄底修斯时，他长叹了一口气，"我很担心他的命运，但是，直到现在我都不清楚他的情况，他是被陆上的敌人杀死了还是魂归大海了。因此我希望你能帮助我，要是知道关于他的消息，哪怕是他死亡的消息，都不要可怜我，请对我不要有所隐瞒，如实告诉我吧！"

可是，涅斯托耳跟忒勒玛科斯一样，丝毫不知道俄底修斯的下落。因此，涅斯托耳建议忒勒玛科斯前往斯巴达，去寻找墨涅拉俄斯，希望能从他那得到一些消息。墨涅拉俄斯是近期才回来的，他在返乡途中经历了风暴，因此，他是用时最长返回希腊的英雄，或许他会有俄底修斯的消息。

女神雅典娜也表示赞同，并说道："夕阳下山了，夜幕已经降临，请你允许我年轻的朋友去你的宫殿休息，而我则去照看船只，跟我的同伴们一起做些准备。随后，我会在船上休息的。明天也要麻烦你和你的儿子为我的朋友忒勒玛科斯准备马车并把他送到斯巴达，我需要去考科涅斯讨一笔债。"说完，雅典娜就"嗖"地一下变为飞鹰飞向了天空。这时，所有人都惊呆了，傻望着天空。涅斯托耳紧握着忒勒玛科斯的手，说道："亲爱的孩子，放心吧，不要有一点的犹豫和担心，你这般年轻就得到神祇的保护！你这位同伴不是别人，正是宙斯的女儿雅典娜，整个希腊，就属她最尊崇你的父亲！"说完，老人就开始祈祷，并许诺明天早上就会为她献祭一头牛；随后，他和儿子、女婿一起将客人送往皮罗斯的宫殿中休息。忒勒玛科斯居住在一个大厅中，旁边就住着涅斯托耳的儿子珀西斯特剌托斯。

第二天清晨，人们早就备好了马车，准备送这位客人前往斯巴达。女管家还为他带上了面包、酒和其他食物。在忒勒玛科斯登上马车坐下后，旁边的珀西斯特剌托斯紧勒缰绳，挥舞着皮鞭，出发了，马匹收到信息，飞奔了起来，很快人们的视线中就没有了皮罗斯。他们整整奔驰了一天，马匹没有一点儿休息的时间。

夕阳逐渐变暗，道路也模糊不清了，根本识别不了方向，这时，他们赶到了居住着高贵希腊英雄狄俄克勒斯的斐赖城。他十分欢迎两位英雄的到来，并热情地邀请他们留宿在他的王宫中。第二天早晨，他们继续出发了，他们穿过了茂密的麦田，最终在晚霞满天的时候，抵达了斯巴达。

忒勒玛科斯在斯巴达

　　此时，斯巴达国王墨涅拉俄斯正在宫中与他的邻居们开怀畅饮，尽情玩乐。一个歌手正在边唱边弹琴，大殿中央两个杂耍的艺人正在表演着绝活，不禁让人拍案叫好。今天正是国王为他的子女们举办订婚仪式的日子。一个是他把他与海伦生的漂亮女儿赫耳弥俄涅许配给阿喀琉斯勇敢无畏的儿子涅俄普托勒摩斯；另一个则是他与爱妾生的儿子墨伽彭忒斯，他爱上了一个出身高贵的斯巴达少女，他们相爱了。在欢声笑语中，忒勒玛科斯和珀西斯特剌托斯的马车抵达了王宫门口。士兵第一时间将这个消息报告了国王。墨涅拉俄斯立即派人把他们引入宫内，并让他们坐在自己身边参加宴席。见到这般华丽的宫殿，忒勒玛科斯不由得发出了惊叹，悄悄地对他的朋友说："看，珀西斯特剌托斯，你注意到没？塔形大厅周围全都是闪亮的青铜，还有黄金、白银甚至是珍贵的象牙！这全都是无价之宝呀！就算是奥林帕斯山上宙斯的宫殿都没有这里的漂亮。这真的让人惊讶！"

　　可惜，忒勒玛科斯的声音小得只能让墨涅拉俄斯听见了最后一句。"亲爱的孩子们，"他微笑着说道，"没有一个凡人能与宙斯相提并论！他的宫殿和财富全都是永恒的！无尽的！但是，这世上的确有人能与我相媲美。要是在特洛伊战争中，战死的人都还健康地活着，就算我有这些财富的三分之一就十分知足了。在那些人中，我最痛心的就是俄底修斯，他承受了太多的苦难。可到了现在，他的死活我都不知道！或许现在，他那年老的父亲拉厄耳忒斯、忠实的妻子珀涅罗珀和他走时还是婴儿的忒勒玛科斯正在为他悲哀吧！"听到这席话，忒勒玛科斯不由得流下泪来，这时，墨涅拉俄斯就确定他就是俄底修斯的儿子他忒勒玛科斯。

　　这时，如同女神般的王后海伦从她的房间里走了出来。在侍女的簇拥下，她在国王身边坐了下来，用充满好奇的眼神，询问丈夫，这两个陌生青年的来历。"在这世上，除了你身边这位年轻人，我还没有看到过任何人能与高尚的俄底修斯如此地相似！"她悄悄对她的丈夫说道。而丈夫告诉她："王后，我也有同样的想法，不管是身体的哪个部分，脚、手、头、头发，甚至是眼神都跟俄底修斯一样。就在这位年轻人流下悲伤的泪水时，我就想起了俄底修斯。"

　　尽管国王和王后的谈话声音十分小，但还是让忒勒玛科斯的伙伴珀西斯特剌托斯听见了。他高声道："墨涅拉俄斯国王，你的猜测很对，他就是俄底修斯的儿子忒勒玛科斯。我的父亲涅斯托耳让我将他送到你这里来，并且他希望能从你这里知道他父亲的情况。""诸神呀，"墨涅拉俄斯大声道，"万万没想到，我的客人竟是我最尊敬的英雄之子，要是他在返程中可以在我家停留的话，我一定向他展示我所有的爱！"

　　由于不断提起俄底修斯，他们内心深处都油然升起一种悲伤。但他们都理智地认为，这种悲伤没有一点儿价值，也没有意义，就各自休息去了。

　　第二天早晨，国王墨涅拉俄斯便询问起，他们来这里的目的和他好友俄底修斯伊塔刻家中的近状。他听到那些不知羞耻求婚者的行为时，不由怒骂道："这群胆大包天的人，竟敢在伟大英雄家里作威作福！等俄底修斯回来，他一定会一个个收拾他们的！顺便告诉你一件事，在埃及时，我把预言家海神普洛托斯抓住了，还逼迫他说出所有返回希腊英雄的命运。'我曾预言到俄底修斯'海神说，'一座荒岛上的女仙卡吕普索把他扣留了下来，他没有船只和水手，因此返回不到家乡，只能默默留下流念的泪水。'年轻人，我所知道关于你父亲的全都告诉了你。要是你愿在我这多待几天的话，我会送你一些珍贵的物品，为你践行。"

　　为此，忒勒玛科斯特意表示了感谢，但他急着去营救他的父亲。于是墨涅拉俄斯送他一只华美的银杯——赫淮斯托斯的杰作。用山羊和绵羊烹调早餐，为他朋友的儿子送行，并祝他一路顺风。

求婚人的阴谋

就在同时，忒勒玛科斯出海寻父的消息让伊塔刻岛上的求婚人知道了，不仅十分的吃惊又很愤怒。安提诺俄斯愤怒地说道："忒勒玛科斯觉得他在做一件伟大的事情，但是我们都没相信过，可他还是义无反顾地离开了！希望在他迫害我们之前，就被宙斯毁灭了！因此，我要是有一艘快船，还有二十名经验丰富的水手的话，我就会去伊塔刻和萨墨岛之间的海峡阻击他，让他的寻父之旅圆满地画上一个句号。"听到这些，大家全都鼓掌欢呼，并表示赞成，还会为他准备好他需要的一切。随后，他们就再次返回宫中吃喝玩乐了！

在使者墨冬的作用下，他们的阴谋没有得逞。尽管墨冬经常侍奉这些求婚者，但他的内心却是很憎恨他们的。当时，他就站在距离他们很近的宫廷外面，把安提诺俄斯的每一句话都牢牢地记住，随即跑到王后珀涅罗珀那里，一字不差地告诉了他的女主人。王后听说后，十分的惶恐，眼中充满了泪水。"墨冬，"她一边哭，一边说，"为什么我的儿子要瞒着我去远行？"这时，年迈的女管家欧律克勒亚走到了她的面前："我需要给你说清楚一件事，就算你要杀了我，我也无所谓了。这一切我事先都知道，就连他所需的物品全都是我亲手准备的，但我许下了诺言，只有十二天后，我才可以把他离开王宫的事情告诉你。现在我只希望你可以沐浴和梳妆打扮后，在侍女的陪同下，前往神庙，向雅典娜祈求你儿子的平安。"

女管家的劝导，珀涅罗珀接受了，她诚心做完祷告就不安地睡了。就在这时，女神雅典娜派她的妹妹伊佛提墨进入了她的梦中，安慰她，向她保证，他的儿子会平安归来的。她说，"珀涅罗珀，你就放心吧，你儿子身边有一个全世界男人都会羡慕的女带路人——雅典娜，她会时刻保护你的儿子的，就在对付那些求婚者时，她派我进入到你的梦中的。"说完之后，珀涅罗珀梦中就没有了伊佛提墨的身影。随即，她醒来了，面带笑容，充满了勇气。她相信她做的梦是真的。这时，求婚者们也准备好了船只和所需物品。安提诺俄斯和 20 名水手登上了大船，缓慢地驶进了大海。没航行多长时间，一道海峡就出现在他们的眼前。海峡中间有个怪石林立的小岛。他们朝小岛快速驶去，并潜伏了起来，等待忒勒玛科斯的到来。

卡吕普索已经把俄底修斯释放了，但没想到，俄底修斯竟然遭遇了风暴，不幸落水了。

宙斯则派出使者赫尔墨斯，他直冲云霄，奔向大海，如同一只在狂风暴雨中勇敢飞翔的海鸥。根据诸神的决议，他需要直奔卡吕普索所居住的俄古癸亚岛。抵达岛上之后，他见到一头时尚卷发的女仙在内室里一边唱歌一边用金色丝线编织华丽的衣服。壁炉中燃烧着熊熊的烈火，不多时整个岛屿上空弥漫着一股檀香木的味道。绿色的植被把她内室的洞穴全给覆盖了，有白杨、桤木和柏树，更有甚者树上五颜六色、品种多样的鸟儿在叽叽喳喳地叫着，对了，还有鹰隼、枭和乌鸦。一片葡萄藤在岩石隆起处生长着，尽管外面枝叶繁茂，但依旧能看见一串串成熟的葡萄。还有四个不断喷水的泉眼在这周围，顺着地势，泉水流动着，滋养着茂密的草地，地上还生长着鲜嫩的鲜花和香草。

赫耳墨斯称赞着这片漂亮的地方，随即进入了宽敞的洞穴，但是俄底修斯不在这房间里。此时，他正跟往常一样，孤独地坐在海边，眼中充满了忧虑和泪水，望着无边无际的大海，思念着家乡。

听完神使带来的命令，卡吕普索顿时惊呆了，刚才的好心情也消失不见了，带着一丝不服的口吻说："你们这些不食人间烟火了诸神呀！你们都不可以让一个女神嫁给一个凡人吗？你们就这般的气愤，气愤我要与一个我从死亡边缘救回来的人结为夫妻？可你们知道吗？当时，闪电击中了他的船，所有人都沉入了海底，只有他，他抱住了一块龙骨才逃过一劫。海浪把他冲到我的岛上，我救了他。对于这个可怜的人，我热情又友善地对待。给他饮食，还答应他能长生不老。既然我无法违背宙斯的决定，就让他在海上继续漂泊吧！别想我会将他送回故乡。我的船没有水手和任何起航设备的。我只能给予他祝福，希望他能安全返回故乡的海岸。"

卡吕普索的答复让赫耳墨斯十分满意，他立即返回奥林帕斯山复命。而卡吕普索则走到俄底修斯的身边，对他说："我可怜的朋友呀！不要将你的生命全浪费到忧虑之中了，你可以走了，我放开你了，你用木材为自己搭建一个木筏吧！至于食物和饮品，我会亲自为你准备的，对了，还有一套华丽的衣服。愿你的木筏一直能在顺风中航行，愿在神的陪伴下，你能顺利返回到家乡。"

俄底修斯充满疑惑地看着女仙，说道："美丽的女仙呀！你心里一定不是这样想的，希望你能当着我的面向神起誓，答应不会伤害我的，不然我死都不会登上木筏的！"卡吕普斯微微一笑，抚摸着他，说道："不要自己吓唬自己，苍天、大地和斯提克斯河都能作为我的证人，我说过的，一定会做到的，绝对不会伤害你的。"说完之后，她就离开了。俄底修斯跟着她，在洞穴里，他与女仙握手告别。

没过多长时间，木筏就做好了。第五天，俄底修斯就坐着自己的木筏扬帆起航了，他缓慢地驶向大海，一边划船一边掌舵。他不眠不休，经常望向天上的星星，努力向卡吕普索告诉他的标志驶去。就这样，他整整在海上航行了十七天，终于，在第十八天，他见到了费埃克斯陆上那模糊不清的山群，昏暗的海面上，陆地如同盾牌那样漂浮着，就像是在特意迎接他的。

这时，刚从埃塞俄比亚回来的波塞冬从索吕弥山上见到了海面上的俄底修斯。近期诸神召开的会议，他有意不去参加，他是想有不在场的理由去折磨俄底修斯。他开心地说道："正好，这次我能让他遭受更多的罪！"于是，他把所有的乌云都聚集了起来，又用三股叉把大海翻搅了起来，甚至还让飓风相互碰撞，让黑暗笼罩住了海洋和陆地。

俄底修斯木筏周围的飓风不停地咆哮打转，吓得他的心和双腿不停地颤抖。他大声地呼号，以此来减少恐惧，就在他呻吟的一瞬间，一个巨浪朝他铺天盖地地袭来，把木筏打翻，整个人被抛了出去，就连船桨都消失不见了，木筏也被打得破碎，成了木板，桅杆和帆布都落入了海水中。俄底修斯也被抛进了水中，这时，他身上的衣服成了累赘，将他带向海洋深处。可是，没过多长时间，他再次浮出了水面，他将海水吐了出来，然后朝着残破的木筏游去，花费了巨大的力气才靠近了它，逐渐爬了上去。就在他费力挣扎时，海洋女神琉科忒亚注意到了他，她十分同情他，决定帮助他脱离险境。她出现在旋涡中，坐在木板上，朝着俄底修斯说道："听着，俄底修斯，你必须要听从我的指挥！立即把衣服脱掉，放弃木筏，用我的披纱缠绕你的胸部，这样，你就可以随意游了。不管大海有多凶残，都不会伤害到你的。"俄底修斯刚将披纱接住，女神就消失不见了。尽管他心中还是有些不安或是怀疑，但他还是按照她的话做了。波塞冬不停地掀起巨浪，砸向他，散落的木筏都被砸成了碎片。可俄底修斯却如同一个骑士那样，在一块木板上坐着，他脱掉沉重的衣服，裹上披纱，义无反顾地跳进了海水中。

波塞冬见到俄底修斯投身于海洋中，认真地摇了摇头。说道："你就这样在海上漂着吧！受尽折磨，直到有人来救你。你也好好尝尝这颠沛流离的苦楚吧！"说完之后，海神便从大海中离开了，返回他的宫中。在经历了两天两夜的海上漂流后，俄底修斯终于见到了海岸。海浪拍打着峭壁，发出雷鸣般的响声。他还没做好决定，一个巨浪就把他拍向了海岸，他紧紧地用双手抱住一块岩石，但又一个巨浪把他拍回了海里。他再次尝试，便慢慢游了过去。不可思议的是，他竟发现了一处低浅的海岸和一处安全的海湾，甚至还有一条小河流入大海。

俄底修斯终于着陆了，他已经精疲力尽了，他瘫倒在地上，因为挣扎和疲劳过度，他失去了知觉。在他醒来之后，他便将女神琉科忒亚的披纱投入了大海之中，心中充满了感激。清晨的海风如同刀子般抽打在这个赤裸的男人身上，这让他浑身发抖。他决定爬到山上，躲进茂密的树林中。于是，他寻找到两棵紧挨并缠绕在一块的橄榄树，树叶十分的密集，就连阳光都穿不过去，更别说是风雨了。这可是一个不错的安身之所。随即，俄底修斯用树枝搭建了一个简易床，并用树叶盖住身体。没过多久，他就进入了梦乡，所有的艰难险阻和即将面临的困难都被抛之脑后了。

瑙西卡

在长时间的奔波劳碌下，身心疲惫的俄底修斯终于被打垮了，很快，他就进入了梦的世界。可是，他的守护者雅典娜十分为他担心。于是，她赶到一个名叫斯刻里厄的岛屿，这里是由睿智的阿尔喀诺俄斯国王统治着居住在岛上的费埃克斯人。来到宫中，雅典娜在卧室里见到如同女神般端庄秀丽的国王年幼的女儿瑙西卡。此时，她正在休息，有两个侍寝的女仆在门外守护着她，她的卧室十分宽敞且明亮，光线充足。雅典娜悄悄来到她的床边，化身她的一个小伙伴，走进了她的梦中，对她说道："你这个懒惰的小女孩，再不起床的话，不知你母亲又要用何种方式责怪你了？你还有很多没清洗过的漂亮衣服在衣柜里呢，或许在你结婚的时候，你就会用上它们的。赶快起来吧，天亮的时候，将它们都清洗干净，我会陪着你，一块帮你洗的，这样，你就能尽快完工了。你不会一直这样不结婚的，以前就有很多贵族子弟向你父亲的漂亮女儿求婚了。"

慢慢地这个女孩从梦中醒了过来，赶紧起床，令仆人为她准备马车，随后，从衣柜中拿出那些需要清洗的衣服，全都装上了车。她的母亲特意为她准备了吃喝用具，面包和酒水等，在她上车的时候，还递给了她一瓶香膏，让她和侍女们沐浴装扮用。

瑙西卡驾驭方面的能力十分的出众，她一手紧握着缰绳，一手不断挥舞着皮鞭，使骡子朝着河岸跑去。到了岸边之后，侍女们连忙将缰绳解开，让骡子去茂盛的草地上吃食，并将衣服拿到河水中进行清洗。侍女们将衣服放到石头上，用脚努力地踩踏，洗干净之后，又把所有的衣服一件件平铺在河岸的沙滩上。随后，便下河嬉戏了，回来之后，就往身体上涂满香膏，然后围坐在海河边，一边享受温和的阳光，一边品尝着美食，等待着去收取晾干的衣服。

　　少女们吃完早饭后，就都在绿色的草地上尽情地跳舞和打球。瑙西卡将球扔给一个女伴，但在现场隐身的雅典娜却使球改变了方向，直接落入了河水的深处。见到这种情况，少女们全都尖叫了起来。这下，在附近橄榄树下睡觉的俄底修斯被吵醒了。他侧耳倾听，并对自己说："这是在哪呀？野蛮的强盗把我绑架了不成？但是我听见的却是少女的欢声笑语呀，其中还夹杂着山林和河水的声音！这附近有有教养的人？"

　　于是，他折下一根满是树叶的树枝来遮盖自己裸露的身体，从树丛中缓慢地走了出来。跟那些温柔秀美的少女一比，他就像是隐藏在森林中的一头霸气的狮子。少女们一见到他，全都纷纷逃开了，他身上全都是海水中的污秽物，奇形怪状的，如同一个海怪登陆，完全改变了他原有的模样。但是，只有瑙西卡没有被吓走，因为女神雅典娜给予了她足够的胆量。俄底修斯冲着远方的瑙西卡喊道："不管你是女神还是少女，我希望可以靠近你！你如果是女神的话，我希望你是宙斯和勒托的女儿——阿尔忒弥斯，因为，你跟她一样，拥有修长的身材和漂亮的容貌。如果你也是凡人的话，那我就会赞扬你的父母和兄弟。我十分希望你能善待我，拯救我，我已经陷入无法言说的苦难之中了。二十天前，我从俄古癸亚岛出发，途中遭遇了风暴的袭击和无尽的漂泊，最终，我被带到了这里，这里没有人认识我，我也不认识这个地方。请可怜可怜我吧！给予我一件可以遮身的衣物，告诉我，你所居住的城市的位置，我相信，诸神会保佑你的，让你有个爱你的丈夫，一个幸福的家庭，永远安定团结！"瑙西卡回答道："外地人，我觉得你并不是个坏人，也不是个蠢人，既然你有求于我和我的国家，那我就尽量满足你所有的要求。我告诉你我的城市的位置，还我有们族群的名字。那座城市里居住的都是费埃克斯人，而国王阿尔刻诺俄斯最宠爱的女儿就是我。"说完之后，她便立即大声呼喊她的侍女们，听到她的召唤，侍女们都坚决服从。

　　随后，俄底修斯找到岸边一个隐蔽的地方洗澡，而瑙西卡则将事前准备好的衣服放进了草丛里。他清洗了身上的污秽物，并涂上了香膏，穿上国王女儿赠给他的服装。服装十分的得体。这时，随身保护着他的雅典娜又将他变得更加帅气魁梧，额头上美丽的卷发垂了下来，头和肩膀显得更加优雅高贵。他从草丛中走出来，光彩照人，在少女的旁边坐了下来。

对于这个英俊潇洒的男人，瑙西卡充满了好奇感。她对女伴们说："我敢肯定，并非所有的神都在害他，并且他身边一直有个神在保护他，才把他带到我们这里。刚见到他的时候，他简直不像样，现在却如同天上的神仙那样！要是在我们中间有这样一个人生活着，那他一定会是我的丈夫。来吧，姑娘们，让我们一起用美酒佳肴来为他恢复体力吧。"之后，俄底修斯享受了一顿美餐，长时间的饥渴在这时候都得到了缓解。

随后，她们将晒干的衣服全收起来整齐地放到车上，套上缰绳。瑙西卡登上骡车，而她的侍女和俄底修斯则在后面徒步跟着。在她们经过奉献给雅典娜的圣林时，为了不使不必要的谣言产生，瑙西卡让俄底修斯先停留在这里一会儿，她和她的侍女先穿过，随后，俄底修斯再跟上。这时，俄底修斯为默默保护他的女神雅典娜祈祷了，雅典娜也听见了，但是估计她叔叔波塞冬很有可能在附近，雅典娜就没有公开现身。

俄底修斯与费埃克斯人

瑙西卡刚返回到宫中，俄底修斯也从雅典娜圣林中离开了，在通往城市的同一条道路上走着。这时，雅典娜化身为一个费埃克斯的少女前去帮助他，并引导他去拜见国王阿尔喀诺俄斯。在王宫门口，雅典娜化身的少女还给予他一些忠告："第一个要见的就是王后阿瑞忒，她是国王的侄女。波塞冬和珀里玻亚的儿子西托俄斯是这里以前的国王，而珀里玻亚则是巨人族首领欧律墨冬的女儿。他们一共生育了两个儿子，现任国王阿尔喀诺俄斯就是其中一个，而另一个是瑞克塞诺耳，可惜没活多长时间就去世了，仅留下一女，这女孩就是现在的阿瑞忒王后。国王十分地尊敬她，恐怕这世上也就只有她才享有这种待遇吧！人民也十分尊敬她，她睿智、聪慧、机警，男人之间的矛盾，交给她处理，十分轻易地就解决了。要是你能让她满意，那一切都会十分顺利的。"

　　说完之后，化身少女的雅典娜就离开了。随即俄底修斯走进了王宫，一直走到国王的大厅中。这时，费埃克斯的贵族们正准备向赫尔墨斯神祭酒，在大厅里筹备着宴会。穿过拥挤的人群，被密雾笼罩的俄底修斯来到国王面前。随着雅典娜一挥手，密雾消失了。他突然跪倒在王后阿瑞忒面前，紧抱她的双腿，祈求道："高贵的瑞克塞诺耳的女儿阿瑞忒，现在我就在你和你丈夫面前跪着祈祷！愿诸神保佑你们，希望你们可以帮助我这个漂泊者返回家乡，我在外流浪已经好多年了！"说完，他就直接在燃烧着烈火的火炉旁的灰堆上坐了下来。

　　这一始料未及的场面把在场所有的费埃克斯人都吓住了。过了好长时间，一个突然出现的声音在大厅里回荡，这就是最为年长且阅历丰富的老英雄厄刻纽斯，他对着国王说道："阿尔喀诺俄斯，说真的，不管在什么地方，让一个外地人坐在灰堆上，这都是不符合礼数的。我想在座的宾客都有一样的想法吧！我们等着你的决定。将这个外地人扶起来吧！给他一个舒适的椅子，并让他紧靠着我们！传令官再调一次酒，让我们一起给宙斯，这位客人的保护者献上一杯酒吧！女仆，来为这位新的客人添上酒食。"

　　听到这些话，慈悲的国王十分高兴，他紧握俄底修斯的手，并将他带到靠近自己的一把椅子上坐着，这可是他最疼爱的儿子拉俄达玛斯的位置。一切都按照厄刻纽斯的提议进行着，俄底修斯受到了所有人的尊敬和爱戴，并和他们一起享用了美食。在向宙斯献祭完之后，宴席就散了。国王邀请所有客人明天来参加一个更为盛大隆重的酒宴。在这期间，他从没开口问过这位外地人的姓名和家世，但是答应会热情地招待他，尽到地主之谊，并送他安全返乡。

　　客人们都陆续离开了，仅剩下国王夫妇和这位外地人。这时，王后仔细打量着俄底修斯，却发现他身上的披风和衣裤做工精致，而且出自她的手工，便说道："外地人，你老实告诉我，你到底是谁？从何而来，到底是谁让你穿上这件衣服的？我记得你曾说过，你在海上漂泊了好长时间，被风暴带到这里的。"于是，俄底修斯如实相告，讲述了在俄古癸亚岛上被卡吕普索囚禁和最后一次航行的遭遇，当然，他还说到了与瑙西卡的相识。

"原来是这样，我女儿做的没有错，"阿尔喀诺俄斯笑着说，"如果你能成为我女儿的丈夫这是神的意旨该有多好呀！只要你愿意留在这里，我会给予你房子和财宝。不过，我不喜欢勉强别人，明天要是你想离开的话，我会帮助你的，给予你返回故乡的船和水手，帮助你顺利回家。"

听到国王说的话，俄底修斯十分高兴，并发自内心地对他们表示感谢。随即，他向国王夫妇告退，到一个软榻上休息，去缓解近期的疲劳和辛苦。

第二天清晨，国王阿尔喀诺俄斯很早就来到市集广场上，去召集民众开会。俄底修斯与他一起前往了，他们在两块精雕细刻的石磴上依次坐了下来。随着时间的流逝，广场上的人越来越多，也有更多的人注意到俄底修斯，他们都带着惊奇的目光看着他。原来是雅典娜把他变成一个高大魁梧的人，凸显出一种说不上来的气质和威严。这时，国王向他的臣民们介绍了俄底修斯，并让他们准备船和五十二名优秀的费埃克斯水手，他还邀请了在场的贵族去参加他为这个外地人准备的宴会。

会议结束之后，接到命令的年轻人都去准备船只，他们取来桅杆和船帆，往皮制的桨环上套上船桨，把船帆拉了起来。准备完成后，他们也都走进了王宫，没想到的是，庭院里全部都是受邀前来的客人，有老有少。主人宰杀了十二只羊，八头牲畜和两头牛让客人们享用。牛羊肉的香味弥漫着整个庭院。

一番吃喝之后，人们都静静地倾听着盲歌者得摩多科斯演唱的歌曲。他比较特殊，诗歌女神同时给予了他快乐和不幸，她夺走了他的光明，却把他心中渴望诗歌的火焰点燃。他说："远道而来的客人呀！请你回到家乡后向你的同胞们述说下我们费埃克斯人在拳击、角斗、跳跃和赛跑上是如何远胜凡人的！"就这样，宴会结束了，按照国王的旨意，费埃克斯人都往市集广场上聚集了。

一群贵族青年出现在广场上，其中就有国王的三个儿子：拉俄达玛斯、哈利俄斯和克吕托纽斯。他们先是在一条沙道上赛跑。信号一发出，他们飞一般地冲了出去，身边还扬起了不少尘土。克吕托纽斯在这场比赛中取得了胜利，他是第一个抵达终点的。紧接着是角斗，这次是年轻的英雄欧律阿罗斯取得胜利。费埃克斯人安菲阿罗斯是跳跃比赛的赢家。铁饼项目第一名则是厄拉忒柔斯。最后的拳击比赛中，国王的儿子拉俄达玛斯顺利夺冠了。

这时，拉俄达玛斯从拥挤的人群中走了出来："我的朋友们，我相信，你们也想知道这位外地人能明白我们的比赛不？看，他那魁梧的身材、有力的臂膀、庞大的体格，他一定十分强壮。虽然他遭受了很多磨难，但年轻人的活力和霸气，他应该是不缺少的吧！""不错，"欧律阿罗斯说道，"王子殿下，你邀请他参加比赛吧！"于是，拉俄达玛斯用和善的口气向俄底修斯发出了邀请。

可是，俄底修斯却说道："年轻人，你提出这样的邀请，是想来伤害我吗？忧愁一直缠绕着我，根本挥之不去，让我没任何心情去参加比赛。历经了千辛万苦，我现在唯一想做的就是返回家乡。"欧律阿罗斯却不悦地说道："你这个外地人，一看就是不懂比赛的人，或许你是个优秀的船长，或商人，但你一点都不像个英雄。"

听到这些话，俄底修斯便紧皱了眉头，说道："我的朋友，有些话可能不太悦耳，看起来，你还是个冲动莽撞的孩子。诸神并没赋予我英俊潇洒、能说会道和睿智等优点。但对于竞赛，我并不陌生，也不是新手。在我还对我的青春和双臂相当信任时，我就与最强大的对手进行过较量。但是战争和风暴使我变得很衰弱。不过，既然你对我挑战了，那我就勉强试一试了。"

俄底修斯说完就拿起一个铁饼，这个铁饼比费埃克斯青年人用的更为大且厚实，他用力一投，铁饼盘旋前进着，最后落在标线外十分远的地方，在青年人铁饼落地的地方，早就有化身费埃克斯人的雅典娜给做了标记。他大声道："傻子都能看出来，你扔的最远，还不仅是远一点点呀，因此，这项比赛是你赢了。"听到这番话，俄底修斯很开心。自信满满地说："来吧，年轻人，尽管投吧，希望你们可以超越我！之前，你们用无情的言语伤害我，逼我参加比赛，现在，不管你们要比什么，我都不会退缩的。但我不会与拉俄达玛斯争的，我不愿跟自己人进行比试。我的强项是射箭。要是我跟许多同伴一起朝着敌人射箭的话，那一定是我最先命中目标。我投掷的长矛远且准，也不会输的。至于赛跑，或许你们中有人能胜过我，我被狂躁的海浪消耗了太多的能量，还没有得到充足的饮食来恢复。"

听到俄底修斯的话，年轻人们都默不作声了，十分惭愧。这时。国王开口道：

"太不可思议了，外地人，你已经充分展示了你的能力，因为你的强大，以后再也不会有人来为难你了。希望你在返回家乡后，在跟你的妻儿谈论时，可以想起我们的刚健有力，尽管在拳击和角力方面，我们不是太出众，但我们的拿手绝活却是赛跑，还有，航海、美食、弹琴和跳舞方面，我们都很不错。我们用最好看的首饰、最舒适的沐浴以及最柔软的床榻！快活起来吧！舞者们、航海家们、竞争者们、歌者们！尽情展示你们的实力，让外地人回家之后，还能讲述些关于你们的事情，去把得摩多科斯和竖琴带过来。"没过多长时间，在侍者的带领下，得摩多科斯来到了广场上。维护秩序的九个人整理出来一块用来跳舞的地方，并划出了一个看台。得摩多科斯带着竖琴走到了场地中央，他弹了起来，随着琴声，那些少年们也都跳起舞蹈来。见到此场景，俄底修斯十分的惊讶，他从没见过如此美妙的舞蹈。接着，歌手们也唱起歌颂诸神生活的曲子。俄底修斯羡慕地对国王说："说真的，阿尔喀诺俄斯，你该为有这样出色的舞蹈家感到骄傲，在这方面，真的没人能与你们相媲美。"此次，国王得意扬扬，朝着他的臣民们喊道："听到了吗？这个外地人是如何称赞你们的，他是一个通情达理的人，我们为他付出是值得的。来吧，我本人及我十二位王子，一共为十三人，每个人都给予他一套衣服和披风吧，对了，还有一磅最好的金子。这些，我们都会无条件地赠给他，他会怀着感恩又快乐的心和我们告别的。但是，在这之前，欧律阿罗斯必须去求得他的原谅。"说完之后，费埃克斯人全都鼓掌表示赞成。

一个使者去将这些礼物全都收集了起来。这时，欧律阿罗斯将手上的银柄宝剑和象牙剑鞘递给了俄底修斯，说道："长辈，对不起，刚才我用言语侮辱了您，希望您大人有大量，宽恕我！愿诸神保佑您顺利返乡。祝您健康愉快！""同样也祝你健康愉快，"俄底修斯说，"对于你送出的礼物，你不会后悔吧！"说完，他就将宝剑挂在腰间了。

使者收完礼物并呈放在国王面前，太阳都已经落山了。这些礼物都装在一个箱子里，送到俄底修斯在宫中居住的地方。国王和他的所有随从都过来看他，再次给予了他一些礼物，其中就有一只精致的金杯。在俄底修斯沐浴之前，王后亲自把箱子里面的珍贵礼物一一点给他看。她嘱咐道："你一定要把这个盖子盖好。把这个箱子保管好。只有这样，在途中休息时，它才不会被偷走。"

　　俄底修斯认真地将盖子盖了起来，还打上十分结实的绳结，把箱子捆绑起来。随后，舒舒服服地洗了一个热水澡，准备入席与那些贵族们欢聚一番。这时，大厅的入口处却站着漂亮的瑙西卡。自俄底修斯进城以来，她都没见过他。现在，她要向这位即将离去的客人做最后一次致敬。她看向俄底修斯的眼神中充满了仰慕，希望能将他留住。但是，她却说道："尊贵的客人，祝你永远幸福，请你回家后，不要把我忘记了，要思念我，我曾救过你呀！"

　　俄底修斯很感动，说道："尊贵的瑙西卡，要是宙斯能让我安全返乡的话，我每天都会像为神一样为你这个救命恩人祈祷的！"说罢，他就走进了大厅，坐在了国王的身边。此时，仆人们正在拿着刀切烤肉，并往杯中倒入大条酒瓶里的酒。盲人歌手得摩多科斯再次被带了上来，还坐在大厅中靠近柱子原来的位置上。这时，俄底修斯朝着使者使了个眼色，让他到自己身边来。他将他面前烤肉中最好的烤肉割了下来，放在空盘子里，递给使者说："把这块烤肉送给歌手，尽管我还漂泊在他乡，但我依旧愿意为他献上我的爱心。这个歌手理应受到人们的尊敬，女神缪斯借助他，来教我们唱歌，并疼爱我们。"对于这份爱心，盲人歌手十分感激地接受了。

　　宴席过后，俄底修斯对得摩多科斯说："尊敬的歌手，我从没这样赞扬过他人，只有你了。阿波罗或女神缪斯教给你唱出如此动听的曲子，你又准确生动地描述了希腊英雄们的命运，就仿佛是你亲身经历过一样！请你为我们再唱个美丽的木马故事吧，以及俄底修斯为这场战争所做出了一切。"

　　对此，歌手欣然接受了，大家全都聚精会神地听他歌唱。俄底修斯听着称赞他的歌曲，眼泪都偷偷流了下来。可惜这一幕，只有国王阿尔喀诺俄斯注意到了。于是，他让歌手先停了下来，对着厅中的费埃克斯人说道："朋友们，先让竖琴休息会儿吧！我知道，不是所有的人都愿意倾听歌者所歌颂的故事。从欢聚到现在听歌者唱歌，我们的客人都没露出过笑容，我们没能让他开心。主人关心客人就该像关心自己家兄弟那样。因此，我想请外地人诚实地说出，你的父母是谁，故乡在何方？要是希望我们帮你返回家乡的话，那就请你一定要让我们知道你的国家和你出生的城市。"

　　面对这番善意的问话，俄底修斯也做出了善意的回答："尊敬的国王陛下，我的苦恼与歌手没有一点关系！可以听到这般美妙的歌曲是件多幸福的事呀！是他让人听到了神一般美妙的声音，这对我来说，是最开心的事情了。亲爱的好客的主人们呀，你们希望我能从忧愁中摆脱出来，但为此，我可能会陷入更加深重的悲痛中去，我真的不知该从何说起？那好吧，就先听一下我的家世和祖国吧！"

基科涅斯人与洛托伐戈伊人

（俄底修斯开始讲述他的经历）

拉厄耳忒斯是我的父亲，在我很小的时候就因为智慧过人而所有人都知道我。我居住在到处充满阳光的伊塔刻岛，草木茂盛的涅里同山就在岛的中央。在它的周围还有许多有人居住的小岛：萨墨岛、扎利喀翁岛和查津托斯岛。那我现在就讲一下从特洛伊回乡途中的遭遇！

暴风把我从伊利翁带到了基科涅斯人居住的伊斯玛洛斯。我和我的同伴们顺势把它给攻占了，将城里的男人全都杀死了，把女人和战利品平分了。而我的建议是尽快离开这个地方，可我的同伴们却安于享乐，不愿放弃那些战利品。结果，不久之后，那些逃跑的基科涅斯人联合他们在陆地上居住的弟兄们一起偷袭了我们，当时我们正在海边畅谈豪饮。寡不敌众，我们被打败了。几乎每艘船都死了六个人，而其他人则因为逃跑的迅速而存活了下来。

我们继续向西进发，我们都很幸运，我们摆脱了死亡，但是，我们也为那些死去的同伴感到悲痛。这时，一大股旋风被宙斯从北方带了过来，乌云和黑暗笼罩了大海和陆地，根本辨别不清方向。我们准备把桅杆放下来继续前进，但是还没降下船帆，桅杆就已经被折断了，就连帆布也被撕得粉碎。不过，功夫不负有心人，最后，我们还是成功地抵达了海滨，抛下了船锚。我们在那里整整停留了两天两夜。直到将新桅杆和帆布整理好，才再次扬帆起航。我们满怀希望，要不是突然刮起的北风将我们再次吹回大海的话，很快我们就能返回到家乡了。

在暴风雨里，我们整整漂荡了九天，终于，在第十天的时候，我们抵达了洛托伐戈伊人居住的海岸。那里的人十分奇怪，只吃莲子，其他的什么都不吃。我们登上海岸，饱饮清水，还派出了两个朋友前去打听消息，跟着他们两个人的还有我们一个传令人。他们寻找到了洛托伐戈伊人的聚集地，并被他们热情地招待了。这些人没有一点想伤害我们的念头。的确，这里的莲花果有一种特别的功效，它比蜜糖都要甜，只要你吃了它，连回乡的想法都没有了，都希望永远留下来。没有办法，我们只能将那些吃了莲子的伙伴强行拉回船上，任由他们苦恼、反抗。

接着，我们继续航行，我们来到最为凶残野蛮的库克洛普斯人居住的地方。对于耕地，他们向来不管不问，听凭上天的安排。但是，这里生长的一切都十分的壮实，根本不用农民耕种。他们也没有法律之类条则的约束，从不召开民众大会，他们都居住在岩洞里，跟着妻儿过着无拘无束的生活。

有一个树木茂盛的小岛在距离库克罗普斯人居住地不远的海滨外面，很多野山羊在岛上生活着，它们自由自在的，没有人类的打搅。库克洛普斯人根本不懂造船的原理，因此，他们都没来过这里。天还是蒙蒙亮的时候，我们就踏上了这个遍布野山羊的地方。我们十分的高兴，竟然能捕杀到这般多的山羊，平均下来，我们十二艘船，每艘船都得到了九只之多。而我一个人就得到了十只。我们在美丽的海岸上坐了一整天，吃着美味的山羊肉，喝着从基科涅斯人那抢来的美酒。

第二天清晨，我忍不住对库克洛普斯人住地的好奇，带着我的伙伴们登船出发了。等我们到了之后，最先看见的是一条高耸突起的岩缝在最外面的海滨上，它用桂树叶子盖着，很多山羊和绵羊在里面圈养着。旁边则是一个用石头、橡树和松树构建成的围栏。里面有一个巨人居住着，他孤独地在这片偏僻的草地上放牧，不与任何人有所来往。他是库克洛普斯人，喜欢做一些损人利己的事情。在探听海滨虚实时，我们看到了他。于是，我挑选出十二个有胆量的朋友，手持装有美酒和美食的篮子，去引诱这个狂妄、没有王法的野人。

我们赶到岩缝下，可他并不在这里了，他去草地上放牧了。就算这样，我们还是进入了洞里，他的设备让我们感到很奇怪。大块的奶酪在篮子里装着，羊圈里生活着很多羊羔和小山羊，旁边则有篮子、装奶桶、水桶和挤奶桶。

没过多长时间，他就回来了，一大捆柴火在他宽厚的肩膀上扛着，他要用这些来做晚饭的。他随手将柴火扔到地上，发出令人惧怕的声音，也让我们心头一惊，悄悄朝着洞穴中最为偏僻的角落移动了过去，并且躲了起来。随后，我们亲眼见到他是如何将一些肥壮的母羊赶到洞中，并把一些公山羊和公绵羊圈在外面的空地上，他用一块巨大的圆石把洞口封了起来，就算有二十二辆四轮车，都动不了这块石头半分。他在地上舒舒服服地坐着，一个个给山羊和绵羊挤奶，并用一半的奶制作奶酪，放在篮子里晾干。而另一半则倒入大容器里，每天饮用。这些工作全都完成后，他点起了火焰，这时，他看见了躲在角落里的我们，我们也看清了他的状貌。他跟每个库克洛普斯人一样，只是额头上长着一只有神的眼睛。他的腿如同千年橡树那样结实，胳膊和双手大而有力，完全可以把岩石当作球来玩。

"你们到底是什么人？"他声音浑厚，如同闷雷一样问着我们，"你们从何来，来干什么，海盗还是什么？"他浑厚的声音，震撼着我们相对渺小的心，但我还是逐渐调整精神说道："我们并不是海盗，而是希腊人，从灭亡的特洛伊城返乡的，但是，在海上我们却迷了路。到你们这里，我们是想得到帮助和保护的。亲爱的人呀，请你看在诸神的份上，答应我们的请求吧！对于那些祈求得到保护的人，宙斯会极力保护的，憎恨那些虐待他们的人。"

听完之后，这个库克洛普斯人竟然奸笑了起来，说道："你才是真正的笨蛋，你真不知道你在跟谁打交道？你觉得我会畏惧神和害怕他们报复吗？在我们库克洛普斯人眼里，宙斯算什么，就算所有的神加起来那又能怎么样？我们可是比他们厉害得多。你赶紧告诉我，你把你们乘坐的船藏哪里了？是在附近还是远的地方？"这个库克洛普斯人满脸愤怒地说完这些话，但是我立即编织了一些谎话来欺骗他，"你真的是一个好人呀，"我说，"波塞冬这个陆地撼动者将我们所有的船全都抛向距此不远处的石壁上，全都摔得粉碎仅有我和我的同伴逃了出来。"

这个怪人一言不发，如同抓小狗一般，用他那双大手伸向我的同伴，轻轻松松地将他们摔到了地上。到处都是迸溅出来的鲜血。甚至这个怪人还将他们吃进了肚子。我们没有一点反抗的能力，只能双手合十向宙斯祈祷，并为遇难的同伴默哀。

这个怪物吃饱以后，又喝了些羊奶解渴，随后就躺在洞中休息了。此时，我正在考虑，是否要冲过去将剑刺进他横膈膜和肝脏之间的地方。可是我又想了一下，要是我把他杀死了，那谁又有那般大的力气将洞口那块巨石搬走呢？那我们最后还不是要惨死在这里。因此，我们只能让他睡着。在阴森、恐怖的洞中，我们焦急地等待着黎明的到来。一早，这个库克洛普斯人醒来的时候，就点起了火，抓走了我的两个同伴当作早点。这让我们十分的惊慌。随后，他又把肥羊赶往山洞外面，然后用巨石把洞口堵住了。我们清楚地听见他驱赶羊群进山时所发出的叫声，他留给我们的是深深的死亡恐惧，我们都害怕他下一个目标会是自己。

我一直在思索，该怎样把这个怪物除掉，终于，我想到一个还算得上是不错的想法。在这羊圈里，这个怪人挡了一根用橄榄树做成的大木棒，在我看来，这根大木棒，不管是在长度上还是粗壮度上，完全都可以当作一艘大船的桅杆。因此，我砍下来了一段，修理的十分光滑，并将一头削尖，放在火上烘烤了一下，使它坚硬且干燥。随后，我们将它藏到了粪堆里。我们采用抓阄的方式来决定谁跟我一起在怪物睡着的时候，把这根木刺扎入他眼中。有四个最有胆量的人找到了，正好，他们也是我所希望的人选，加上我，我们一共五个人。

夜幕降临，这个怪物赶着他的羊群回来了。这次，他并没有将羊群直接赶到羊圈里，而是赶进了洞里，跟平时一样，他又用巨石封闭了洞口，随意抓了两个人当作晚餐。这时，我用酒袋里的酒把一个木桶装满，慢慢靠近了这个怪物。说道："库克洛普斯人，你该尝下这个，跟人肉一起下咽，味道绝对美极了。你该清楚，我们船上有很多这样的好酒。这是我特意为你带的好酒。要是你可怜我们，就把我们都放了吧。可你却是个残忍可怕的人，那以后谁还会来拜访你呢？再也不会有了，你这样做，对我们太不公平了。"

库克洛普斯人什么话都没说，只是脸上表露出饥渴的样子，顺手把木桶端了起来，一饮而尽。我们全都暗自窃喜，庆幸他是如此迷嗜酒味。他把所有的酒都喝完了，也是第一次朝着我们展示出他相对友好的一面。他说："陌生人，再给我一些酒吧，我会给你一个让你愉快的礼物的，其实，我们库克洛普斯人也存有好酒，只是，现在我想让你知道，在你面前的人是谁，听着，我的名字叫波吕斐摩斯。"

　　既然波吕斐摩斯已经这样说了，我就又给他倒了一些酒，整整三木桶呀，他全都给喝完了。酒劲上来了，他开始犯迷糊，我说道："库克洛普斯人，你不是想知道我的名字吗？那我告诉你，我叫没有人，所有的亲戚朋友都这样称呼我的，甚至所有人都是这样的。"这个怪人回答道："这个名字很奇怪，没有人，但你同样会得到我的礼物的，我的礼物就是把所有人吃完之后，再吃你。怎么样，对于这份礼物，你还满意吗？"

　　在他说最后一句话时，我们都已经听不清这个库克洛普斯人所说的是什么了，随后，他就仰头在地上睡着了。他打起了震耳的呼噜，原来，他的粗脖子倒向了一边。这时，我迅速往火堆里插入了木刺，就在它即将燃烧起来的时候，我把它拿了起来，在我四个同伴的协助下，一起把它深深地插入怪物的眼睛里，随后，我又像木匠造船时钻洞那样，在他眼中转了几圈。他的眉毛和睫毛全都让火给烧焦了，瞎了的眼睛也发出吱吱声，如同火红的铁放入水中那样。受伤的怪物狂叫了起来，整个洞穴里全都是他的回声。这个场面深深震撼了我们，我们全都吓得直发抖，赶紧逃往洞穴中最为偏僻的地方躲了起来。

　　波吕斐摩斯忍着剧痛将木刺给拔了出来，紧跟着就是鲜血流了下来。他把木刺扔得老远，如同一个疯子那样，在洞里来回奔跑，大声尖叫，他呼唤着住在山里的库克洛普斯人——他的同伴。这些人全都从四面八方跑了过来，站在洞穴周围，想知道这里发生了什么事。他朝洞外的朋友们喊道："朋友们，没有人要杀我，没有人要杀我，也没有人要来骗我。"听到他这样说之后，所有的库克洛普斯人说道："既然没人骗你，也没人要杀你，那你大叫什么？或许你是病了，可我们也不知道该怎样治病呀！"说完，他们全都各自走开了。这一举动，让我发自肺腑地感到兴奋。

　　在洞中，眼睛瞎了的波吕斐摩斯四处撞壁，剧痛引起大声的尖叫。于是，他把巨石挪开了，自己坐在洞口的中间，用手四处摸索着，想把那些伤害他的人抓住，可是他还是将我们想得太简单了，我会从这里逃走吗？

　　其实，我想出来了一个新的逃跑计划。有很多肥壮的山羊在我们的身旁，我把波吕斐摩斯用来铺床的柳条抽了出来，绑在三只山羊身上，而我们就在中间那只山羊肚子下面藏着。我特意为自己选了一只比其他山羊都要高大强壮的山羊。我双手紧抓它的脊背，在它肚子下面紧贴着，准备用这种方式，逃离出山洞。

天一亮，洞中的公羊就率先跳了出去，对于每只出洞的山羊，它们这位饱受折磨的主人都认真地摸了摸背，以防上面坐着想要逃走的人。这个愚蠢的人呀，他怎么会想到我们就在羊肚子下面藏着。现在，该我藏身的山羊了，我实在太沉了，它慢慢地走到了洞口。波吕斐摩斯抚摸着它的背说道："山羊呀，你为何这般慢，竟落在了羊群的后面？以前，你不是都走在最前面吗？你是为了主人眼睛而难过吗？真是的，要是你跟我一样会思考、说话，那你一定会告诉我那个罪犯和他的同伙的藏身之所。我会往石壁上狠摔他的脑袋，这样，'没有人'的消失，会减轻我内心的痛苦。"

波吕斐摩斯边说，边把山羊放出洞穴，这样我们全都在洞外面了。在我们逐渐远离岩缝时，我第一个从我的山羊上面下来，并协助我的同伴们下来。只可惜，我们仅剩下七个人。我们紧紧拥抱在一起，为死去的同伴默哀。随后，我们就赶着这些羊返回到船上了。我们重新在船舱中坐着，航行在海上，此时，我们距离海岸已经有相当远的一段距离了，我带着嘲讽的口气，往波吕斐摩斯住着的方向喊道："库克洛普斯人，你听着，你吃掉的人并非是普通人，如今，你已经遭到天谴了，这就是宙斯和诸神给予你的惩罚。"

听到这些话后，这个恶人大声地咆哮了。顺手把山上一块大岩石扯了下来，扔向我们，真的好险，差点就击中我们船尾了。只是碎石激起万丈巨浪，把我们推向岸边。见此情景，我们奋力划桨，避免再次落入这个怪物手里。我的同伴担心他还会投石，阻止我的叫喊，但我依旧朝他大喊："愚蠢的库克洛普斯人，要是有人问你，谁将你弄瞎的话，你可不要再说谎了，要说出真相，坦白地告诉他，是被把特洛伊毁灭的俄底修斯弄瞎的，他在伊塔刻岛居住，是拉厄耳忒斯的儿子！"

突然，这个库克洛普斯人大叫了起来："悲哀呀！最终预言还是在我身上应验了。我们这以前有位叫忒勒摩斯的预言家，他是欧律摩斯的儿子。他一生都在这里生活，一直到老死。他曾给我预言，因为俄底修斯，我会失明。我一直觉得他会是一个跟我一样威猛高大的人，他会同我决斗。但是，我没想到的是，他竟是一个懦夫和坏蛋，他先用酒把我灌醉，然后扎瞎我的眼睛。俄底修斯，你敢再来吗？这次，我会像对待客人一般对待你，并为你向海神祈祷，你要知道，我是海神波塞冬的儿子，除了他，没有人能治疗我的伤痛了。"随即，他祈求自己的父亲，让我不能顺利回乡。"就算能回去。"他说，"那也要推迟一段时间，让不幸和孤独一直缠绕着他，让他乘坐在不是自己的船上，就算返回了家乡，也要让他的记忆里全都是痛苦的经历。"他是这样祈祷的，让我相信，阴损的海神肯定听见了。

没过多长时间，我们返回了那个小岛。所有的朋友都在等待着我们，其他的船全都在海湾里藏着。大家热情地欢迎我们的回来。回到陆地上，我们分给朋友们从波吕斐摩斯那里抢来的羊。可是，这个时候，同伴们却将救过我命的山羊送给了我。随即，我向宙斯献上了这只羊，烤羊腿，献给诸神之父。但是宙斯拒绝了，并且不愿宽恕我们，要将我们所有的船只和除我之外所有的朋友毁灭。

对于这一切，我们茫然不知。整天大吃大喝，尽情享乐。一玩就玩到太阳落山，仿佛我们身边已经没有了忧愁。随后，我们在沙滩上躺着，伴随着滚滚浪声入睡。不久之后，在东方，太阳升了起来，我们也朝着故乡进发了。

埃俄罗斯的风袋

（俄底修斯继续述说着他的经历）

没过多长时间，我们就抵达了埃俄罗斯所生活的岛屿，他的父亲是希波忒斯，诸神的好友。埃俄罗斯一共有六对儿女，他每天都在宫中与自己的妻儿们吃喝玩乐。这位慈祥的国王在他的宫中整整款待我们一个月，好吃好喝的招待着。他很想知道特洛伊战争的战况以及希腊人的军事实力和回乡状况。我把这些全都完完全全地告诉了他，最后，我向他提出帮助我们回乡时，他没有一点犹豫便答应了。

甚至还送给我们一个由九岁野牛皮制作而成的风袋，这里面关着各种的风。宙斯让他掌管这个风袋，还拥有支配权。他将风袋紧紧绑在我们的船上，用一根银线编成发光的绳子，把袋口紧紧扎住，不让透出一点风来。

在海上，我们整整航行了九天九夜，终于，在第十天，我们接近了故乡伊塔刻，我们都能望见海岸上的烽火。夜幕降临，我在房间里休息。我的同伴们就议论起我的风口袋来，他们都好奇我这袋子里装的是什么。他们全都认为是黄金白银，其中一个说道："不管在那里，这个俄底修斯都能受到礼遇！仅仅一个特洛伊城，他就拿回了那般多的战利品。可我们什么都没得到，全是吃苦冒险的事，现在快到家了，什么都没得到，现在，他又多了一袋子的黄金白银。来，让我们欣赏下，这里面到底装了多少珍宝？"

万万没想到，这个糟糕的提议竟得到了所有人的赞成。他们刚把风口袋上的绳子解开，各种风就争先恐后地出来了。又将我们的船带回了海上。

外面的狂风把我惊醒了，我见到眼前这一幕，不由得顿住了，想干脆跳海自尽算了，但是，我努力让自己恢复平静，决定对这突如其来的一切，忍受住，并坚持下去。这场狂风再次把我们带回埃俄罗斯的岛上。我带着一个朋友及传令官去拜见国王，其他人则留在船上。我们去的时候，他正在与妻儿进餐，见到我们十分的惊讶。当我把事情的经过讲述完后，这位掌风者竟从座位上站了起来，大叫道："你是一个被诅咒的人，诸神都在报复你。"说完，他就把我轰了出去，我们只好从那里离开，继续我们的航行。

这时，我们又抵达另一个海岛，这个岛上竖立着很多塔楼。我们驶进港口，并把船停靠在那里，随后登岸，四处瞭望。我并没见到被耕种过的土地、农民和牛羊群。仅仅望见从这个大城市里一些烟慢慢飘向了天空。于是，我让两个同伴及一个传令官一并前去探查情况。途中，他们巧遇了莱斯特律戈涅斯的国王安提法忒斯的女儿。当时，她正要前往阿耳塔刻亚泉取水。她身材十分的高大，这让我的朋友感到十分的诧异。她十分的友善，给我朋友指明她父亲王宫的方向，并把他们所要打听关于这个国家、城市和统治者的情况全介绍了个遍。

他们走进宫殿中，见到站在他们面前的莱斯特律戈涅斯的王后，她竟如同一座山峰那样高大，这让他们觉得十分惊奇。莱斯特律戈涅斯人全都是些巨人，因此，他们也都吃人。这时，王后大声呼唤起她的丈夫，他一把就将使者抓住了，准备将他当作晚餐享用。而其他人全都被吓得直往宫门口走去，往船上跑。但是，国王却将他的子民们召集了起来，带上装备，紧跟其后，大批的莱斯特律戈涅斯人杀向了我们，朝我们投掷巨石。此刻，在我们船上不是将死之人的呻吟声，就是船板被击破的破碎声。幸好我的船停在巨石打不到的地方，因此，我带着那些并未受伤的同伴们朝我的船奔去，逃脱了这场灾难，迅速离开了海港。而其他船则带着那些将死之人或已经死去的人沉入了海中。

我们全挤在这艘完整无缺的船上继续航行，随后，我们就抵达一个名叫埃儿厄的岛屿。在这个岛上有一位由太阳神和海洋女儿珀耳塞所生名叫喀耳刻的半人半神的美女。还有一座甚是美丽的豪华宫殿坐落在这座岛上。我们将船停靠在一处港湾，在长期奔波和悲伤的作用下，我们全都倒在海岸上休息了。

登上岛屿的第三天，我背着宝剑，手持长枪，向岛内前进，希望能打听到一些消息。行走了一段距离之后，我就见到喀耳刻宫殿上空出现了一缕烟云，但是我并没直接前往那里。按照我以往的经验，我将同伴们分为了两部分，一部分跟随着我，另一部分则由欧律罗科斯带领。随后，我们在一个头盔里为谁先去宫殿打探而抓阄。欧律罗科斯抓到了，他只能服从，立即带着二十二个人往烟云升起的地方走去。

很快，在岛上一个美丽的幽谷中他们发现了女神这喀耳刻的宫殿。只是他们发现很多尖牙利齿的野狼和毛发竖立的雄狮在院中的篱笆里和王宫门前来回晃悠，这把他们吓得浑身发抖。他们被这些猛兽包围了，他们想要从这里逃离，可惜出不去了，幸好这些猛兽并没有主动攻击，而是慢吞吞地、温顺地朝着他们走近，摇晃着它们的尾巴，如同狗向主人乞食那样的姿态。后来，我们才知道，原来他们都是被喀耳刻施了魔法的人。

看着这些动物如此的温顺，我的朋友们再次振作了起来，朝着宫殿门口走了过去。这时，宫殿里面传来喀耳刻优美的歌声，她一定是个十分优秀的歌手，他们全都觉得她所唱的完全都是天籁之音。其实，她正为了自己的劳作而歌唱，她现在正在编织一件除了女神外，没有人能模仿出来的华美服饰。英雄波利忒斯第一个看了她一眼，然后立即觉得兴奋异常。在他的建议下，我的朋友将女神喀耳刻叫了出来。对于他们的召唤，女神喀耳刻十分乐意地来到了门口，并邀请他们进去做客。但是向来机警的欧律罗科斯却没有进去，只有他留在了外面，他有一种不祥的感觉。

进入到里面之后，在喀耳刻的安排下，他们坐在一些高大漂亮的椅子上，随后，有人为他们端来一些由喀耳刻亲手制作的由奶酪、麦粉、蜂蜜和烈酒制成的美味糕点。但是在制作的过程中，她偷偷将一种药汁掺在面粉里面，这是一种让人吃了之后会丧失意识，忘记自己国家的药。的确是这样的，吃完之后，他们全都变成一个全身长毛的牲畜，全哼哼了起来。然后被这位施用魔法的女人关到了牲畜圈里面。喀耳刻让人往牲畜圈里投了一些橡实和野果，根本不是美味的食物。

站在远处，欧律罗科斯将这一些完完全全都看个清楚。他赶紧跑了回来，将朋友们的悲惨遭遇告诉我们。一听到这个诧异的消息，我立即做出了决定，我带上宝剑和弓箭朝宫殿走去。

没想到的是，在途中，我遇见一个帅气的年轻人，他朝我举起了他的金杖，我一眼就认出来，他是神的使者赫耳墨斯。他紧握我的双手并和善地说道："可怜的人呀，对于这里的情况你并不了解，那你为什么还要在这里乱跑呢？喀耳刻对你的朋友们实施了魔法，还全都被关进了牲畜圈。你确定要去救他们吗？等到了那个时候，你会跟他们一样，全都中了魔法。这样吧，我给你一个能保护自己的东西吧，只要你带上这种药草，"说着，他从地上挖出一个带着奶白色花的黑色根茎，"这样，她就伤害不到你了，她会为你准备掺有魔汁的甜酒。而我给你的这种药草，正好可以克制她的这种魔汁。要是她要用长长的魔杖触碰你，你就立即拔出利剑，冲到她的面前，做出要杀死她的样子。让她立下重誓，不能加害你，这样你就能安心地在那里住着了，只要你跟她成为好朋友，那她就会答应你，让你的朋友们恢复原状。"

说完之后，赫尔墨斯就离开了，这让我的内心更加的焦急和忧虑，朝着宫殿快速地跑去。听到我的叫声，喀耳刻打开了大门，十分热情地将我迎进殿内。她让我在一张华丽的扶手椅上坐着，还摆了一个小足凳在我的脚下。随后，用金碗为我调制了一碗酒。没等我喝完酒，她就想用魔杖触碰我，觉得我马上就会变为一个牲畜，说道："跟你的朋友们做伴去吧！"

没想到的是，我抽出宝剑站在她的面前，她尖叫了起来，跪在地上，双手抱着我的膝盖，苦求道："你到底是谁，你实在太强大了，为什么魔酒没让你改变形状？至今为止，还没有一个凡人可以从我的魔法下躲过去？难道你就是赫耳墨斯曾对我预言过那个有勇有谋的俄底修斯吗？如果真是的话，请你把宝剑收回吧，我们完全可以做朋友的。"

但我依旧没有改变我的架势，说道："喀耳刻，你将我的朋友们全都变成了牲畜，这就是你对我展示出来的友好？更何况，你还奢想我能对你友好？你的这种行为，只会让我觉得你即将伤害我。要是你可以对诸神起誓，保证不用魔法伤害我，那样我就可以跟你做朋友！"于是，当场这个女神就发起了誓言，这样，我放心了，高枕无忧地度过了一晚。

第二天清晨，四个美丽动人、优雅高贵的侍女来打扫女主人的房间了。第一个侍女在扶手椅上平整地铺上漂亮的紫色垫子。第二个侍女则将一个放有金篮子的纯银桌子摆在扶手椅前面。第三个侍女则在桌子上摆好银调酒罐和金杯。最后一个侍女则往一个三只腿的锅里倒入清水，然后点火烧水，直到水烧开了，这是准备给我用来沐浴的。洗完澡后，我抹上香膏，穿上衣服，准备与喀耳刻一起进餐。尽管我面前放置着各种丰盛的食物，但我始终纹丝不动，面对这样动人的女主人，我依旧一言不发，面带忧愁。终于，她问我为何不见笑容，我回答道："面对朋友的不幸，你却依旧能大吃大喝，尽情享乐，那这个人还会是一个有感情，有品行的人吗？要是你想见到我开心地吃喝玩乐的话，那就请你把我的朋友们释放了，并恢复他们的原形吧！"

没等到我继续往下说，喀耳刻就走开了，拿着她的魔杖，把牲畜圈的大门打开了，将我所有的朋友全放了出来，此时，他们全都是一群九岁大的牲畜，在我身旁围着。喀耳刻在他们身边来回走动，往他们身上涂抹另一种魔药，随即他们的皮毛全都脱落了下来，变回了人形，并且跟之前相比，更加帅气年轻了。他们兴奋地朝我奔来，热情地握手。而喀耳刻用一种讨好的口气说道："亲爱的英雄俄底修斯，我已经按照你的吩咐做完了，现在你该做我想做的事情了吧，快把你的船拉上岸，至于船上的东西全搬进岸边的岩洞里，你跟你的同伴全都来到我这里吧！"

对于她的甜言蜜语，我有点儿心动。因此，我从宫殿离开，去寻找我留在船上的伙伴。他们全都认为我死了，都在为我悲伤，可现在却是用饱含欣喜的泪水冲向了我。对于我建议他们将船拉上岸并都去女神那边，他们全都表示赞成。但是欧律罗科斯却阻止了我们，说道："你们全这样急着自己去送死吗？让那个女巫将我们变为狮子、狼和牲畜，去给她看家，到时候我们该怎么办？你们都不记得了，若不是因为俄底修斯的缘故，我们当初怎么会困在库克洛普斯人的手里呢？那些朋友怎么会有那样的下场？"听到这番侮辱我的话，我十分生气，不顾他是我的近亲，甚至想将我的宝剑拔出来砍掉他的脑袋。幸好我的意图被朋友们看出来了，他们拉住了我的胳膊，使我平静了下来。

随即，我们全都去了女神的宫殿，在被迫无奈的情况下，欧律罗科斯只好跟随。在宫殿里，我们受到了热情的招待，喀耳刻让我的朋友们尽情享受了沐浴之乐，涂上了香膏，穿上华丽的服装，十分开心地在一起吃喝玩乐。她的举动让我们彻底放心，并且她对我们献足了殷勤，我们天天生活得很愉快。就这样，我们在喀耳刻的宫殿里待了整整一年。一年以后，我的同伴们建议我返乡。对于他们的请求，我接受了。当晚，我就请喀耳刻履行她当初的诺言。没有一点犹豫，她答应了，还说，"俄底修斯，你说的没有错，我不该将你强留在这里。只是，在你返乡前，你还要走一段弯路。你们必须要去哈得斯和他妻子珀耳塞福涅治理下的地狱中，去寻找忒拜城盲人预言家忒瑞西阿斯的灵魂，询问你们的未来。尽管他已经死了，但在珀耳塞福涅的荣宠下，他的灵魂和预言能力都还存在。"

听到这些话，我竟悲伤地大哭起来。让我去死人的地方，我十分的害怕，没有人在活着的时候愿意搭船去冥府的，我急忙问谁可以给我引路呢？"引路的事情，你完全不用担心，"喀耳刻说，"你只要把桅杆竖起来，扬帆起航就可以了。北风会带着你们前往的，在你抵达大洋河的海岸时，你从一处低洼的河岸那里登陆，到时，你就会见到橙木、白杨和柳树。那就是珀耳塞福涅的圣林，同样是进入冥府的入口。在山岩旁的峡谷里——皮里佛革勒河和科库托斯河汇集的黑色激流倾斜处——一个岩缝，只要你穿过去，就能通往冥府了。对了，你还要在那里挖个坑，为死去的人献祭上蜂蜜、牛奶、酒、水和面粉，还要承诺，在你返回伊塔刻的时候，再为他们献祭上牲畜，你还要特意为忒瑞西阿斯祭献上一只黑山羊，随后，你还要杀死一对黑绵羊。在你的同伴们为诸神献祭祈祷时，你通过岩缝往下看那些汇集起来的河水。这时，你的面前会出现那些死人的灵魂，他们都会涌到光亮处，去品尝祭品的鲜血。但是，你必须要阻止他们，在没有询问忒瑞西阿斯之前，一定不能让它们靠近，忒瑞西阿斯很快就会过来给你指明返乡的道路。"

听到这些话，我多少感到些安慰。第二天清晨，我就把同伴们聚集在一块儿，准备上路了。"很可惜，我们返乡之路并不是那般顺畅，"我说，"女神喀耳刻已经给我们指出了一条路，我们需要前往哈得斯所在的冥府，去询问已故的忒拜城预言家忒瑞西阿斯我们的归途。"听到我的话后，我的同伴们几乎都绝望了，大哭了起来，手扯头发都没有用处。在我的命令下，他们与我一起乘船出发，这时，喀耳刻站在了我们的面前，让人将两只用于献祭的绵羊绑在我们的船上，还送给我们很多用来献祭的蜂蜜、酒和麦粉。我们将船拉到岸边时，她默默地与我们告别，并转身离开了，随即，我们推船入海，扬帆起航，在甲板上忧心忡忡地坐着。这时，喀耳刻送给我们一阵顺风，把我们吹到广阔的大海上去了。

冥府

（俄底修斯继续述说着他的经历）

那股顺风一直把我们带到大地尽头的大洋河岸，此时，太阳已经落山了。按照喀耳刻的嘱咐，我们将准备好的祭品供了上来。就在绵羊颈部的鲜血刚流出的瞬间，很多来自冥府深处的死人灵魂都从岩缝里飞了出来，来到我们的身边。他们老的老，小的小，有少男和少女，甚至还有很多身上众多伤口，盔甲染血的英雄们。他们在献祭的土坑旁成群地围着，发出让人毛发竖立的叫声，这让我们感到万分的恐惧。这时，我连忙把女神的指示告诉我的同伴们，按照指示，我们把杀掉的绵羊烧掉并向诸神祈祷。而我则拔出宝剑，在没有询问到忒瑞西阿斯之前，阻止这些鬼魂来吸食羊血。

没过多长时间，忒瑞西阿斯的灵魂出现了，他手挂金拐杖。我尚未开口，他就认出我来了，说道："拉厄耳忒斯的儿子，你有什么重要的事情让你离开了阳界，赶到这阴森的地方来，快把你的剑收起来，只有我喝到祭品的鲜血，我才能预知你的命运。"

于是，我从土坑旁边离开了，并将宝剑插回到剑鞘中去。忒瑞西阿斯喝到羊血之后，便说出了他所预言的内容："俄底修斯，你是想知道你是否可以顺利回国对吧，但是有一个神祇会让你的返乡之行变得磨难重重，你根本逃脱不了撼动大地者波塞冬的手掌心。你将他儿子波吕斐摩斯的眼睛烧瞎了，这让他受到了伤害。不过，你最终还是可以返回到家乡的。

"你们需要先去特里那喀亚岛，只要你们不去伤害那里属于太阳神的神牛羊的话，你们就可以顺利地返回家乡。不然的话，我只能预言到你的船和朋友们全都会毁灭掉的，就算你能逃脱，也会在很久之后，独自一人返回家乡的，并且你还是搭成乘陌生人的船只。你回到家中，面临的依旧是痛苦，那些狂妄自大的人会把你的家产挥霍一空，甚至他们还向你的妻子求婚。你用计谋或暴力制服他们以后，会有一种安宁的幸福朝你招手，你在晚年还会扛起船桨出海，游览那些根本不认识的大海，不清楚船是在什么地方。对了，那个地方的人还不吃食盐。在那个地方，你会碰见一个漫游者，他会让你知道，你所扛的是扬谷铲磨刀石，你要把船桨扔进土中，向波塞冬献上祭品。然后再返回家中。自此，你的国家才会繁荣昌盛，你也会在一个距离海洋较远的地方终老。"

他对我命运的预言就是这些。我真心地感谢他，并说道："看，我母亲的灵魂就在那里坐着，可她不与我说话，也不注视我。你可以告诉我，我该怎么样让她认出我呢？""要是你允许她来喝羊血的话，"他说道，"她就会像一个活人那样跟你说话，并把真相都告诉你。"说完之后，忒瑞西阿斯的灵魂就在这冥府的黑暗中消失了。

这时，我母亲的灵魂朝我走了过来，还喝了羊血，突然间，她认出我来了，泪流之下，双眼直视着我，说道："我亲爱的儿子呀，为何你会活生生地来到冥府呢？那些水和大洋河没有去阻拦你吗？自从特洛伊战争结束后，你就漂泊在外，你回到家乡伊塔刻了吗？"

我将我的种种遭遇全都告诉了我母亲，并询问她是怎样死去的，在我去特洛伊之前，她还是好好的呢。我还询问起家中的情况，这时，不知为何，心跳的十分剧烈。母亲的灵魂回答道："对你忠贞不贰的妻子整天为你流泪，至于你的位置，你的儿子忒勒玛科斯并没接替，而是帮你打理家产，你的父亲拉厄耳忒斯不想再居住在城里了，回到乡下居住了。其实，在城里他居住的根本不是宫殿，睡觉的地方也不是软床，他成天穿着破旧的衣服，在炉灶旁边睡觉，跟奴隶一样，在干草上躺着过冬。在夏天的时候，他就在露天的干树枝上睡觉。他所做的一切，全都是为你的遭遇而感到忧伤。亲爱的儿子，我并非死于疾病，而是为你操心而死的。"

听到我母亲说的话，我更加的思念家乡了。就在我想与她拥抱时，她却像个影像一样消失了。而这时却出现了其他的灵魂，她们大多都是著名英雄的妻子。在她们喝完羊血后，她们全都向我讲述起她们的命运。她们接连着消失了，突然，我的眼前出现一个让我胆战心惊的场面：阿伽门农的鬼魂出现了，这个伟大的灵魂走向祭坛，喝了一些鲜血后，认出我来了，紧接着，他放声大哭。他尽力朝我伸出了双手，但是，他的四肢早已没有一点儿力气了，只能退到较远的地方，回答我的问候。

"俄底修斯，你这个高贵的人呀，"他说道，"我没有被海神毁灭，也没被敌人制服过，却像个困兽，在我洗澡的时候，被我的妻子克吕泰涅斯特拉和她的情夫埃癸斯托斯趁机杀死了。我饱含思念之情回到家，可下场却是如此悲惨。因此，俄底修斯，我告诉你，不要完全相信你的妻子，别被她的甜言蜜语迷惑了，也不要把所有的秘密全告诉她。不过，你的妻子聪明贤惠，对你是忠贞不贰的，你真幸福。我被害之前，见到你那个我们离开希腊时还是婴儿的忒勒玛科斯已经长大成人了。他会带着对你的爱来迎接他父亲的回归。只可惜，在我被害之前，我那不忠的妻子都没让我再看一眼我的儿子。不过，我还是要劝诫你，女人都是不可信赖的，你不要公开地登上伊塔刻岛。"

他把这些使人忧愁的话说完之后就消失不见。紧接着，阿喀琉斯和他的朋友帕特洛克罗斯、安提罗科斯和大埃阿斯的灵魂先后出现了，阿喀琉斯最先喝了鲜羊血，认出我来，他十分的惊奇，因此我把来到这里的目的告诉了他。就在我夸奖他生前如同神一般受崇敬，死后还可以掌管地狱时，他却愤怒地说道："俄底修斯，不要跟我谈论生死。我宁愿在人间给人做田里的零工，没有金钱和产业，也不愿在这里统治死人。"随后，我把他儿子涅俄普托勒摩斯的英雄事迹讲给了他听，听到这些关于他儿子的声誉和成就后，这个高尚的灵魂迈着得意的步伐朝冥府走去，逐渐消失了。

除了在一边怒气冲冲的埃阿斯，其他喝过鲜羊血的鬼魂都跟我进行了交谈。其实，埃阿斯是在争抢阿喀琉斯的兵器的斗争中被我打败，自己自杀的，我温柔地对他说："忒拉蒙的儿子，至今你还对那件事耿耿于怀吗？为了阿喀琉斯的兵器，你祸及我。正是有了这一点，诸神制造了我们之间的隔阂。为此你丧了命，其实，对于你的死，我们全都是无辜的。是宙斯将这个灾难带给我们的。因此，高尚的英雄呀，请把你的愤怒抑制住，靠近我，咱们一起说说话。"但是这个鬼魂一言不发就回到黑暗中了。

在这里，我见到很多死去很久的英雄：死人的判官弥诺斯、猎人俄里翁、坦塔罗斯和提提诺斯。还有忒修斯及他的朋友庇里托俄斯，对于我能认出他们，我很高兴。可在无数鬼魂发出令人毛骨悚然的喧叫声时，我感觉到了一丝恐惧，这就像是女妖墨杜萨朝我露出她蛇发的脑袋那样。于是，我急忙与我的同伴们一起从岩缝处离开了，返回到在大洋河岸边停靠的船上。随后，我们继续开始了航行。

塞壬女仙

（俄底修斯继续在讲述着他的经历）

接下来的冒险，全都发生在塞壬女仙所居住的海岛上。一群会唱歌的仙女们居住在这座岛上，但是，只要听见她们歌声的人，全都会被迷住。她们经常在绿色的海岸边坐着，朝着过往的旅客们唱着迷人的歌曲。只要被她们的歌声吸引住，那就没有一点儿生还的可能，因此，她们的海岸上遍布着腐尸和白骨。

我们刚靠近这个具有诱惑性仙女居住的海岛时，我们的船竟然不走了，一直吹的顺风也消失了，海水如同镜子一般闪亮。随即，我的同伴们把船帆卸下，卷了起来，倒放在船上，坐在船桨旁，开始划桨了。这时，喀耳刻嘱咐我的话在我耳边回荡："你们经过塞壬女仙所住的海岛时，这些仙女会用歌声迷惑你们，你可以把你同伴们的耳朵用蜡封住，让他们听不到。至于你，要是你想听的话，就让你的同伴们把你双手和双脚绑住，捆在桅杆上。你越是乞求，他们越该把你捆得更加紧。"

一想到这些，我立即割下一大块蜡片，将它搓软后，给我的每个同伴耳朵里全塞上。然后，按照我的吩咐，他们把我紧绑在桅杆上，他们则返回船桨旁边，安心划行。塞壬仙女们见到我们的船驶来，她们全化身为美丽的少女，来到岸边，用诱人的声音歌唱：

过来吧，俄底修斯，你这个受世人称赞的人，

因为有了你，希腊人全都感觉到自豪，

　　快驶向我们吧，来听我们动人的歌声。

　　只要听到我们甜美的歌唱，

　　没人能从这里驾船划过的。

　　每个人都没有一丝顾虑地返回，

　　想知道的更多。

　　因为我们了解，遵循诸神的旨意，

　　在曾属于特洛伊的领地上，希腊儿子和特洛伊人遭受了伤害，

　　我们知道，这片大陆上发生的一切。

　　听到这些歌声，我的整个心和思想全都只想着继续下去。我点头示意我的同伴放开我，但是，他们全都听不见，只是快速地划桨。还有欧律罗科斯和珀里墨得斯这两个人，按照之前的约定，他们拽了拽绳子，把我捆的更紧了。等我们安全通过，来到一个听不见塞壬仙女歌声的地方，我的同伴们才将耳朵里的蜡取了出来，并把我身上的绳子解开。我发自内心地感谢他们，感谢他们的坚定勇敢。

　　我们再次踏上征程，我就见到离我们不远处的水雾和一道汹涌的海浪。原来那是卡律布狄斯漩涡，它每天都要三次从一块岩石上喷出再退回，将每艘掉进去的船只吞掉。因为害怕，我的同伴竟把手中的船桨给弄掉了。我连忙站了起来，到他们每个人的面前，给他们鼓劲，"亲爱的战友们，"我说道，"对于我们来讲，危险就像家常便饭那样，我相信，对于各种险情，我们都有能力应对。不管我们遭遇到什么，它会有我们在库克洛普斯山洞里危险吗？我们还是平安地逃了出来。因此，你们全都要听我指挥，回去牢牢坐在属于你的位置上，拿出勇气，朝浪头划去，我相信，宙斯会帮助我们从这个漩涡里逃离出去的。舵手，就是你，你要集中所有的精神，用你所有的力量去掌控船前进的方向，穿过惊涛巨浪，靠近岩石，不要进入漩涡里。"

　　我就是这样在卡律布狄斯漩涡的面前对我的同伴们发出警告，这些全都是喀耳刻事先透露给我的，以便让我有所准备。但是，对于我们即将面对的怪物斯库拉，我却只字未提，并没告诉他们。

　　可是我却将喀耳刻关于不让我自己去与怪物战斗的忠告遗忘了。我身穿坚实

的盔甲，手持长矛，在甲板上站着，准备迎战即将到来的怪物。尽管我环顾四周，但我还是没见到她的出现。死亡的恐惧深深填满了我的心，我们的船也朝着越来越小的洞口驶去了。

喀耳刻是这样给我描述斯库拉的："她是不会死去的，勇气是战胜不了她的，最好的办法就是远离她。一块永远被密云笼罩的高岩石就在卡律布狄斯漩涡对面，她就住在上面。一个洞口在这块岩石的中央，里面漆黑一片，斯库拉就居住在洞里，只要你一听见一种恐怖的、在海水上来回翻滚野狗般的嚎叫，这就是她要出动的声音。她足足有十二只怪物模样的脚，六个如同蛇一般的颈。每个颈下都有一个可怕的脑袋，嘴里还有三排牙齿，只咬一下，就能把猎物给咬得粉碎。她的下半身在岩洞里藏着，脑袋却能从下面伸出来，可以去捕食海豚、海狗，甚至是更为庞大的海中动物。到现在为止，还没有一艘船能从此处安全通过。船长还没发现她，就已经被抓走了，放进嘴里，咬成碎片。"

这时，我的脑海里浮现出这幅恐怖的画面。我费力地朝四周望去。船已经接近卡律布狄斯山岩了，海水被那个洞口吸了又吐，吐了又吸。这个场景深深震撼住了我们，我们下意识地将船往左边偏去。就在这时，我们苦寻已久的斯库拉出现在我们的面前，她一张嘴就把甲板上我们最为勇敢的六个伙伴叼走了。我看见，在怪物的牙齿中间，我的伙伴们晃动着他们的手脚，大声呼唤着我的名字求救，可一眨眼的工夫，全都变成了碎片。我已经在海上漂泊了这些年，经历了多少次灾难，可全都没有今天的景象悲惨。

从这个怪物的魔掌逃离之后，我们顺利地穿过了卡律布狄斯漩涡和斯库拉山岩。没过多长时间，一个充满阳光的特里那喀亚海岛就出现在我们的面前。这时，我突然想起盲人预言家忒瑞西阿斯的警告，因此，我把他和喀耳刻的嘱咐告诉我的同伴们，我们正在被最为悲惨的命运威胁着，尽量不要去靠近太阳神赫利俄斯的海岛。这些话使我的同伴们忧心忡忡，可是欧律罗科斯却十分生气地说道："你真是个残忍的人，俄底修斯！你忍心看你的同伴们忍饥挨饿，连让我们上岛去补充下体力都不可以吗？至少让我们去这个美丽的海岸上过夜吧！"我认为这也是可以的事，就对我的同伴们说："我允许你们去，但是你们必须发下誓言，见到太阳神的牛羊群时，一定不能宰杀，只能享用喀耳刻给我们的食品。"于是，所有人都发下誓言，下船上岸了。没过多久，我们就准备好了晚餐，晚餐过后，为那些命丧斯库拉之口的同伴们，我们痛哭流涕，再加上长时间漂泊造成的疲劳，我们含着泪水睡着了。第二天清晨，宙斯就给我们带来一阵恐怖的狂风，我们赶紧把船拉到山洞里保护了起来。我再次告诫我的同伴们，一定不能去宰杀神牛和神羊。从这阵狂风暴雨中，我感觉到我们将会在这个岛上待上很长一段时间。可没想到的是，就这一待，我们就整整待了一个月的时间。这里时而吹南风时而吹东风，这两种风都对我们的返乡没有一点作用。要是我们还有足够吃喝的话，我们就不会出现什么困难。在我们把所有的东西全吃完了之后，我们全都是饥肠辘辘，我的同伴们去抓鱼捕鸟，而我则去巡视海岸，看是否能遇见神或凡人给我们指出一条光明大道。我离开了同伴，孤身一人，我在海岸边用海水清洗了双手，恭恭敬敬地跪倒在地，祈求诸神的帮助，可是，他们却让我没有知觉地睡着了。

在我不在同伴们身边的这段时间里，欧律罗科斯站了出来，提出了一个使大家毁灭的意见，"同伴们，你们都听我说！"他说道，"对于死亡，我们都是恐惧的，尤其是被活活饿死，这让人更加的害怕。来吧，什么都阻挡不了我们宰杀赫利俄斯的肥牛去献祭给诸神，至于剩下的肉，我们还能饱餐一顿呀！待返回家乡后，我们给太阳神建造一座豪华神庙，献上祭品，求得太阳神的饶恕。要是他愤怒的话，就请现在来一场狂风暴雨，把我们的船打沉，我宁愿死在海里，也不愿在这荒岛上挨饿致死。"

听到这些话，我的这些处于饥饿中的同伴们全都表示赞同。他们立即动手，把周围吃草的太阳神的牛群驱赶了过来，在向诸神做完祷告后，他们便它们宰杀了，取出五脏六腑，给诸神献祭上内脏和牛油包起来的牛腰。但是，没有酒可以用于献祭，只能在内脏和牛腰上洒上清水。至于其他的部分，他们全插到铁叉上烧烤，在很远的地方，我就闻见了这股香味，就在他们享用美食时，我回来了。我悲痛地向天祈祷："啊，伟大的宙斯和诸神呀，你们让我昏睡过去，这简直就是一场灾难呀，在我睡觉期间，我的同伴们竟不顾我的劝告，造成了这般大的罪孽。"

这时候，圣地上发生的一切，太阳神已经知道了。他恼怒地来到诸神之殿，向诸神控告这些凡人所造下的罪孽。宙斯听后，大发雷霆，阿波罗更是威胁道，要是不严惩这些罪犯，他将驾驶太阳车前往地狱，不给世间带来光明。"阿波罗，你先安静下来，你继续去给诸神和人类带来光明吧，"宙斯对他说道，"我这就用雷霆将这些残忍强盗的船打得粉碎，使它沉入大海。"我严厉地痛斥了我的同伴们。但是，为时已晚，被宰杀的神牛就在我的面前放着。这时，一件可怕的怪事发生了，这也从侧面证明了他们所犯下的罪孽：被剥下的牛皮全都站立了起来，还四处行走，跟活着的时候一样；铁叉上的生肉或熟肉，全都发出牛叫的哞哞声。但是为了填饱肚子，我的同伴们根本不顾及这些。就这样子，他们已经整整度过了六天。第七天，天气逐渐晴朗，我们才返回到船上，朝大海奔去。

我们的眼前早就没有了陆地，这时，宙斯使一片黑压压的乌云将我们笼罩了，船下的大海也越发的黑暗。突然间，西方刮来一阵暴风，朝我们袭来。牵扯桅杆的两条绳索也被刮断了，桅杆朝前砸去，其他的部件也甩到了船上。所有的重量都朝着舵手脑袋砸去，额头被砸碎了。他如同一个潜水者，一头就扎进了海里。一眨眼，海水就吞没了他的尸体。紧接着，一声电闪雷鸣，响雷把我们的船击碎了。我的同伴们都如同落水的鸟儿一样纷纷掉进大海，在破船周围挣扎着，随着海浪上下浮动，可是，最后他们还是沉入海底了。此时，就只有我一个人在船上了，我四处奔跑，直到船侧和龙骨也都解体了。我当时还算得上是镇定，紧抓一根桅杆上的桅索，把它与龙骨绑在一块，随后，我就坐了上去，置身于惊涛巨浪中，任由它摆布。

终于，风暴停止了，西风也逐渐平息了下来，可是，这时却刮起了南风，使我再次陷入新的恐慌之中。我很可能再次回到有斯库拉和卡律布狄斯漩涡的地方。果然不出我所料，天刚亮，我就再次见到斯库拉安身的岩石和恐怖的卡律布狄斯漩涡。我经过旋涡时，它一下就把我的桅杆吞没了，我紧紧抓住一枝从悬崖上垂挂下来的树枝，如同一只悬空的蝙蝠，攀附着它。我在卡律布狄斯漩涡上空不断地旋转，直到桅杆和龙骨再次被吐了出来，我赶紧利用这一瞬间，跳了上去，坐着它继续向前。

就这样，我在海上漂泊了整整九天，终于，在第十天的夜晚，慈爱的神把我带到卡吕普斯所居住的俄古癸亚海岛。这个面相威严的女神一直保护着我、照顾我。为什么我要告诉你们这些经历呢？因为在昨天，我已经向你——尊贵的国王与王后讲述过我最后的一次遭遇了！

与费埃克斯人告别

终于，俄底修斯把他的冒险故事讲完了。

听得入神的费埃克斯人依旧沉浸在他所描绘出的故事画面中，一言不发。阿尔喀诺俄斯国王最先把大厅中的沉静打破，说道："祝福你，你是我这王宫中所接待过最为尊贵的客人。既然你已经来到我的国家，那我就不希望你在接下来的返乡途中再迷路了。并且，你很快就能回到你的祖国，把那些恐惧的事情全都忘记。亲爱的朋友们和王宫的常客！现在，请你们听着，这是我尊贵的客人，我为他准备了华美的服装，全都在一个漂亮的箱子里装着，其中还有些黄金和其他礼物，这都是我和王子送给他的。不过，在场的各位请都准备一个大型的三脚鼎和一个盆。尽管，对于个人而言，这份礼物有些贵重，但相信我，全民大会上会给大家补偿的。"

对于国王的要求，大家全都没有异议，随即都各自离开了。第二天清晨，费埃克斯人将礼品全都搬上船，然后，跟着朋友们一块儿返回宫中，一起享用晚餐。祭祀宙斯的仪式结束后，晚宴就开始了。深受人尊敬的盲人歌手得摩多科斯再次唱起欢乐又愉快的歌曲。这时，俄底修斯的思绪早就不在这宴席上了，也不知飞到哪里去了。他总是透过大厅的窗户看着太阳，急切地盼着太阳下山。终于，他向举办晚宴的国王说道："尊敬的国王阿尔喀诺俄斯，请往地上洒酒吧，允许我离开吧！我所需要的一切，你都帮我准备好了，礼物也都装上了船，航行都准备妥当了。我十分思念我家中的妻子，还有我的孩子、亲人和朋友们，希望他们安好。愿诸神保佑你万事如意。"

对于俄底修斯的祝愿，所有的费埃克斯人全都欢呼起来表示赞同。随即，阿尔喀诺俄斯国王吩咐他的使者给每个客人的酒杯斟满酒。大家全都站了起来，一起为他们的客人向奥林帕斯山的诸神祭酒，并祈祷他可以顺利地返乡。俄底修斯也站了起来，给王后阿瑞忒敬酒，说道："尊贵的王后，再见，现在我要走了，祝福你和你的孩子、民众和你尊贵的丈夫永远快乐。"说罢，俄底修斯就从王宫里走了出来。刚上船，他就感觉到一丝的疲倦，一躺下来，便入睡了。

到达伊塔刻

在海上，俄底修斯的船平稳且快速地行驶着。天空出现启明星、白昼再次降临的时候，他的船接近伊塔刻岛了，没过多久，船就驶进安全的港湾中，那是敬奉海神福耳库斯的地方。这两个奇石树立的海峡，从两个不同的方向伸进大海，就形成了这个港湾。一棵枝叶繁茂的橄榄树生长在这港湾的中央，一个漂亮的山洞在它的旁边，洞里云雾缭绕，仙女们就居住在这个地方。洞里摆放着一排排的石坛和石罐，其中蜜蜂就在这里酿蜜。还有石制的纺织机，仙女们就用这个纺织机将紫线编织成华美的衣装。费埃克斯的水手们在这里登了陆，将还在睡梦中的俄底修斯放在山洞前，还有所有赠给他的礼物，没有把他叫醒就返回到船上了。

对于费埃克斯人的行为，海神极为愤怒，在雅典娜的协助下，他们竟敢放走了他的猎物。于是，他请求诸神之父宙斯，准许他对费埃克斯人船只的打击。这个要求，宙斯答应了。这艘船刚行驶到距离费埃克斯国土斯刻里厄岛不远的地方时，海神波塞冬出现了，他甩手一击，随即消失在海水里。至于被击中的船和船上的一切，全都变为了一块大岩石，在海面上矗立着。

这时，俄底修斯在伊塔刻的海岸上醒来了，他离开这里多年了，一时间竟认不出现在的故乡。并且，女神雅典娜还给他罩上一层迷雾，他成了一个陌生人。

在那些无耻的求婚者没有受到惩罚之前，他是不会在他妻子和臣民面前暴露自己真实面孔的。现在，俄底修斯见到的一切全都让他感到陌生：蜿蜒的小道、港湾、直冲云霄的山崖，高大的树木。他站了起来，带着畏惧的眼神望着周围的一切，不停地拍打着自己的脑袋，痛苦地大叫道："我真是一个倒霉的人，这是在哪里，我又进入到哪个怪物居住的地方了？我带着这些礼物，这里是什么地方？我还不如依旧待在费埃克斯人那里，至少我还能受到他们的热情招待呢！他们答应过我，会把我送回家乡的，可现在把我抛弃在这个地方。宙斯一定会去惩罚他们的。"

俄底修斯心事重重，在海岸上悲伤地怀念家乡，对自己现在的处境感到束手无策。这时，女神雅典娜化身为善良可爱的牧羊人走到他的面前，牧羊人装扮得如同一位年轻的王子，衣着华丽，脚蹬美丽的靴子，手持长矛。

见到这个人，俄底修斯十分兴奋。他和善地问，这里是哪里，是属于陆地，还是海岛。"要是你想问这个地方地名儿的话，"女神回答道，"那你肯定是来自远方。我向你保证，不管在何地，人们都知道这个地方。尽管这里多为崇山峻岭，不能像阿耳戈斯那样，尽情在草地上放牧，但是这里依旧富饶。庄稼和葡萄都很繁茂，牛羊成群，还有森林和泉水。因为居住在这里的人，这里才闻名在外，这里就是连遥远的特洛伊人都知道的伊塔刻岛。"

听见他家乡的名字，俄底修斯十分的开心，但他依旧十分小心，没有把自己的名字告诉这个看起来像是牧羊人的人。他说，他是从很远的克里特海岛上带着自己一部分家产来到这里，剩下的全留给还在克里特生活的儿子了，他杀死了抢夺他财宝的强盗，因此，他只能背井离乡了。一听到这里，雅典娜忍不住笑了起来，随即变成了一个美丽的少女。"说真的，"她对俄底修斯说道，"要是能在谋略上战胜你，那他肯定是个高手，就算是神。你在自己的国家里都是这般的深藏不露。但是，现在我们先不说这个。你真是最为睿智的凡人，就像我是诸神中最为聪慧的那个。可惜，你没认出我来，你不会想到，在你身处各种危险时，我就在你的身边陪伴吧！还让你受到费埃克斯人热情的关怀，我现在的出现，就是想帮你将这些礼物收起来，顺便告诉你，你会在你的宫中遭遇些什么，并给你一些忠告。"

俄底修斯十分诧异地看着雅典娜，说道："你化身成各种人形，谁会认出你来呢，尊贵的宙斯女儿！自特洛伊城被毁之后，我就再没见过你的真实面目。现在，请你看在我父亲的份上，告诉我，我现在真的在我深爱的家乡中吗？或许这还是你用幻象来安抚我受伤的心灵？""睁大你的眼睛好好看，"雅典娜说道，"你看不出来，那就是福耳库斯海湾吗？上面还有那棵橄榄树，你曾献祭过的女仙洞，那不是不见太阳的树木葱郁的高山吗？"

说着，雅典娜就把他眼前的迷雾驱散了。他的面前再次呈现出家乡的景观。他兴奋地趴到地上，亲吻土地，向女神祈祷。随后，雅典娜帮俄底修斯将这些礼物藏到岩洞里，用一块巨石把洞口封住。最后，在橄榄树下，他和女神雅典娜坐了下来，一起商量该怎样把那些求婚者全都杀死。雅典娜将他们在宫中的行为全讲给这个受她保护的英雄，当然还有他妻子的忠贞不贰。听完之后，俄底修斯痛苦地大叫道："慈悲的女神呀，要不是你把这些事情告诉我，我就会跟阿伽门农一样，惨死在自己密刻奈的家中。但是，你要是答应助我一臂之力，即使有三百个敌人，我都毫不畏惧。"

女神答道："放心吧，我的朋友，我不会让你失望的。首先，我要让这个岛上的人认不出来你。先让你的肌肉萎缩吧，看起来不再强壮有力；把你的金发去掉；穿上破烂不堪的衣服，让所有见到你的人全都厌恶你；使你炯炯有神的眼睛看起来呆痴，不仅让那些求婚者，就连你的妻儿都要感觉你丑陋。首先，你要找到那个对你忠心的欧迈俄斯，他是你最为忠诚的仆人，在科刺克斯山崖的石头旁边的阿瑞图萨山泉那里，你会找到他的。你先坐在他的身边，询问宫中发生的事情。至于这段时间，我会去斯巴达，去把你亲爱的儿子忒勒玛科斯带回来，此时，他正在向墨涅拉俄斯询问你的踪迹呢。"

说罢，雅典娜就在俄底修斯的身上用神杖轻轻一碰，紧接着，他四肢肌肉萎缩了，变为一个可怜的乞丐。女神给他一根棍子和用于挂在肩膀上的破口袋后，女神就消失了。

与欧迈俄斯在一起

俄底修斯就是穿着乞丐的装扮穿过草木茂盛的高山，朝着女神雅典娜指点的地方前进。果然，他在山上的高原处找到了欧迈俄斯。在这里，欧迈俄斯为他的牲畜用石头搭建了一个牲畜场。此时，他正切割着牛皮，他要为自己做一双鞋底。因此，他并没注意到俄底修斯的到来。是狗先发现了俄底修斯，朝着他不停地狂叫，并扑了上去。幸好欧迈俄斯及时阻止，并用石头把它给驱散了，不然俄底修斯会被咬伤的。欧迈俄斯转过来头见到是一个乞丐，说道："老人家，差点儿这群狗就会把你撕成肉片的。要是真的发生的话，你可就带给了我一个大麻烦。现在我十分地烦恼，我根本没办法帮助我那个身处远方的可怜主人，这使我天天忧愁不堪。在这儿，我天天将牲畜养的肥肥的，供着那些人吃喝玩乐，可我的主人却一直漂泊在外，可能在困难时连块儿面包都没有。你这个可怜的人，来，到我的茅草屋里来吧，等你吃饱喝足之后，你再告诉我你从何而来，碰见了什么样的困难，你看起来实在太可怜了。"

于是，这两人先后走进了茅屋。欧迈俄斯先是在地上铺上树叶和树枝，放上自己的褥子——一张乱糟糟的大野羊皮，让这个外乡人躺在上面。对于他的热情款待，俄底修斯立即道了谢。这时欧迈俄斯说道："老人家，我们不会怠慢客人的，就算客人一贫如洗。我的招待仅仅是微乎其微的，要是我家主人还在的话，我相信我会做得更好。他一定会奖励我房屋、财宝和女人。到那时，对于外乡人的款待，一定是另一番模样。只可惜，他死了。我祈祷海伦一家遭受到重罚，她使多少英雄客死他乡呀！"随后，欧迈俄斯去牲畜圈宰杀了两头牲畜崽用来款待客人。

他将肉切成一块一块，插到铁叉上，烤熟后递给客人吃，还将一个罐子里面的酒倒进一个木碗中，放到外乡人面前，说："快吃吧，外乡人，这是我所能做的最好的招待了。牲畜都被那些求婚者吃完了，只能让你品尝牲畜崽肉了。那些胡作非为的混蛋，他们的胆子真比无耻的海盗还要大，根本不怕神的惩罚。可能他们听到我家主人已死的消息，竟全来向他妻子求婚。只是他们没有一点求婚者的样子，全赖在这里，挥霍着别人的家产。他们整天杀牲畜，一只、两只，不是很多牲畜，就连酒都是一桶接一桶地喝。啊，我的主人是十分的富有，他的财产跟二十个人的财产加起来差不多一样。在乡下，他就有十二群牛，还有同样多的绵羊、牲畜和山羊。仅在这片土地上，他就有十二群山羊，全都是勇敢的牧人帮助照看着。每天，他们都必须给那些求婚者送去最好的雄山羊。虽然我是看管这群牲畜的，但我也必须每天给那些贪得无厌的馋鬼们送去最好的公牲畜。"欧迈俄斯说着话，俄底修斯已经开始大口吃肉大口喝酒，什么话都没说。但在心里，他已经开始计划该如何报复那些求婚者了。酒足饭饱之后，欧迈俄斯再次将他的酒杯斟满，俄底修斯拿起酒杯表示感谢，说道："亲爱的朋友，你能把你家主人的事情说的再详细些吗？我根本不认识他，以后也见不到他，我是一个四处为家的流浪人。"但是，对于他说的话，欧迈俄斯根本不相信，回答道："你觉得，一个想了解我家主人故事的流浪人，会这般轻易地使我们相信他吗？我家女主人和王子面前也曾出现过一些流浪者，他们编造出关于我可怜主人的故事，使他们痛哭流涕，因此，他们也骗得了一些衣物和盛情的款待，那些骗吃骗喝的人跟那些求婚者一样可恶。像这样的故事已经发生了好多次。啊，再也不会有像他那样慈爱的主人了，他是多令人敬爱呀！只要我一想到我的主人俄底修斯，就觉得他不是我的主人，而是我的兄长。""我亲爱的人呀，"俄底修斯回答道，"你就那般肯定，你的主人不会回来了？这样吧，我给你保证：俄底修斯肯定会回来的。在他回来之后，我自然会向他索要报酬的，衣服和披风，别看我现在穿的褴褛，但我不会编造谎话来骗这些东西的。对于那些骗人的人，我也恨透了他们。听着，现在我以宙斯、这张好客的桌子和俄底修斯的牧群为证，我发誓，只要过了这个月，俄底修斯就会回到家的，并把那些欺辱他妻儿的求婚者严惩的。""啊，老人家，"欧迈俄斯答道，"要是我家主人回到家的话，我会为你这个消息付出重谢的。别再瞎编了，尽情享用你的酒吧，说些其他的吧。至于起誓，那就算了吧，我已经对我家主人不抱任何希望了。只是，我现在担心他的儿子忒勒玛科斯。我希望能在他的身上见到他父亲的精神，可是，不知是一个神祇还是一个人把他的思绪搅乱了。他竟然去了皮罗斯，去探听他父亲的踪迹。那些求婚者竟趁此机会在途中设伏，准备把阿耳喀西俄斯家族的最后一根苗铲除掉。老人家，现在你该告诉我，你从何而来的了吧，你到底是什么人，为何要来伊塔刻？"

于是，俄底修斯将他的创作天赋发挥得淋漓尽致，给欧迈俄斯讲述了一个十分长的故事：他来自克瑞忒，本是有钱人家的孩子，只可惜家道中落，因此，他经历了众多磨难。他参加了特洛伊战争，在此期间认识了俄底修斯。在返乡途中，狂风暴雨把他带到了忒斯普洛托斯海岛。从那里的国王口中，他又得知了一些关于俄底修斯的消息。俄底修斯曾在国王宫中做客，不过，他已经离开了那里，前往多多那去祷求宙斯的神谕了。

听完了这套谎话，欧迈俄斯十分的感动，说道："不幸的外乡人，想不到你竟如此详细地讲述了你在海上的遭遇，这真的让我激动。不过，我还是有点不相信，那就是关于你说的俄底修斯的事情。你不用再费精力说谎来讨好我了，我一定会好好招待你的。"

"善良的牧人，"俄底修斯回答道，"我与你打个赌吧！要是真像我说的，俄底修斯回来了，那你就送给我一件披风和衣服，送到我想去的杜里希翁那里吧！要是他没回来，就让奴隶们把我从悬崖上扔进大海吧！这样的话，以后就没有人敢说谎骗人了。""这样做，我会被诅咒的。"欧迈俄斯把他的话打断并说道，"我把客人迎进屋，热情款待，最后却要我杀了他，我怎么会这样做呢？要真是这样的话，我一生都不再向宙斯祈祷了。该吃晚饭了，让我们高兴起来吧！"

奴隶们从草场上驱赶着牲畜群回来，欧迈俄斯就吩咐他们把一头五岁的牲畜杀掉来招待他的客人。其中一部分献祭给仙女和神祇赫尔墨斯，一部分分给那些放牧归来的奴隶们，至于最好的一部分自然是留给了他的客人，尽管在他眼里，那就是一个潦倒落魄的乞丐。但他所做的一切，使俄底修斯大为感动，他激动的喊道："善良的欧迈俄斯，愿宙斯永远保护你，你对我这样贫苦的人都是这样的尊重。"欧迈俄斯与他共进了晚餐。这时，乌云将月亮遮住了，西风开始咆哮，没过一会儿，倾盆大雨就下来了。俄底修斯衣衫破烂不堪，很快就感觉到了寒冷。于是，欧迈俄斯就在距离篝火不远处为他的客人再架了一张床，还铺上了绵羊皮和小羊皮。在俄底修斯睡下之后，他又将自己寒冬时穿的大皮袍盖在他的身上。

躺在这般温暖的床上，俄底修斯舒服极了，他的旁边则是一些奴隶在睡着。不过，欧迈俄斯不在茅草屋里睡觉，而是在外面的牲畜圈旁手持武器，背扛宝剑，身穿厚衣袍。他在地上垫了一张厚羊皮，手里紧握着锋利的长矛，以防强盗和野狗靠近。之后，他就躺了下来，看守着牲畜圈，抵御着寒风。欧迈俄斯离开茅草屋时，俄底修斯并没睡着，他饱含关怀的眼神望着欧迈俄斯的背影，心里十分的高兴，庆幸自己有如此忠实的仆人。欧迈俄斯觉得，虽然他的主人死去了，但还是应该谨慎小心地看管主人的财产。带着这种感激之情，俄底修斯睡着了。

离开斯巴达

在这段时间里，女神雅典娜来到了斯巴达，并且在墨涅拉俄斯宫廷中的床榻上见到了从皮罗斯来的涅斯托耳的儿子珀西斯特剌托斯和从伊塔刻来到这里寻访父亲消息的忒勒玛科斯。珀西斯特剌托斯躺上床就能入睡，可是忒勒玛科斯却辗转反侧不能入睡，他正在为父亲的命运而忧心忡忡。这时，他的床边来了一个美丽的女神，宙斯的女儿雅典娜，说道："忒勒玛科斯，你不该从你的故乡离开，任由那些贪婪的人在你父亲的王宫中尽情挥霍你家的财产。让墨涅拉俄斯帮助你返回家乡吧，不然的话，你的母亲就会成为那些求婚者的战利品了。在她父亲和兄弟们的催促下，会选择欧律玛科斯成为她的丈夫的，欧律玛科斯的礼品是最多的，还有其他很多求婚者的礼品。要是你的母亲选择了他，你会亲眼见到所有糟糕的事情发生的。因此，你赶快回去吧，做好最坏的打算，把你的财产转移到一个忠诚的女仆手上，一直到诸神送给你一个高贵的妻子。

"不过，你要记住一点：在伊塔刻和萨墨岛之间的海峡上，有一些勇敢的求婚者在那里设伏，准备将你杀死，使你无家可归。因此，你只能趁着夜晚逃离他们的包围圈，从那里绕过去，会有神给你送上一阵顺风的。你回到伊塔刻的海边后，你要派你的同伴进城，你要先去寻找那个看管牲畜群最为忠诚可靠的欧迈俄斯。你需要在他那里待到第二天清晨，并且，将你从皮罗斯安全回来的消息告诉你的母亲珀涅罗珀！"

太阳刚升起来，墨涅拉俄斯就起来了，比他儿子起来的还要早。忒勒玛科斯见到墨涅拉俄斯从大厅中穿过，朝他走来时，他迅速穿好衣服，披上披风，迎了上去，请求他帮自己返回家乡。墨涅拉俄斯十分友善地说道："亲爱的朋友，既然你如此思念家乡，那我不会强留你，但你要等我把一切全安排好，把你的礼物装上车，吩咐女仆为你准备丰盛的饭食后，吃完饭再走。""尊敬的墨涅拉俄斯，"忒勒玛科斯回答道："之所以我现在要紧忙赶回故乡，是为了在我探寻父亲期间，我自己不受奸人暗算，我的财产已被挥霍一空了，我的敌人正准备除掉我呢。"

听后，墨涅拉俄斯立即让人准备酒食，又跟儿子墨伽彭忒斯一块，来到藏宝库，亲手挑选了一个金杯准备送给忒勒玛科斯，让他的儿子拿上美丽的银罐，至于海伦，则从她的箱子中把她亲手缝制的衣服中最大最美的一件取了出来。他们带着这些礼物来到客人面前，分别送给了他，其中海伦则是双手捧着华美的衣服给他送来，还说道："亲爱的孩子，将这件礼物收下吧，这是我亲手制作的，给你做纪念吧。等你结婚那天，要亲自披到你年轻貌美的新娘身上，在这之前，你可以把它放在你母亲的寝室之中。愿你顺利快乐地返回到你父亲的王宫中。"

带着浓浓的感谢，忒勒玛科斯把这些礼物收下了。他和他的同伴上车后，墨涅拉俄斯再次来到他的面前，举起酒杯向神祭酒，保佑他们平安，随后挥手告别，并让他们给他的老朋友涅斯托耳带去亲切的问候。就在忒勒玛科斯表示谢意时，一只老鹰抓住了一只温顺的白鸽，恰巧从他们车前经过，后面还跟着一大群男女，大声喊叫着。所有的人都为眼前这一幕欢呼跳跃，这时，海伦说道："朋友们，这是吉兆，经过长时间的漂泊和苦难，俄底修斯将以复仇者的身份返回家乡，把那些肥粗扁胖的求婚者解决掉并吃掉。""希望这是宙斯的意思，"忒勒玛科斯答道，

"尊贵的女王，我会在家中常年为你祈祷的，就像我祈祷女神那样诚恳。"说完，他们就策马扬鞭启程了，第二日，他们顺利抵达了皮罗斯城，忒勒玛科斯依依不舍地与朋友告别，没有前往涅斯托耳的王宫，直接搭船返回家乡了。

和欧迈俄斯交谈

当晚，俄底修斯和欧迈俄斯以及其他牧人都在茅屋中用餐，为了试一下欧迈俄斯还会让自己在这里居住多久，饭后，俄底修斯说道："亲爱的朋友，明天我就要带着棍子继续去乞讨了，我不想在这里给你添麻烦了，请你给我指条路，我想借助神的名义去乞讨，看是否能获得少量的面包和酒。我还想去俄底修斯的宫中，告诉他妻子珀涅罗珀一些我所知道的关于俄底修斯的消息。最后，我希望那些求婚者可以给予我一份管吃管住的工作，我能砍柴、点火、烤肉和斟酒，以及做有下人能做的事情。"

这时欧迈俄斯皱起眉头说道："我的客人，你怎么会有这样毁灭自己的想法呢？你认为那些贪得无厌的求婚者会对你的服侍有兴趣？他们可是拥有一大群仆人的，并且全都是衣着华丽的年轻人，拥有貌美的面容，头上还抹了香膏，他们会把餐桌上的器具整理好，放上肉、酒和面包，在周围站着等候吩咐。你还是留下来吧，对于我和我的人，你是不会给我们添麻烦的。等那个善良仁慈的俄底修斯的儿子回来后，他一定会帮你渡过难关的。"

听了这些话，俄底修斯感动不已，答应留下来了，再次请求欧迈俄斯讲述他主人父母的情况，看是否键在还是已经离开人世了。"他的父亲拉厄耳忒斯依旧健在，"欧迈俄斯说道，"可他一直为死去的儿子感到悲痛欲绝，而他的母亲思念儿子过度，已经离开人世了。对于这个慈善的老主妇的离世，我感到万分的悲伤，是她把我和我的女儿抚养成人的，她就像对待她儿子一样对待我。后来，我的女儿嫁到了萨墨岛；她如同祖母一样帮我准备好了一切，还送我回到乡下。虽然我现在失去了太多东西，但依靠这份放牧的工作，我依旧可以养活我自己，现在王后珀涅罗珀不会为我做些什么了，那些求婚者紧紧地监视和包围着她，我这个仆人根本靠近不了。"

他们差不多都是彻夜未眠，谈论了很多事情，直到朝霞把他们唤了起来。

忒勒玛科斯返家

也就在这天清晨，忒勒玛科斯和他的同伴们登上了伊塔刻岛。按照雅典娜的指示，他让他的同伴们继续朝着城市的方向前进，承诺他们为表感谢，日后一定准备一席丰盛的酒食来让他们享用。至于他，则独自赶往欧迈俄斯那里。这时，俄底修斯和欧迈俄斯正在茅草屋里享用早餐，奴隶们则将牲畜圈里的牲畜驱赶出去。俄底修斯正与欧迈俄斯在惬意地享用酒食时，一阵脚步声从外面传来了，狗狂躁了起来，但没有狂吠。"这绝对是朋友或熟悉的人前来看你了，"俄底修斯这样对欧迈俄斯说道，"根据我的经验，要是来的是陌生人的话，那狗一定不会是这个样子的。"话还没说完，他可爱的儿子忒勒玛科斯就站在门口了，一见到他，欧迈俄斯十分的高兴，激动得连手中的杯子都掉了。他急忙朝着忒勒玛科斯走去，紧紧抱着他，边哭泣边亲吻他的身体，仿佛他的少主人起死回生了。随后，他们都走进屋来，俄底修斯赶紧要给忒勒玛科斯让座，欧迈俄斯却善意地说道："外乡人，还是你坐吧，让他坐我的位置吧！"

就在这段时间里，欧迈俄斯将一个绿色叶子制作的垫子和一张羊皮给他的少主人铺上。而忒勒玛科斯则面对着这两人坐着，欧迈俄斯赶紧送上来一盘烤肉，一篮子面包，又用木碗倒上了酒。就这样，这三个人一起享用美食了。这时，忒勒玛科斯问欧迈俄斯关于这个外乡人的来历，欧迈俄斯简单的将俄底修斯曾告诉他的情况告诉了他。"他是搭乘忒斯普洛托斯的船只，"他讲完后说道，"逃到这里的。现在，我将他交到你的手上，任你安排。""你说的话让我心神不宁，"忒勒玛科斯说道，"现在我的家里已经乱成一锅粥了，让我如何保护他？我看还是将他留下吧，我会让人给他送来衣服、披风和鞋子的，还有宝剑和充足的食物，这样他就不会再是你们的累赘。那些无耻的求婚者已经把我家弄得乱七八糟了，我不会让他去求婚者居住的地方，因为就算是一个孔武有力的人，都对付不了他们。"

假装成乞丐的俄底修斯感到十分的惊讶，在国王儿子面前，那些求婚者竟敢如此嚣张跋扈。"民众是憎恨你，还是兄弟们有矛盾，或你是在忍辱负重？要是我还像你那样年轻有活力的话，要是我是俄底修斯的儿子，我宁愿被陌生人砍掉脑袋，死在家中，也不愿见到这种恶行的发生。"忒勒玛科斯回答道："亲爱的客人，并不是这样的，人们既不憎恨我，兄弟们也不敌对我，我是家里的独子，我的敌人都是那些伊塔刻周围岛屿或本岛的人，他们都是来向我母亲求婚的。我母亲无力反抗，只能一直逃避着。很快我的财产也就被挥霍光了。"随后，他向欧迈俄斯说道："你是个忠诚的好人，麻烦你进城去见我的母亲珀涅罗珀，跟她说我在这里，记住不要让那些求婚者听见。"

表明身份

　　此时，女神雅典娜就在外面等待着欧迈俄斯从茅草屋中离开。随后，她化身为漂亮的少女来到门口，只是忒勒玛科斯见不到她，只有他的父亲和那些狗能见到他。不过，狗没像以前那样狂吠，而是悲鸣着朝院子的另一侧爬了过去。女神用眼神告诉俄底修斯，要他立即跟着她走出茅草屋。出来之后，她在院墙上向他说道："俄底修斯，你不必对你的儿子隐藏身份了。你们要携手进城去把那些求婚者铲除掉。当然，我也会跟着你们一块儿去的，我十分渴望能自己去惩处那些无耻之人。"说完，雅典娜就用金杖碰了下乞丐，奇迹出现了：伟大的英雄俄底修斯又重获了青春，身体变得笔直魁梧，面色光滑，精神焕发，金发紧密，前额也有了金色的卷须，衣服和披风全跟以前一样。一切都恢复了原状，这时，女神也消失了。

　　俄底修斯恢复了原貌，再次走进茅草屋，他的儿子惊讶地看着他，认为这是一位神祇出现了，不过他眼神一变，说道："你跟以前完全不一样，陌生人，你穿上了新的服饰，身材也变得魁梧了，你真的是一位神祇。我们向你献祭，请你保佑我们。""不，不是这样的，我并不是神祇，"俄底修斯说道，"孩子，你仔细看看，我是你思念多年，一直流浪在外的父亲呀！"刚说出这句话，他泪如泉涌。他冲向儿子，紧紧抱着他。可是，对于眼前的这一切，忒勒玛科斯无法相信。"不，不会的，"他高叫道，"你不是我的父亲俄底修斯，你这个恶魔，你在撒谎。这让我陷入痛苦之中。一个人怎么会把自己变成那副模样呢？"俄底修斯回道："亲爱的儿子，对于你父亲的突然回归，你不用诧异，我已离开家乡二十年了，现在我毫发未损地回来了，这真的是我，不是其他人假扮的。这全都是女神雅典娜的杰作，她把我变为乞丐，现在又让我恢复了相貌。这全是这位神祇的举手之劳，她让我这个伟大的英雄时而变得卑微，时而变得尊贵。"俄底修斯坐了下来，终于他的儿子眼含泪水地抱住了父亲，长久的悲伤使这对父子倍增感慨。他们放声大哭了起来，哭声让人肝肠寸断。随后，忒勒玛科斯询问父亲是如何返回到家乡的，俄底修斯把自己的种种不幸讲述了一遍，说道："亲爱的儿子，按照女神雅典娜的指示，我想与你一起讨论下，我们应该怎样把那些求婚者除掉。你先把他们的名字告诉我，只有我知道后，才能确定是我们一起对付还是需要找帮手。"

忒勒玛科斯回答道："这样是根本不行的，就我们两个人怎么把他们那么多人除掉，他们可不仅仅是一二十人，而是很多人，仅杜利翁的年轻人就来了五十二个，还有六个仆人；来自萨墨岛的有二十四人；扎京托斯的有二十人；至于我们本土的也有十二个之多。对了，还有使者墨冬、两个厨子和一个歌手。因此，我们想要复仇，就一定要去找别人来帮忙。"

"你不记得了吗？"俄底修斯说道，"我们的同盟者雅典娜和宙斯，王宫中出现战争的话，他们会立即来帮助我们的。就这样决定了，我的儿子。明天早上，你就回城里去，跟求婚者一起，装作什么事情都没发生过一样。至于我，我依旧假扮乞丐，在欧迈俄斯的引导下，我会赶去的。记住，不管在大厅里我受到了何种侮辱，就算我被打倒在地，拖着我的脚到门口，你都要保持镇静，不能暴露你的怒气。你可以用语言安抚，但他们不一定会听，这样他们就必死无疑了。一切按照我的眼色行事，你要将大厅中所有的武器装备全拿下来，藏到王宫中顶层的阁楼上。要是求婚者发现武器不见了，问你这件事，你就告诉他们，炉火的浓烟会使武器失去光泽，你命人把它们搬走了。但是，你要留下两把宝剑、两根长矛和两个牛皮盾牌。这样的话，他们要进行抵抗，我们就可以拿出武器与他们战斗。对了，不要告诉其他人，俄底修斯回来了，包括拉厄耳忒斯和欧迈俄斯，甚至是你的母亲，我们需要验证下仆人和杂役，看谁对我们恭敬，谁对我们不闻不问。"

"我尊敬的父亲，"忒勒玛科斯回答道，"对于我，你可以放心。但是，我认为这种验证不会存在太多的价值。去验证这么多人这段时间的表现，是会浪费很多时间的。我先对女仆们进行考察，至于那些男仆，等我们夺回主人之位后，再考察也不会晚。"对于儿子说的，俄底修斯认为在理，十分高兴儿子会有这种深谋远虑。

城内和王宫

在这段时间里，从皮罗斯驶往伊塔刻的船已经到了城市口岸，船上载着忒勒玛科斯和他的同伴们。他们派出了一个使者去面见王后珀涅罗珀，传达了她儿子已经安全回家的消息。同时，从乡下来的欧迈俄斯也带来了同样的口信。在王宫中，这两个人碰了面。当着所有女仆的面，使者向珀涅罗珀大声喊道："尊敬的王后，你的儿子已经平安归来。"但是，欧迈俄斯却趁人不注意的时候将她儿子说的每一句话说给了她听，特别是让她派人将这喜讯告诉他祖父拉厄耳忒斯。传达完密报之后，欧迈俄斯就悄无声息的返回了，去看管他的牲畜群了。从不忠诚的女仆口中，求婚者们知道了忒勒玛科斯回来的消息。他们相当的愤怒，在宫门口的凳子上坐着商量对策，欧律玛科斯说道："万万没想到，这个孩子竟然刚强地完成了这次远行。现在我们需要做的就是派出快船去通知我们的朋友，别让他们再傻等了，赶快回来吧！"可是，另一个求婚者安菲诺摩斯看向海港方向时，见到他们的朋友乘坐的船已经停进海港了。

他说道："不用了，他们已经回来了，也许是神告诉他们忒勒玛科斯已回来的消息，或者忒勒玛科斯已从他们手中逃脱了，他们没追上。"求婚者们全都从凳子上站了起来，朝海岸走去。他们与刚到的朋友一块儿到了广场，这里早就属于他们的地盘，只能自己人进来，其他人进不来。前去设伏的领导者是安提诺俄斯，他站出来说道："朋友们，从我们手中，他溜走了，这不能怪我们呀！一天到晚，我们都有人在海岸最高处查看，就算太阳下山，我们也没在陆地上驻足，全都在海岸两边巡逻，希望能把忒勒玛科斯抓住，并处死他。可是，没有一艘船从我们面前驶过，我能肯定，他肯定得到一个神祇的帮助。为了以防万一，在城市里我们一定要除掉他，这个孩子太聪明了。长大以后，肯定会超越我们的。"

说完这些话后，在很长一段时间里，求婚者都没说话。最后，尼索斯的儿子安菲诺摩斯又站了出来，整个求婚者中他是最为尊贵和机智的人，他曾用机智的言语吸引了王后珀涅罗珀的注意力。因此，他述说了一些他的建议："朋友们，我觉得我们不该偷偷摸摸地去杀害忒勒玛科斯，杀害古老王族仅剩的后代，这真的让人憎恨。最好，我们事先问下宙斯，要是宙斯赞同，我会亲手杀了他，如果不赞同，我觉得咱们需要放弃这个想法。"

对于他的意见，求婚者全都表示赞同，因此，他们将计划延迟了，返回到宫中。王后的拥护者使者墨冬把在会上听到的所有内容全都告诉了王后。珀涅罗珀听后，愤怒得连面纱都没披上，就带着女仆来到大厅中，去找那些求婚者，她用一种震慑人心的言语向着那个提出计划的人说道：'安提诺俄斯，你这个卑鄙的小人，你竟然教唆他们，想不到伊塔刻人竟会把你尊为同伴中最为通情达理的人，真是错了，你根本就不是那样的人。那些连宙斯都要表示同情人的声音，你都要藐视，还想除掉我的儿子。'欧律玛科斯代替安提诺俄斯说："尊贵的珀涅罗珀，你完全不用担心你儿子的身家性命，只要有我在，就没人敢动你的儿子。俄底修斯也曾抱过我，并在他的双膝上来回摆动，还塞进我嘴里好多好吃的。因此，他的儿子也是我最喜欢的人。他不用担心死亡，至少不会死在这些求婚者手上。要是神要求他死，那谁都逃脱不掉。"这个伪善者说这些话时十分的亲切，但是内心却是狠毒的，只想让忒勒玛科斯死亡。于是，珀涅罗珀返回到后宫，一下子扑上床，为她的丈夫痛苦，一直哭得精疲力尽，才逐渐睡着了。

到达城堡

当天晚上，欧迈俄斯就返回到茅草屋了。在这段时间里，俄底修斯和他的儿子忒勒玛科斯正忙着将刚宰杀的牲畜当作晚餐享用。在雅典娜神杖的再次触碰下，俄底修斯又变为了那个潦倒落魄的乞丐，这样，欧迈俄斯就认不出来他。忒勒玛科斯问道："城里那边有什么消息？给我设伏的那些求婚者回来没？他们还在那里等着吗？"欧迈俄斯说出见到两艘船的事情。这时，忒勒玛科斯朝着他父亲会意地笑了笑，但是，没有让欧迈俄斯看到。

天还处于蒙蒙亮地状态，忒勒玛科斯就起来了，他要进城了，在出发之前，他对欧迈俄斯说道："老人家，我需要进城去见我的母亲。至于你和这个可怜的外乡人，你们就随后跟来吧，这样也能让他沿路乞讨。我的烦恼也有很多，真的没能力扛起这全世界的重担。"对于儿子的演技，俄底修斯由衷地惊奇和佩服，他说道："年轻人，我也在计划着离开，在城市里，一个乞丐会过得更好一点儿。你先走吧，让我在这炉子旁暖和下，等天气变好，我和你的仆人就会进城的。"忒勒玛科斯急忙朝城里奔去。他赶到王宫中，天色尚早，那些求婚者还没有出现。于是，他把他的长枪放在门柱旁，从石制的门槛穿过，进入到大厅中。这时，女管家正在往椅子上铺美丽的毛皮。她一见到少主人，就眼含兴奋的泪水奔向他，欢迎他。其他的女仆也都围了上来，亲吻他的双手和双肩。这时，他的母亲珀涅罗珀也从房间里走了出来，她如同女神阿尔忒弥斯那样妩媚，像爱神阿芙洛狄忒那般漂亮。她兴奋极了，把儿子紧紧抱着，亲吻他的眼睛和脸。"自从你偷偷前往皮罗斯打听你父亲的踪迹，"她泣不成声地喊道，"我就觉得没有希望再见到你了！

我最亲爱的孩子，快告诉我，你到底带回来了什么消息？""啊，我的母亲。"忒勒玛科斯答道，他只能将自己的真实情感掩饰下去，"我刚从死亡的边缘逃了回来，就先不要谈论关于我父亲的任何事情了，这只会让我更加烦恼。你去沐浴吧，换上干净的服饰，跟女仆一块儿，去祭拜诸神，希望他们能保佑我们的复仇获胜。我要前往市集去一趟，把一个外乡人带回来。这段时间，他一直陪伴着我，现在正等待着我去找他。"按照他所说的，珀涅罗珀开始准备了。忒勒玛科斯则朝市集走去，他手持长枪，猎狗紧跟。在雅典娜的帮助下，他的面容文雅，让所有的臣民全都羡慕不已。就连那些求婚者都围了上来，大加吹捧恭维他，只是心中却酝酿着毒计。

只是忒勒玛科斯并没有待太长时间。他就在他父亲的老朋友门托耳、安提福斯和哈利忒耳塞斯旁边坐着，告诉他们他们可以知道的事情。随后，他朝暂住在他朋友珀剌俄斯那，对到处游走的预言家忒俄克吕摩诺斯表示欢迎，并把他带回了王宫。随后，两人都洗了一个舒服的晨浴，在大厅中与王后珀涅罗珀一起享用早餐。这时，珀涅罗珀忧愁地对儿子说："忒勒玛科斯，我要先回房间，跟以前一样，我要回去独自痛苦。因为，你知道关于你父亲的消息，你却不想让我知道。"

"亲爱的母亲，"忒勒玛科斯回答道，"我愿将我所知道的一切全都告诉你，只要能让你开心。皮罗斯的涅斯托耳老人热情招待了我，关于我父亲的事，他什么都没说，只是把我和他儿子一块送到了斯巴达。在那儿，伟大的英雄墨涅拉俄斯热情地招待了我，我还见到了女王海伦。就是因为她，特洛伊人和希腊人才受了这般多的苦难。不过，在那里，我终于知道了关于我父亲的一些消息。这消息是在埃及的时候，海神普罗透斯透露给墨涅拉俄斯的，他说，他见到在俄古癸亚岛上，我父亲深陷困境，仙女卡吕普索强行把他留在了她的洞穴中，没有船和水手，因此他返回不到家乡。"

王后的泪容深深感动了预言家忒俄克吕摩诺斯，于是，他把王子的话打断了，说道："王后，他所知道仅仅是一部分，请听我的预言，现在俄底修斯已经安全返乡了。他就在某个地方待着，等待着时机，准备将这些求婚者全杀死。事情就是这样的，我已经告知我所预言的一切。""尊贵的客人，我真希望你所说的能够实现，"珀涅罗珀深吸一口气说道，"届时我会好好感谢你的。"

他们三人说话的时候，求婚者跟往常一样，在宫前扔铁饼，掷长矛，直到该吃午饭时，他们才返回到王宫中用餐。

这时，欧迈俄斯欧迈俄斯和他的客人也正在前往城市的途中。假扮成乞丐的俄底修斯在肩膀上挂一个破口袋；欧迈俄斯还给予他一根棍子，并且让奴隶们和狗前来看护院子。在城市水井处，他们遇见牧羊人墨兰透斯和他的两个奴隶，他们正为求婚者的需求赶着肥羊进城。一见到欧迈俄斯和乞丐，他们就高声大骂了起来："真有意思，一个废物带着另一个废物，真是臭味相投呀。该死的欧迈俄斯，你要带这个乞丐去哪里？一家家地讨面包皮吃？把他送给我吧，让他去打扫羊圈，看看围栏，给羊喂食，或许他还有幸能吃到羊奶和肉，可以变胖点儿。只是他什么都不会，也不曾学过，只知道把他的肚子填饱。"那个人边说边朝着乞丐的屁股踢上去。俄底修斯就站在那里，纹丝不动，但他心里恨不得立即用他的棍子把那个人的脑袋砸个粉碎，让他再也起不来。但他抑制住了，忍受了辱骂和踢打。墨兰透斯叱责道，他们继续赶路了。他赶到王宫中，在求婚者中间坐着，他的对面正好是欧律玛科斯，他备受求婚者信任，因此可以经常与他们一块儿用餐。

也就在这时，俄底修斯和欧迈俄斯来到王宫门前了。长时间的离别，他刚见到宫殿竟有点心神不安。突然，他抓住欧迈俄斯的手说道："欧迈俄斯，真的，这是俄底修斯的家。这是多好的宫殿呀，这么漂亮的房间啊！多坚固的围墙和雉堞。这大门真是牢不可破，这样的城堡一定是固若金汤。我看见里面有很多人在吃喝玩乐，一股香味儿飘了过来；还有歌手优美的琴声，这是给他们吃喝伴奏呀！"

商量之后，他们决定让欧迈俄斯先进去，至于这个外乡人，要先观察一下大厅里的情况。就在他们商议的时候，一条在大门口看家的老狗扬起了头，竖起了耳朵。它叫阿耳戈斯，就在俄底修斯前往特洛伊之前，还喂过它。这条狗经常陪着人们去狩猎，但是，它已经年老体弱了，备受藐视，只能在门前的粪便上躺着，身上全都是寄生虫。尽管俄底修斯变了模样，但它还是一眼认出他来。只是因为年老体弱，无法来到他的身边，只能耷拉下耳朵，摇晃起尾巴。见到眼前这一幕，俄底修斯流下伤心的泪水，但是，他很快就把眼泪擦掉了。为了掩盖自己的悲伤，他对欧迈俄斯说道："一眼就能看出来那条在粪堆上躺着的就是一条好狗，现在还能见到它往日的风范！"欧迈俄斯说道："我那不幸的主人，生前最疼爱的就是它了，要是你看见过在浓密森林中它追逐猎物的景象，你肯定会不由得竖起大拇指的。可是现在，它主人离开之后，它就在这里趴着，受人轻视，那些女仆还不给它所需要的食物！"

这些话一说完，欧迈俄斯便进了王宫。而这条忠诚的狗，再次见到它二十年前的主人后，就低下了头，死去了。

化装成乞丐的俄底修斯

在大厅中第一个注意到欧迈俄斯的是忒勒玛科斯，因此，他把欧迈俄斯叫到了自己的身边。他谨慎地环顾了四周，把本是给餐前分肉人坐的椅子给了欧迈俄斯，而欧迈俄斯则按照少主人的吩咐坐了下来，紧接着使者立即送上了面包和肉。没过多长时间。假扮乞丐的俄底修斯拄着拐杖走了进来，身体椅着门坐在门槛上。一见到他走进了，忒勒玛科斯就从自己面前的篮子中取出面包和肉放到欧迈俄斯手上，说道："我的朋友，你把这些吃的送给那个外乡人吧。"俄底修斯感激地收下了，并为他祈祷了片刻，然后将食物放在自己脚前的口袋上，吃了起来。

就在用餐的时间里，歌手斐弥俄斯不断地唱歌来营造气氛，就在他停下来后，宾客们的大喊大叫声却从厅中传了出来。也就在这时，雅典娜隐身了，赶到俄底修斯面前，让他向求婚者乞食面包。就算她想让这些人全死，但死法也会各不相同的。按照女神的吩咐，俄底修斯如同一个老练的乞丐朝每个人伸出了他的双手。

有些求婚者表现出了同情，给了他一些食物，但是都问到，这个人来自哪里。这时，牧羊人墨兰透斯说道："之前，我见过这个人，他是跟欧迈俄斯一块儿来的。"安提诺俄斯怒气冲冲地对欧迈俄斯骂道："你这个下流的胚子，说，你为什么要把他带到城里来？""你这个无情的人呀，"欧迈俄斯大胆的说道，"我们争抢着把医生、预言家、建筑师和能给我们带来快乐的歌手招进宫里，但没有人邀请这个乞丐，他是自己来的，但是，我们不能就因为这个理由而把他轰出去！要是珀涅罗珀和忒勒玛科斯还在这里居住着，我们就不能这样对待这个人。"

　　但是，他的话却被忒勒玛科斯制止了："欧迈俄斯，你不用去理他，你忘了，他这个人有卑鄙的喜欢侮辱别人的习惯吗？至于你，安提诺俄斯，我可以明确地告诉你，我的监护人并不是你，因此，你没有权利让我把这个外乡人赶走。你所需要的只是给予他食物，你不需吝啬我的财产！不过，有一点，你这个人宁愿自己享受，也不愿与人分享。""听见了吧，这个倔强的孩子竟敢这样侮辱我，"安提诺俄斯这样大叫了起来，"要是咱们每个求婚者都分给这个乞丐一份食物的话，那三个月之内，他都不用去乞讨了！"说完，他就拿起了一个脚凳。恰好，准备返回门槛处的俄底修斯走过他的身旁，准备向他乞食，突然，他狂怒，大叫道："你这个寄生虫，到底是哪个魔鬼要你来到我们这里，远离我的餐桌。"但就在俄底修斯嘟囔着返回时，安提诺俄斯朝他扔来了脚凳，直接打到靠近他脸颊的右肩处。

　　俄底修斯如同高山一样没有动，只是默默地摇了摇头，思考着如何复仇。随后，他返回到门槛处，把装满食物的口袋放在地上，坐了下来，朝着求婚者埋怨安提诺俄斯给他造成的伤害，只见安提诺俄斯大步冲到他面前说道："闭嘴，你这个外乡人，你快吃吧，再不住嘴的话，你就会被抓起来的，拽住你的手脚把你抛到外面，绝对让你缺胳膊断腿！"

　　透过自己屋里的窗户，大厅里发生的一切，珀涅罗珀都听得清楚，看得明白。对于那个受到不公平待遇的乞丐，她产生了同情心。她偷偷让人叫来欧迈俄斯，让他将那个可怜的乞丐带到这里来。"或许，"她说，"他会知道一些关于我丈夫的消息，甚至他还见过他，看起来，这个人在很多地方都乞讨过。""好多，"欧迈俄斯回答道，"要是那些求婚者可以安静下来，慢慢听，他可能会说的更多，他在我那里已经住了整整三天。他所说的就像歌手所唱的美妙动听的音乐，让我入迷。他是从克瑞忒来的，他说，他的父亲和你丈夫的父亲是认识的，还有他知道俄底修斯现在在忒斯普洛托斯人那儿，不久将携带大量财宝返回。""你快去吧，"珀涅罗珀兴奋地说道，"把那个外乡人叫过来，让他仔细地说。那些狂妄的求婚者，现在我们就缺少一个如同俄底修斯那样具有男子汉气概的人，要是他平安回来，他一定会与忒勒玛科斯一块对这些人展开报复的。"

珀涅罗珀的要求由欧迈俄斯转达给了乞丐，可他说道："我很乐意把我所知道的关于俄底修斯的事情告诉王后，可是，这些求婚者的行为让我十分的担忧。特别是现在，那个朝我扔脚凳的人这般的伤害我，就连忒勒玛科斯在内，所有人都没帮我说句话。因此，最好是让珀涅罗珀等到太阳落山，让我坐在她的火炉旁，这样，我才会把我所知道的全说给她听。"不管珀涅罗珀对这个外乡人抱着什么样的好奇心，但她都能理解他提出的理由的原因，因此，她耐下性子等了下去。

俄底修斯和伊洛斯

求婚者依旧在大厅里聚集着，并没离去，这时，城中一个声名狼藉的乞丐来到了大厅中，虽然肚子大、个子高，唯独缺少力气。他的家人称他为阿耳奈俄斯，而城里的年轻人则称他为伊洛斯。这个名字以前是使者的名字，因为他经常传递消息，所有大家就这样称呼他了。至于他为何来到这里，是因为内心的嫉妒，他听说这里来了一个对手，就急忙赶了过来，要把俄底修斯从这里赶走。一进来，他就大喊道："老东西，离门远一点儿，你没注意到这里的人都示意我把你扯手扯脚地拖出去吗？还是你自己走吧，别让我动手了。"这时，俄底修斯瞅了他一眼说道："这个门槛完全能容下咱们两个人，好像你跟我一样贫穷，你只是嫉妒，嫉妒我把你的那一份分走了。你最好不要惹怒我，也别找事情。"这样的话，让伊洛斯十分的愤怒，他大吼道："啰嗦什么，馋鬼！你就像个老太太那样絮叨着，我只要双手齐动，给你几个耳光，你的下巴、嘴和牙都会被打掉的，对了，你还会像从牲畜嘴里那样将它们吐出来。怎么样，你有胆量与我这个年轻人比试比试吗？"

听到这两个乞丐要进行较量，求婚者全都大笑了起来，安提诺俄斯说道："朋友们，那些在炭火上烤着的带血的和肥油的山羊肠肚，你们都见到了吧？它们就是我们对获胜者的奖励了，谁赢谁就可以拿走，多少都可以，并且，除了赢的人，谁都不能再到这个大厅中来了！"

所有的求婚者全都表示赞同，在这段时间里，俄底修斯装作胆小的样子，仿佛是一个经历过各种磨难，精疲力尽的老人。他先让求婚者许下诺言，不可以在较量中对伊洛斯有所偏袒。他们做完保证后，俄底修斯率先扎起衣服，把袖子捋了起来。也就在这个时候，显露出了他强壮有力的大腿和胳膊，以及宽厚的肩膀和健壮的胸脯。原来，女神雅典娜悄悄把他变得魁梧有力了。眼前这一幕深深吓住了求婚者，就连伊洛斯也不由得害怕了，膝盖不停地颤抖。所发生的一切不是安提诺俄斯所想看到的，他十分恼怒，说道："你这个没用的家伙，如此弱小的老人就能把你吓得直发抖，你怎么不去死呢？我警告你，一旦你输了，我就把你送到厄庇洛斯的国王厄刻托斯那里去，他让所有人都会感觉到害怕，他会把你的鼻子耳朵割下来，还会把你喂狗。"

俄底修斯自己思考了一会儿，觉得是把这家伙打死呢，还是惩处一下的好，为了避免求婚者的猜疑，他选择了后者，这样显得更加睿智。因此，在伊洛斯用拳头打击他右肩时，他轻轻地朝着他耳后一捶，可没想到，这样还是把他的骨头打碎了，口中喷溅出鲜血，牙齿也颤抖个不停，直接栽倒在地上。求婚者哄堂大笑，并给予热烈的掌声，俄底修斯把他从门口拖了出去，放在墙边，给送给他一根棍子，嘲讽道："你还是老老实实待着吧，去看着牲畜和狗，别让它们进来。"随后，他又返回到大厅中，在门槛处坐了下来。

他的获胜赢得了求婚者的尊敬。他们都面带笑容地走到他面前，跟他握手说道："外乡人，希望宙斯和诸神都可以保佑你万事如意，那个烦人的家伙终于安静了下来，他才该前往厄刻托斯那里去！"对于这个祝福，俄底修斯只是当作一个吉兆。安提诺俄斯亲手把一大堆山羊肥肠放到他的面前，而安菲诺摩斯则拿过来两个面包和一个盛满酒的杯子，在掌声中，他们都向这个获胜者祝贺，"陌生的老人家，祝你今后幸福，祝你今后高枕无忧！"

俄底修斯十分庄重地望着他的眼睛，说道："安菲诺摩斯，看起来，你是一个通情达理的年轻人，还是一个德才兼备的孩子，请牢记我的话，人才是这个世界上最为虚幻和高深莫测的了。不要以为诸神宠爱他，他就无往不利。但在灾难降临时，他却没有胆量去承担这一切。这是我的经验之谈，年轻的时候，我仗着年少力强，在相安无事的日子里，却做了很多不该做的事情。因此，我想告诉每个人，不要狂妄自大，胡作非为。如今，求婚者做的就很不理智。他们肆意妄为，挥霍着别人家的家产，还冒犯他人的妻子。而这个人近期就可能会返回到故乡，安菲诺摩斯，我希望在你见到他之前，就被善良的神祇从这里带走。"

说完之后，俄底修斯接过酒杯，一饮而尽，随后递给年轻人。这时，这个年轻人仿佛在沉思，低下了头，随后心事重重地从大厅里离开了，好像感受到一些不祥的事情即将发生。可就算这样，女神雅典娜已规划好的厄运他也逃脱不了。

求婚

珀涅罗珀的热忱终于被雅典娜激发了，她走到求婚者面前，让每个人都饱受相思之苦，并且在她丈夫（当时她还不知俄底修斯就在现场）和儿子忒勒玛科斯的面，用优雅的行为举止表现出忠贞和端庄。

雅典娜先使珀涅罗珀安静地睡了一会儿，还给予了她一种惊世骇俗的美，还把阿芙洛狄忒与美惠女神跳完舞后经常涂抹的香膏涂在了她的脸上，让她变得更为高大丰满，皮肤如同象牙一般闪闪发光。做完这一切之后，女神就消失不见了。

珀涅罗珀的两个女仆刚踏进房间，她就从睡梦中醒了过来，揉了揉眼睛说道："啊，我睡得太香了。要是诸神能让我在这香甜的睡梦中死去，那该多好，这样我就不会为我的丈夫再悲伤和独自承受家中的烦恼了。"说完，她就走出房间，到求婚者那里去。她在拱形大厅的门前站着，面戴轻纱，妖娆美艳，婀娜多姿。一见到她，求婚者全都心跳加快，都希望能娶她为妻。但王后转身对儿子说道："忒勒玛科斯，我都快认不出来你了，真的，在你还是孩子的时候，要比现在更加的善解人意。你竟能忍受得住，一个想在我们家中寻求安定的可怜的外乡人遭受如此的羞辱？我们真是在所有人面前丢尽了脸面呀！"

"善良的母亲，你的不满完全是正确的，"忒勒玛科斯回答道，"我也意识到了这一点。可在我周围坐着且对我有敌意的人全都在戏弄我，没一个人赞同我。不过，外乡人与伊洛斯的争斗结果却出乎了所有求婚者的意料。刚才他们全都低垂着脑袋，跟外面坐着的可怜虫一样。"说这些话的时候，忒勒玛科斯将声音压得十分低且轻，这些求婚者都没听见。王后的容颜深深迷住了欧律玛科斯，他大叫道："伊卡里俄斯的女儿呀，我真希望全希腊的阿开亚人都能看见你，这样的话，这里明天就会多了更多的求婚者。你的美丽和聪慧这般独一无二呀。""啊，欧律玛科斯，"珀涅罗珀答道，"自从我丈夫和希腊子民们前往特洛伊之后，我的美丽就凋零了。要是他能回来好好守护我的话，我相信，我的青春活力会再次焕发。可现在，我只会觉得悲痛。在他远离海岸，最后一次紧握我的手时，他说，'亲爱的妻子，希腊人不会全都健健康康地返回家乡的。特洛伊人骁勇善战，全是优秀的长枪投手、弓箭手、战车驭手。我真的不知道，我究竟能返回家乡还是客死他乡。你要掌管好家园，照顾双亲。在儿子长大之后，我若还没回来，你就离家嫁人吧。'这全都是他所说的。没想到，现在却都成了现实。太悲伤了，婚礼即将来临。谁知道这婚礼会给我带来怎样的伤痛呢？你们这些求婚者和普通求婚者的方式根本不一样。要想娶一个名门望族的女儿，你们都应该带着自己的牛羊和送给未婚妻的礼品到她家来，而不是这样没有一点儿补偿地来挥霍他人财产。"

听到这番别有意味的话，俄底修斯是发自心里的开心。安提诺俄斯代表所有求婚者说道："尊贵的王后，我们都愿意为你献上高贵的礼品，也希望你不会拒绝。但是在你在我们中间挑选出新郎之前，我们是不会返乡的。"对于他的回答，所有求婚者都表示赞成。

仆人们都被吩咐下去拿礼品。安提诺俄斯送上一件漂亮的衣服，还有十二个金色别针和弯曲的雅致金钩在上面挂着。欧律玛科斯送上的则是华丽的黄金项链。欧律达玛斯送上的则是一副镶着无数宝石的耳环。其他的求婚者全都呈上了一份属于自己的礼物。女仆们把这些礼物一一收好，跟着珀涅罗珀返回到后宫。

俄底修斯受到讥笑

求婚者们边唱边跳，肆意玩乐，一直到夜幕降临才结束。天黑了，女仆们在大厅中点亮了三盏灯用来照明，还抱来了一些木柴，就在她们要将炉火点着的时候，俄底修斯来到了她们的面前，说道："你们这些俄底修斯的女仆，你们还是回到你们敬爱的王后身边去运转纺锤，整理毛线吧！至于大厅点燃炉火的活，就交给我吧！就算这些求婚者待到明早，我也不会有一点儿疲倦的。"

女仆们相视一眼，全都大笑了起来。于是，一个被珀涅罗珀抚养成人，视如己出的年轻貌美的墨兰托，现在却成为求婚者欧律玛科斯的帮凶，并生活在一块儿的女仆大骂道："你这个可怜兮兮的乞丐，真是个傻瓜，你为何不去厨房或其他地方休息呢？这里的每个人都要比你尊贵，你想破坏我们这里的规矩？你到底是喝多了，还是本身就是蠢货一个？你要小心，万一有人站出来，左右开弓，将你的脑袋射穿，从王宫里扔出去。"

俄底修斯暗暗答道："你这条不知羞耻的母狗，我会把你说的无耻的话全转达给忒勒玛科斯，他一定会把你捶扁的。"听了这些话，女仆们都觉得他不会是在闹着玩，两腿发抖，赶紧跑出大厅了。于是，俄底修斯就在炉火边扇着火，思考着如何报仇。

就在这个时候，雅典娜唆使那些狂妄的求婚者去嘲讽俄底修斯，欧律玛科斯对他同伴们说起的话，使众人开怀大笑："真是的，这个人就是神祇派到这大厅中的一盏活生生的明灯，看他那光溜溜的脑袋不就是一个正在发光的火把吗？"接着，他转身朝俄底修斯说道："听我说，你给我当奴隶，给我的庄园清理杂草和照料树木，管你吃住。可是，我算是看明白了，你愿意去当乞丐，乞食来填饱你的肚子，也不愿意出力干活。"

俄底修斯用坚毅的语气说："欧律玛科斯，要是现在正是春天，那我们就能在草地上展开一场割草比赛，我们俩手持镰刀，一直割草，看谁坚持到最后。傲慢的人，你自恃清高，那是你没跟其他人比试过。要是俄底修斯安全回来的话，你就会立刻觉得这么大的大厅都没办法使你顺利逃离。"

听完之后，欧律玛科斯大发雷霆，大叫道："你这个乞丐，很快你就会为你所说的浑话付出代价的！"伴随着这句话，他把一个脚凳扔向了俄底修斯。可是，俄底修斯却直接扑在安菲诺俄斯的膝盖旁，一下子，脚凳飞了过去，打中了斟酒仆人的右手，随之，酒壶掉落在地，发出叮当的声音，仆人大叫了一声，也跟着瘫痪在地了。

求婚者们立即喧闹了起来，都骂这个外乡人把他们的兴致扰乱了。这时忒勒玛科斯十分礼貌又果断地请客人们去休息，人群中的安菲诺俄斯站了出来，说道："亲爱的朋友们，希望你们都要遵守你们所听见的话，不管是你们还是仆人，都不能用言语或行动去伤害这个外乡人。我们把酒杯斟满，祭祀诸神，然后就各自返乡吧！至于这个外乡人，你还是留下吧，让忒勒玛科斯保护你，你在他的炉灶旁已经找到栖身之所了。"按照安菲诺俄斯的指示，很快求婚者都离开了大厅。

父子单独相处

到现在为止，就剩下俄底修斯和他的儿子留在大厅中了。"快点儿，趁此机会，我们赶紧把武器都藏起来！"俄底修斯说道，于是他俩就将头盔、盾牌和长枪全都抬到顶层的阁楼中，这时，雅典娜拿着一盏金灯来到他们面前。四周亮了起来，忒勒玛科斯悄悄对父亲说道："这真的太神奇了，每根房椽、横梁和柱子都是这般的清晰可见，就如同是黑暗中舞动的火。一定有个神祇跟着我们，还是个天神。""小声点，我的儿子，"俄底修斯答道，"不要再问了，这全都是神祇的习性。你去休息吧，我再去试探一下你的母亲和那些女仆们。"

于是，忒勒玛科斯离开，恰好珀涅罗珀从房间里走了出来。她如同阿耳忒弥斯和阿芙洛狄忒那样漂亮妖娆。她把镶着白银和象牙的椅子放在火炉旁，铺上羊皮坐在上面，紧接着，一群女仆走了进来，把桌子上的面包和酒杯拿走，还将炉火扇的旺盛，点上宫灯。这时，女仆墨兰托再次嘲讽俄底修斯。她说："你这个外乡人，你想在这里留宿一夜，以便窥视宫中的情况？要是不想让你的头上落下火棒，那就赶紧从这里离开吧，去寻找你的同伴！"

俄底修斯阴沉着脸问道："你为何这般苛刻地对待我？只是因为我衣着破烂和乞讨度日？我跟其他的流浪者不一样吗？我也曾富有过，锦衣玉食，在富丽堂皇的房子里坐着，可我对那些乞讨的外乡人，全都给予帮助，不管外表如何。同样，我也有过很多男女仆人，但都被宙斯无情地夺走了。你这个女人，记住，有一天，王后也对你产生厌烦的话，你同样会有这样的下场。"听到这番话，珀涅罗珀严厉地痛斥了狂妄的女仆："傲慢自大的女人，我早就知道你居心不良，也知道你想做什么，可你必须要用你的头颅作为代价。难道你不知道，我一向尊敬这个外乡人，并且我想问他一些关于我丈夫的情况。可你却胆大妄为，一次次地嘲讽他！"墨兰托害怕了，吓得满脸煞白。这时，女管家拿来一把椅子给乞丐，让他坐下，随后开始与珀涅罗珀交谈起来。她说道："尊敬的外乡人，你先说说你的名字和家庭状况吧！"俄底修斯答道："你是个聪明贤惠识大体的女人，你的丈夫十分有名，你的民众和国家也享有很高的声誉。除了我的身世和家乡外，我可以告诉你任何事情。我承受了太多的苦难，我都不愿——回想。要是我把它们讲给你听的话，我一定会绝望到痛哭的地步。那时，你和你的女仆们全都会指责我。"随后，珀涅罗珀说道："外乡人，你也看见了，自从我最爱的丈夫离开之后，我的日子过得简直生不如死。你可以调查一下，那么多的求婚者，全都逼迫我嫁给他们，三年来我一直在用计谋拖延他们。可现在，计谋被识破了，进行不下去了。"随后，她说起她是怎样用编织衣服去蒙骗他们和这个骗局怎样被女仆识破。"真的，我没法再逃避婚姻了，"她最后说道，"我的父亲都在催促我，对于那些求婚者糟蹋他的财产，我的儿子倍感愤怒。看，我的处境就是这样，因此，你完全不必隐瞒你的出身，你也不可能是从橡树里长出来的或石头里蹦出来的。"

俄底修斯答道："既然你都这样说了，那我就把我的身世讲给你听。"随后，他就再次发挥他超强的想象力，讲述了一个关于忒瑞克的故事。他讲得如此逼真，仿佛就发生在自己的身上，使珀涅罗珀落下同情的泪水，这让俄底修斯的内心有些惭愧。不过就算这样，他的眼睛也没有眨一下，宛如铁一般的石头，极力控制住自己的眼泪。在王后哭了一段时间后，她开口道："外乡人，现在我需要验证一下你述说的是否是真的。我曾记得，你说过，你在家中款待过我的丈夫，那你说一下，他穿什么样的服饰，长得什么样子，随从又是怎么样的人？""这都过去这么长时间了，现在让我回答，有点儿难度呀！"俄底修斯答道，"二十年前，这位英雄在我们忒克瑞登陆。我隐约记得他的衣服是两层的，长的紫色羊毛，还有一枚金色的别针。前面绣着幼鹿，它在猎狗的前爪下苦苦挣扎，对了，还有精美的雪白的紧身衣在他紫色披风里穿着。跟着他的传令官叫欧律巴忒斯，卷发，褐色的面孔，有点儿驼背，但十分睿智，深受俄底修斯尊重。"

王后再次大哭了起来，他描述的跟她丈夫丝毫不差。俄底修斯又编了一个新的故事安抚她，一些真实的事件在这个故事里面夹杂着。他讲述了在特里那喀亚岛登陆和在费埃克斯那个地方停留的事情。这个乞丐对忒斯普洛托斯的一切都很了解。他还亲眼见到国王赠送给俄底修斯财宝。乞丐以俄底修斯肯定会回来的这句话结束了他的讲述。

不过，他所说的话并没让珀涅罗珀完全相信，她把头低下说道："可我预感他回不来了。"随即，她命令女仆为这个外乡人洗脚，准备舒适的床榻。不过，俄底修斯拒绝了让这些讨厌的女仆来服侍他，他只想在草垫上休息一晚就可以了。他说："王后，要是你也有个十分忠诚的老女仆的话，她跟我一样，遭受了太多生活带来的不幸，那就请她帮我洗脚吧！"

"好吧，欧律克勒亚，"珀涅罗珀呼唤着她的老女仆，"是你抚养俄底修斯成人的，那你就给这个人洗洗脚吧，他的年龄可是跟你的主人一样大。""啊"，欧律克勒亚瞥了乞丐一眼，"俄底修斯现在的手脚很有可能就是这样的，遭遇不幸的人是会先衰老的，"她说，"有很多外地人曾拜见过我们，可没一个跟你这样，在声音、身材和脚上都与俄底修斯如此的相近，我真的没见过。""是呀，只要见过我们的人，都是这样说的。"俄底修斯不动声色地回答着，随后，回到火炉旁，将水罐加满水。

在她给俄底修斯洗脚的时候，俄底修斯谨慎地躲到阴影处，他的右膝处有块十分大的伤疤，这是他年轻时，在一次狩猎中让牲畜咬伤的。现在，他害怕老女仆会认出他来，便特意使双脚避开灯光的照射。可还是被发现了，女管家碰到这个地方的时候，她就认出来了，在诧异和高兴的作用下，她手一放，俄底修斯的脚直接落在脚盆中了。顿时，铜盆发出了声音，水花迸溅了出来。她呼吸急促，声音呜咽，眼睛里全是泪水，她抓住他的下颚。"俄底修斯，我的好孩子，真的是你呀，"她大叫道，"我的双手感受出来了。"可俄底修斯却用右手堵住了她的嘴，左手把她拉到身旁说道："老妈妈，你想让我彻底消失不成？你说的很对，但不要让王宫里的人知道这件事！要是你说出去的话，那些坏女仆的下场就是你以后的下场。""这是什么意思？"女管家平静地说，此刻，俄底修斯已经放开了她。"你不知道我的心如坚石吗？你只要小心王宫中其他的女仆就好，我会把那些背叛你的女仆告诉你。""不用这样做，"俄底修斯说道，"我已经掌握了，你要做的仅仅是保持沉默就可以了。"

　　他洗完脚，涂上香膏，珀涅罗珀又与他交谈了一会儿。"我一直没法决定，"她说，"善良的外乡人，我是继续抱着我丈夫还在人世的想法跟我儿子一起等下去，还是跟求婚者中最为尊贵且奉献上最珍贵的礼品的人结为夫妻呢？以前忒勒玛科斯还是小孩，我自然不能结婚，现在，他已经长大成人了，可他希望我远离这个家，不然的话，他继承的遗产会全都被糟蹋光的。我看得出来你十分的睿智，那就请你帮我圆个梦吧！家中一共养了二十只鹅，我经常去看它们吞食麦粒。终于一天，我做了一个梦，一只老鹰从山那边飞来，将这些鹅的脖子全咬断了，它们全被咬死了，在宫中躺着，老鹰却飞走了。我放声大哭，继续做梦，我感觉到一些邻家妇女朝我走了过来，在我痛苦的时候安抚我。突然，这只老鹰又飞了回来，在阳台上驻足说道，'伊卡里俄斯的女儿，放心吧，这并不是梦，这是真实的。求婚者全都是鹅，而我以前是鹰，现在是俄底修斯。我之所以回到家乡，就是为了把这些求婚者除掉。'鹰还在说话，我却醒了，我赶忙去看我的鹅，可它们全都好好的，全在槽边吃食呢。"俄底修斯回答道："王后，就像你做的梦，俄底修斯会回来的，并把这些求婚者全都杀死。"

　　可珀涅罗珀却长叹了一口气，说道："梦幻如泡影，明天将是我离开俄底修斯家最为可怕的日子。我会将所有的求婚者聚集起来，进行比赛。我丈夫可以一个个竖起十二把斧头，再开弓射箭，一下子射进十二把斧头的斧柄孔。要是他们中任何一人能使用俄底修斯的弓完成这个技艺，我就会跟着这个人。"俄底修斯直接说道："尊贵的王后，你就这样决定了，明天开始比赛，在那些求婚者拉弓射进十二把斧头斧柄孔之前，俄底修斯一定会回来的。"

宫殿中的夜晚和清晨

女王朝着外乡人道了声晚安就离开了，俄底修斯则来到前厅，在这里，女管家欧律克勒亚已经为他准备好了床榻。绵羊褥子在一张完好的野牛皮上铺着，他在上面舒舒服服地躺着，还盖了件披风。在床上，俄底修斯来回翻腾，无法入睡。那些与求婚者狼狈为奸的女仆经过他身旁时，都对他进行了嘲笑和讽刺，这使他愤怒满腔。

珀涅罗珀刚躺下就醒了，她坐了起来，在床上大哭，满脸泪水，朝着女神阿耳忒弥斯祈祷："伟大的宙斯女儿呀，我宁愿让你一箭把我射死，或让飓风把我吹到大洋河的岸边。我也不愿不对我丈夫俄底修斯不忠呀！我真的不想与一个坏人结婚。哪怕是白天哭声震天，晚上宁静安逸，这种痛苦，我是可以接受的，可是，我睡觉的时候总有一个恶魔缠绕着我，用残酷的梦幻来蹂躏我！我能感觉到，现在我丈夫就在我的身边，强健有力，跟出征时一模一样，我的心就会高兴起来，我能确定这就是真实的。"

珀涅罗珀不停地啜泣，哭泣声也传到了俄底修斯耳边。他害怕自己会忍不住相认，便立即离开了宫中，露天朝宙斯祈求吉兆，保佑计划顺利实施。这时，一道亮光穿透了天空，紧接着就是一声巨雷，大地都为之震动。

大厅中慢慢热闹了起来，女仆们来回把炉火点了起来，忒勒玛科斯也穿好衣服，走进女仆的房间，生气地大喊道："你们给客人送去饭菜和床铺了吗？我的母亲看起来有些恍惚，感觉稀里糊涂的，她竟对那些求婚者恭恭敬敬的，却忽视了一个十分优秀的人。""你这样说，对我的女主人十分不公平，"欧律克勒亚答道，"那个外乡人坐了好长时间，还喝了很多酒，给他准备的饭菜已经十分足丰盛，不需要再添加了，至于上好的床榻，他拒绝了，他认为差一点儿也无所谓。"

在狗的陪伴下，忒勒玛科斯来到了开会的市集上。女管家则吩咐女仆们为新月节去准备酒宴。有人在漂亮的椅子上铺上紫色的毛毯，还有些人则用海绵擦拭着桌子，其他人全都去洗刷酒罐、酒杯和去井里打水。求婚者的仆人们也都赶了过来，在前厅劈柴。欧迈俄斯也送过来几头牲畜，还对他曾招待过的客人送上问候。墨兰斯透和他的两个助手挑选了最好的山羊，由奴隶们把它们捆绑起来。在经过俄底修斯身旁的时候，墨兰斯透嘲讽道："你这个老乞丐，你还在这里待着，还不赶紧离开？看来不品尝一下我的拳头，你是不会离开的了！"面对他的侮辱，俄底修斯没有回应，仅仅摇了摇头。

这时，一个名叫菲罗提俄斯的刚正牧牛人走进宫来。他用船将一头牛和几只肥羊给求婚者送了过来。碰到欧迈俄斯时，他说道："欧迈俄斯，前不久来到这里的外乡人是谁？他的身材跟我们国王俄底修斯的身材太像了。灾难能让一个高贵的国王变为一个低贱的乞丐。"随后，他就朝着假扮成乞丐的俄底修斯走去，紧握他的手说道："老人家，你来自外地，看样子你没少遭罪，在你以后的日子里，愿神保佑你幸福快乐！我第一眼看到你，就十分的惊讶，眼泪忍不住流了下来，看见你，让我想起了俄底修斯，要是他现在还在世的话，他也会穿得破破烂烂，四处漂泊。在我还是小孩的时候，他就让我看管牛群。现在六畜兴旺，可却让其他人享用了！要不是心里一直有期望，相信总有一天，俄底修斯会回来并把这群无耻之徒赶出去的，不然，我早就气愤地离开了这里。""牧牛人，"俄底修斯回道，"看来，你是个正直的人，宙斯为我做证，我起誓，今天俄底修斯就会回来的，到时你将亲眼见到这些求婚者的灭亡。"

宴会

求婚者们也都逐渐聚集在宫中，他们已经商量好怎样除掉忒勒玛科斯了。他们每个人的桌面上都放着刚被宰杀并烤好的牲畜肉。仆人们则调制着各种各样的美酒，欧迈俄斯则负责传递酒杯，菲罗提俄斯把篮子中的面包切好，墨兰透斯则在斟酒，就这样，酒宴开始了。

忒勒玛科斯故意将俄底修斯安排在大厅门槛旁的一把破椅子上，一张破烂不堪的桌子放在他的面前。他让人送来烤肉，斟满酒杯说道："在这里，你慢慢享用，没有人会来打扰你的。"安提诺俄斯也警告他的朋友，别去打扰那个外乡人，他看出来了，宙斯在保护着这个人。可是，雅典娜却一直蛊惑着那些求婚者去嘲讽他！

他们中间有个名叫克忒西波斯的人，他来自萨墨岛，是他们中间最坏的一个，他讥讽道："求婚者们，你们听着，虽然在很早之前，这个外乡人就得到了属于他的那一份食物，可是，忒勒玛科斯要是怠慢了这位尊贵的客人，那就不对了！因此，我要送他一份特别的礼物，他可以将这个礼物送给帮他洗干净身上污秽的女管家，当作酬谢。"紧接着，他就从食篮中取出了一只牛角，朝着乞丐扔了过去。俄底修斯压制着内心的火气，躲开了，牛角朝着墙砸了过去。

于是，忒勒玛科斯大叫道："算你走运，克忒西波斯，幸好你没砸中这个外乡人，不然的话，我会亲自用长枪刺透你的身体。届时，你父亲为你举办的就不再是婚礼了，而是葬礼。我不会再允许你们在我的家中做出如此无礼的事情。我宁愿被你们杀掉，也不会让你们再去侮辱这个外乡人。我宁愿先死，也不想亲眼见到这种恶行的发生。"听到如此严肃的话，所有人都不再说话了，最后，达玛斯托耳的儿子阿革拉俄斯说道：

"说得好，忒勒玛科斯，可你和你母亲必须要将话说清楚，要是俄底修斯回来还有希望的话，我们这些求婚者被拒绝完全是可以理解的，但是，现在不用想，俄底修斯根本回不来了。忒勒玛科斯，你该去找你的母亲，让她在我们中间挑选一个做她的丈夫，这样，你才能好好享用你父亲的家产。"

忒勒玛科斯站了起来说道："宙斯做证，我也不想就这样下去，很早，我就跟我的母亲说过这件事，让她在你们中间挑选一个，但是，我不能强迫她从我的家中离开。"忒勒玛科斯的话，让求婚者们放声讥笑，雅典娜已经使他们神经错乱了，因为狂笑，他们的脸都变得丑陋无比。但是，这种放任突然变成了一种悲伤，泪水充满了他们的眼睛。

预言家忒俄克吕摩洛斯察觉到这一切，他说道："你们这群可怜的人呀，到底是怎么了，你们的思绪为何变得乱七八糟，你们嘴上也发出惨叫！我为何见到这墙面上全都涂满了鲜血，地狱中的鬼魂充斥着大厅和前厅，连天上的太阳都消失不见了！"可是求婚者们再次陷入狂欢之中，放声大笑。于是，欧律玛科斯对那些人说道："前不久，来到我们这里的预言家才是真正的大傻瓜。仆人们，快来，要是他在大厅中除了黑夜，其他的事情都看不见的话，就把他扔到大街上去。""用不着你的仆人，欧律玛科斯，"忒俄克吕摩诺斯立即站起来怒吼道，"我的眼睛、耳朵和脚全都是健康的，神志也十分的正常，我自己能走，神已经向我预言了这场灾难，它们很快就会降临，你们都逃不掉！"说完，他就走出了宫殿，前往他的主人珀剌俄斯那里，还受到了热情的招待。求婚者依旧在嘲讽着忒勒玛科斯，其中一人说道："忒勒玛科斯，在这个世界上，你是第一个收留如此低劣客人的人，一个懒惰的乞丐和一个讲预言的傻瓜！真的，你该带着他们去周游希腊，还可以在市集上让人参观收费呢！"忒勒玛科斯沉默了下来，朝着他父亲瞥了一眼，等待着父亲动手的信号。

射箭比赛

珀涅罗珀这时出场了，她手持镶有象牙把手的漂亮铜钥匙，在女仆的陪伴下，她来到远处的一个库房里，这里面收藏的全是由青铜、黄金和铁打造而成的俄底修斯国王的珍宝，以及他拉刻代蒙的一个朋友送给他的弓和装满箭镞的箭袋。她走进库房，查看了装着衣服和物品的箱子，并寻找到俄底修斯的弓和箭袋，把它们放到一个盒子里，然后前往大厅，到求婚者那里去，由两个女仆紧跟着。她先要求求婚者们安静下来，说道："你们这些求婚者，谁能轻松地把这弓拉满并射穿排列十二把斧头的斧柄孔，我就跟谁走，当他的妻子。"

随后她吩咐欧迈俄斯把弓和箭放在求婚者面前。欧迈俄斯哭泣着把武器从盒子里拿出来，在这些竞争者面前摊开。紧跟着牧牛人菲罗提俄斯也哭了起来，这使安提诺俄斯十分的恼怒。他训斥道："你们要用泪水使我们的女王更加的伤心吗？自己躲到门外去哭吧！我们这些求婚者要开始比赛了，相信比赛会十分的艰难，想拉满这张弓十分不容易。俄底修斯十分的强壮有力，我们之间没有人能跟他相提并论。"

于是，忒勒玛科斯站了起来说道："到底发生了什么事，宙斯竟使我失去了理智。我的母亲说要跟一个求婚者远走他乡，从这个家中离开，可我竟在微笑。好吧，你们这些求婚者进行比赛吧，去争夺整个希腊最美丽的女人。你们都很清楚，也不用我来给你们介绍和赞美我的母亲，不要犹豫了，拉弓射箭吧！对于这场比赛，我也十分乐意参加，如果我赢了，那我的母亲就不用从这个家中离开了。"说完，他就把紫色的披风甩掉，卸下肩上的宝剑，划出一条沟在大厅的地上，把斧头一个个插到地里，随后用脚把四周的土踩实了。对于他的力量和准确度，在场的所有人无不赞赏。随后，他拿起弓，站在门槛处，尝试了三次，都没把弓拉开，他的力量还不够强，他准备拉第四次弓了，要不是俄底修斯示意他放弃，这次他肯定会成功的。他大喊道："神祇，如果我不是个弱者，那就是我太年轻了，无法对曾侮辱过我的人进行反抗，去吧，你们都去试试，你们应该比我有力气。"随后，他把弓箭放到门旁边，再次回到他的椅子上去。

于是，安提诺俄斯带着胜利的笑容站了起来，说道："朋友们，现在从后面开始，从左到右。"勒伊得斯是第一个站出来的人，他也是唯一对求婚者胡闹深感不满的人，他痛恨这群人。他在门槛处站着，尝试着把弓拉开，却失败了。他喊道："来，下一个，真的不幸，没有一个人可以做到的。"他把双手垂了下去。可是，安提诺俄斯却指责道："你说的话，让我们十分不开心，勒伊得斯，你自己拉不动，不代表其他人不可以！墨兰透斯，"他转身对牧羊人说道，"点上火，放在椅子前面，再去房间里拿块牲畜油，我们要把这干硬的弓烤一烤，涂上油膏，这样就会好用的多了！"按照他的要求，可惜还是没有一点儿用处，一个个的求婚者尝试拉开弓，却没有人成功。现在只剩下两个最有胆量的人没有拉了，那就是安提诺俄斯和欧律玛科斯。

向牧人表明身份

牧牛人菲罗提俄斯和欧迈俄斯从宫殿离开以后，便碰在了一起，紧跟在他们后面的就是俄底修斯。他们刚要从大门和前厅中出去时，俄底修斯喊住了他们，小声且信任地说道："朋友们，我有些话要对你们说，我希望你们可以相信我，不然的话，我宁愿保持沉默，不再说话。如果现在俄底修斯突然在一个神的护送下，返回到这里的话，你们会怎么办？是站在求婚者这边，还是去拥护俄底修斯？心里是怎么想的就怎么样说，大胆点儿！"牧牛人先喊了出来："啊，奥林帕斯的宙斯，要是我这个愿望能实现的话，英雄回来的时候，你会见到我的双臂是怎样活动起来的。"欧迈俄斯也朝着诸神祈祷，希望他们尽快送俄底修斯回家。

俄底修斯确定了他们的忠诚后，开口道："现在，你们都听着，我就是俄底修斯！经历了无数的磨难，二十年后，我终于返回到家乡了。我看清楚了，在所有仆人中也就你们两人十分欢迎我，我从未在其他仆人口中听到祈祷我返家的希望。因此，我准备在把那些求婚者杀死之后，你们俩每人送一个妻子，一块土地，当然你们要建造的房屋就在我的王宫附近。忒勒玛科斯会像亲兄弟那样对待你们。当然，为了让你们不怀疑我说的话，你们可以看一下我伤口的疤痕，那是我年轻的时候，被牲畜咬伤的。"接着，他就把裤腿挽了上去，把伤疤露了出来。

突然，这两个牧人大哭了起来，紧抱住他们的主人，亲吻他的脸颊和肩膀。当然，俄底修斯也回吻了他的仆人们。随后他说道："亲爱的朋友们，不要沉浸在过去的悲伤或现在的欢乐中，不要让王宫里的人看出来，我们需要一个一个地回到大厅。求婚者们肯定不会允许我去拉弓射箭的，因此，欧迈俄斯，你去拿弓和箭，从大厅中穿过，交给我就可以了。同时，你还需要把女仆全关在内宫中，不管大厅里传来怎样的喧闹和嚎叫，都不能放她们出来，让她们全给我静静地干活。至于菲罗提俄斯，你要把守好宫门，关紧了，用绳子拴起来。"

俄底修斯做完安排后就返回到大厅里了。这时，欧律玛科斯已经把弓放到火上烘干，不时地转动，希望弓可以绷得紧点，可是没有一点儿用处。他十分生气，叹息道："哎，真让我烦恼，这不是因为得不到珀涅罗珀而感到不快，伊塔刻或其他地方，希腊女人多的是，只是，与俄底修斯相比，我们太软弱无能了，将来，我们的子孙会因为这个来嘲笑我们的。"但安提诺俄斯却指责道："欧律玛科斯，不能这样说，今天是我们一起欢庆的日子，不该进行比赛的，来，我们先把手中的弓箭放下，痛痛快快地喝一杯吧！斧头就扔在大厅里吧。我们明天祭拜完阿波罗，再来将这个比赛完成吧！"

俄底修斯向求婚者们说道："今天你们休息吧，或许明天阿波罗会保佑你们获胜的。请允许我尝试下拉一这张弓，看看我的双臂是否还有些力量。"听到这话，安提诺俄斯暴怒，说道："外乡人，你究竟是疯了还是醉了？当你拉开弓的一瞬间，灾难就会降临了，我们中间再也不会有怜悯你的人了！"

这时，珀涅罗珀也参与到争论之中了，她温柔地说道："安提诺俄斯，不应该不让外乡人参加比赛。你这是在担忧，担忧他赢了的话，我会成为他的妻子对吧？这种结果是不可能出现的，因此，你们完全不用把他放在心上。根本不可能的，要是他真能把弓拉开的话，那我也只会给他披风和紧身衣、长枪和宝剑，以及在脚上穿的绊鞋，随后他就能离开了，想去哪里就去哪里！"

她的话被忒勒玛科斯打断了，说道："亲爱的母亲，对于弓的事情，除了我以外，没有一个希腊人有权做出决定。你还是回到内室中吧，安静地纺织，射箭拉弓全是我们这些男人之间的事情。"对于儿子忒勒玛科斯坚决的口吻，珀涅罗珀感到十分的意外，但还是按照儿子的话办了。

欧迈俄斯把弓箭取了过来，这时，求婚者大怒，叫道："你这个疯子，你要把弓箭拿到哪里去？你是不是皮痒了，欧迈俄斯十分惊恐，慢慢地把弓放了下去。但是，忒勒玛科斯却威胁道："老人家，快把弓拿过来，你只能服从我的命令，不然的话，我会用石头将你赶出去的，即使我比你要年轻的多！"欧迈俄斯把弓箭递给了乞丐，并命令女管家把后宫的门插住，菲罗提俄斯朝宫外跑去，把前厅的大门牢牢地锁住。

俄底修斯仔细地把弓的每个部位都检查了一遍，看看过去了这么长的时间，是否有虫子咬过或有地方损坏了。求婚者中的一个人对旁边的人说道："看样子，这个人十分懂弓呀。或许他家中就有一张跟这张差不多的弓，要不就是他想仿制一张？看呀，为何在这个乞丐手中，这张弓会来回转动呢！"

检查完弓没有问题后，俄底修斯用右手轻松地拉起了弓弦，如同琴师拨动琴弦，试探它的力量。紧接着，弓发出如同燕子啁啾般的清脆响声。求婚者听了之后，瞬间感觉一阵头疼，面色惨白。这时，在天上，宙斯也发出一声响雷，以示吉兆。俄底修斯果断地弯弓搭箭，瞄准后，箭镞飞了出去，一下子就射中了十二把斧头的斧柄孔，从第一把直穿最后一把。接着他说："忒勒玛科斯，我这个外乡人，没在你宫中给你丢脸吧！这些求婚者那般嘲讽我，可我的力量还没减弱。现在就该请这些希腊人享用晚宴了。趁着天还没有黑，那就开始弹琴唱歌，还有其他娱乐节目。"

　　说话的同时，他朝着他儿子偷偷使了眼色。忒勒玛科斯立即背起宝剑，手持长枪，跟他父亲并列站在一块儿了。

复仇

　　俄底修斯把身上破衣服扯了下来，跳到高高的门槛上，手上挂着弓和箭镞。他将箭镞倒在他的脚边，朝着求婚者喊道："求婚者们，第一场比赛结束了，现在该是第二场比赛了。我给自己选了一个没人可以射中的目标，我认为我不会失手的。"说完，他就将弓对准了安提诺俄斯，一箭就穿透了他的喉咙，箭尖穿透了他的脖子，鼻子里也喷出了一股鲜血，直接栽倒在地，脚碰翻了摆满饭菜的桌子。

　　见到安提诺俄斯倒下了，求婚者都从座位上暴跳了起来。赶往大厅的墙壁处去寻找武器，可是所有的长枪盾牌之类的全都不见了。他们大骂道："该死的外乡人，你为何要射人，你可知道他是我们最为尊贵的伙伴，那是你最后一箭了，很快你就会被老鹰撕碎的。"这时他们还觉得这是误射，可没想到的是，他们的结果也是这样的。从高处，俄底修斯发出雷鸣般的吼声："你们这些无耻的家伙，你们都认为我从特洛伊回不来了是吗？因此，你们就来糟蹋我的财产，拐骗我的仆人，甚至我还健在的时候，就向我的妻子求婚，你们也不怕这样做会惹怒神和人类吗？现在你们毁灭的时刻到了！"

　　听后，求婚者都吓得面色惨白，浑身颤抖。每个人都环顾四周，看怎样能从这里逃走。只有欧律玛科斯十分平静地说道："如果你真的是伊塔刻人俄底修斯的话，那你这样做完全正确，我们在你的宫殿和国家中做了许多不该做的事。可这一切的过错，你的弓箭都算清楚了。安提诺俄斯才是真正的元凶，他对你妻子的求婚，从没诚心过，他只是想当上伊塔刻的国王，他还想悄悄地杀掉您的儿子。可他已经受到惩罚了，对于你的同胞们，你该饶恕呀，以和为贵。我们每个人都会为你奉上二十头牛当作补偿，至于青铜和黄金，你想要多少，我们都给你！"俄底修斯阴沉着脸回到道："欧律玛科斯，我不稀罕，就算你们把所有的财产全给我，都没用。不用你们的性命为你们的罪行赎罪，我不甘心，来吧，随你们挑，你们是逃命呢还是斗争，总之，我是不会放过你们任何一个的。"

　　求婚者们全都吓得心惊胆战的。欧律玛科斯再次说话了，不过这次是对他的同伙们说的："亲爱的同伴们，我们阻挡不住他的双手，把宝剑拔出来，用桌子当盾牌，抵挡他的弓箭。随后，我们一起冲上去，把他逼下门槛，随后我们返回城中，去召唤我们的朋友。"说完，他就拔出宝剑，大吼了一声，朝着前方冲了过去。当然，俄底修斯的箭早就穿透了他的肝脏，手中的宝剑也掉落了，他跟着桌子一块栽倒在地，饭菜和杯盘散落了一地，他额头落地，直接躺在那里死去了。这时，安菲诺摩斯也手持宝剑冲向了俄底修斯，企图打开一条求生之路。可是，忒勒玛科斯的长矛却刺透了他的后背，直接穿到他的前胸，他摔倒在地。紧接着，忒勒玛科斯从求婚者中间跳了出来，跟他父亲一块儿在门槛处站着，他带来了一面盾牌、两根长矛和一顶铁头盔。随后，他又跑了出去，来到武器库，为自己的朋友们找到四面盾牌、八根长矛和四顶油马毛装饰的头盔。他跟两个忠诚的牧人都准备好了，还给俄底修斯准备了第四套装备，于是，这四个人并列站在了一块儿。只要手上有箭镞，俄底修斯就可以一箭射死一个求婚者。射杀结束后，他把弓放在门边，快速装备上一面四层厚的盾牌、头盔，还有两支粗长矛。大厅中有个通往走廊的侧门，出口十分的狭窄，一次只能一个人通过，于是，俄底修斯安排欧迈俄斯去把守那个出口。可是，此时的欧迈俄斯正在武装自己，那个出口无人把守。求婚者中的阿革拉俄斯注意到了这点。他喊道："怎样，我们从这里逃走，去城里煽动人们，这样的话，很快这个人就要完蛋！"

　　站在求婚者一边的牧羊人墨兰透斯说道："这样不行，这个小门和通道都太狭窄了，只能一个人通过，他们派一个人在那里把守的话，我们谁都出不去。为今之计，就是我先溜出去，为你们找来武器。"说完，他就溜走了，返回的时候，带回来了十二面盾牌、十二顶头盔和十二根长枪。这时，俄底修斯突然见到他的敌人已经全副武装，他大吃一惊，对着儿子说："这一定是不忠的女仆或那个牧羊人干的。"让人想不到的是，出现了第五个战士：化身为门托耳的女神雅典娜，俄底修斯认出这是女神，心情十分的愉悦。这时，求婚者也发现多了一个新的敌人，阿革拉俄斯愤怒地大叫道："门托耳，我要让你知道，不要受到俄底修斯的蒙骗而跟我们求婚者为敌，不然的话，我们杀死的就不仅是他们父子，还有你和你的全家。"一听到这话，雅典娜怒不可赦，她鼓动俄底修斯说道："我的朋友，我觉得你现在的胆量连你十年前在特洛伊表现出来的都不如，因为你的聪明及英勇，那座城才陷落的，可现在是在你的国家里，是去保护你的宫殿和财产，你为何对付这些求婚者竟然会迟疑了。"她之所以这样说，只是想激发他的勇气，她不想帮助他去战斗。说完，她就如同飞鸟般飞走了，如同一只燕子，坐在屋顶的房梁上。

阿革拉俄斯朝着他的同伙大喊道："门托耳走了，这个爱吹牛的家伙，现在他们又剩下四个人了，他们寡不敌众，来吧，战斗吧！不要一次把长枪全投出去，第一次瞄准俄底修斯，投六支。要是他死了，其他人就好办了！"可是，他们的枪全让雅典娜弄成了空枪，一支投到了门柱上，一支在大门上，其他的，全都穿墙了。

这时，俄底修斯朝着他的朋友大喊道："准备，投！"他们四人都投出了他们的长枪，全都击中了。俄底修斯击杀了得摩普托勒摩斯，忒勒玛科斯击中了欧律阿得斯，欧迈俄斯击中了厄拉托斯，牧牛人击中了庇珊得洛斯。其他的求婚者见状，全都逃到大厅最远的角落中，但没过一会儿，他们全都走了出来，把死人身上的长枪拔了出来。又投掷了九支，大部分都没命中，只有忒勒玛科斯的手腕被安菲墨冬的长枪弄破了，克忒西波斯的长枪穿透盾牌，刺中了欧迈俄斯的肩膀。

俄底修斯击中了欧律达玛斯，他现在要用长枪击杀达玛斯托耳的儿子阿革拉俄斯，忒勒玛科斯的长矛把勒俄克里托斯的肚子穿透了。这时，雅典娜从屋顶上下来了，晃动着她的神盾，追击着求婚者，这让求婚者心惊胆战，全都在大厅中抱头鼠窜。俄底修斯和他的朋友们也跳了下来，在大厅中追逐，所到之处，遍地尸骨，血流成河。

求婚者勒伊俄得斯在俄底修斯的脚下跪着，紧抱他的双腿，大喊："饶了我吧，我没有在你的家中做过坏事，我也劝阻过他们，可他们都不听我的！可现在我却成了他们的牺牲品，我什么都没做呀，这也是死罪？"俄底修斯阴沉地回答道："如果你是他们的牺牲品的话，那你去对他们祈祷吧！"说完，就把阿革拉俄斯掉落的宝剑捡了起来，在勒伊俄得斯还为自己辩解时，砍下了他的脑袋，硕大的脑袋瞬间滚到灰尘之中了。

这时，歌手斐弥俄斯就在侧门旁站着，手持竖琴。面对死之的威胁，他不得不考虑，自己是通过这小门，逃往庭院中，还是跪在俄底修斯面前求饶呢？最后，他选择了后一种，他把顺琴一放，跪倒在俄底修斯面前，紧抱他的双腿，叫道："求求你，饶了我吧，如果你杀害一个歌手的话，你一定会后悔的，歌手用他的歌给诸神和人们带来快乐。我是神祇弟子，我会歌颂你像歌颂神一样。你的儿子可以为我做证，我是被逼无奈才来到这里的，让我来为他们歌唱的。"

俄底修斯犹豫不决地举起了宝剑，幸好忒勒玛科斯跑了过来，大喊道："父亲，住手，不要伤害他，他是无罪的！也别伤害使者墨冬。我还是个孩子时，他就无微不至地照顾我，关爱我，还祝福我们幸福安康。"此刻，墨冬正裹着一张牛皮，藏在一把椅子下面。一听见忒勒玛科斯为他求情，他就爬了出来，跪倒在俄底修斯面前哀求，这让一直阴沉着脸的俄底修斯大笑道："放心吧，忒勒玛科斯的求情保住了你们的性命。你们出去之后，告诉所有人，善恶终有报。"接着，他们就跑出了大厅，坐在前院，可死亡恐惧下的颤抖却一直没有消失。

惩罚女仆

俄底修斯环顾了四周，看到所有的敌人全都死了。他们如同被渔夫从渔网中扔出的死鱼，躺的遍地都是。这时，俄底修斯让他的儿子将女管家叫来，一见到她走过来，他就朝她喊道："为了这些被杀死的人，我们这些凡人不该欢呼雀跃，这些都是神在惩处他们。请你把宫中那些不忠的女仆名字告诉我！"欧律克勒亚答道："你的宫中一共有五十个女仆，其中有十二个对你不忠，不仅不听从我的话，也不遵从珀涅罗珀。王后还没有把掌管女仆的权利交给忒勒玛科斯手中。不过，还是先让我去唤醒我梦中的主人吧，国王陛下，我先给她报告喜讯！"

"现在还不是叫醒她的时候，"俄底修斯回答道，"先把这十二个不忠的女仆带过来。"欧律克勒亚遵命，很快那些胆战心惊的女仆就来到了他的跟前。这时，俄底修斯把他的儿子和两个忠实的仆人喊到身边并说道："让这些女仆把这些尸体抬出去，再用海绵把桌椅擦洗了，将大厅彻底清扫。做完之后，就把她们带到厨房和围墙间的空地上，用剑把她们杀掉。"这些女人全都抱在一块儿痛哭了起来，还大声地哀求着。但是俄底修斯却亲自驱赶她们去抬尸体，擦桌椅，打扫地面，运走垃圾。随后，牧人把她们赶到宫殿外，厨房和围墙间的空地上，她们已经走投无路了，只能等待死亡的降临，还有那个恶毒的墨兰托，也受到了处罚，她在前院被砍掉了脑袋。忒勒玛科斯和牧人把这项工作完成后，复仇计划就这样结束了，他们也都回到宫中俄底修斯身边了。随后，俄底修斯命令欧律克勒亚去点燃炉火，拿来硫磺，把大厅、房屋和前厅熏一熏。在她离开之前，还特意为主人拿来了披风，说道："我的孩子，你不能再穿得如此破烂，你是一个伟大的英雄，这些俄底修斯却把衣服放到一边，让女管家快去忙她的工作。她熏烤大厅和房间时，还把剩余的女仆叫了过来，她们立即将她们的主人围了起来，流着喜悦的泪水向他问好，把她们的脸贴在他的手上，还亲吻着，俄底修斯也因为欢喜而不停地流泪。

俄底修斯和珀涅罗珀

做完熏烤工作后，欧律克勒亚就急忙返回到宫中。这时，她可以告知珀涅罗珀她丈夫俄底修斯归家的喜讯了。她走进珀涅罗珀的房间，说道："亲爱的孩子，醒醒吧，你所期待已久的愿望实现了，俄底修斯回来了！俄底修斯真的返回到宫中了。他把那些狂妄自大的求婚者全杀光了，那些人逼迫你，还糟蹋他的家产，侮辱他的儿子，这些人全被杀的片甲不留。"

珀涅罗珀揉着朦胧的双眼，说道："老妈妈，你为何要用这些虚假的消息来打扰我的美梦？自从俄底修斯离开之后，我就没睡得如此香甜过！"

"孩子，你别生气，"女管家说道，"是那个外乡人，就是那个乞丐，大家都嘲讽的乞丐。你的儿子忒勒玛科斯早就知道了真相，只是在顺利复仇之前，他严守了秘密。"

听完后，王后从床上一跃而起，紧紧抱着女管家，流着泪说道："老妈妈，要是你说的都是真的，俄底修斯真的在王宫中，那你告诉我，他是怎样把那么多的求婚者打败的？"欧律克勒亚答道："我没有亲眼见到，也没听见，我们这些女人都害怕极了，全被关在屋子里了。是你的儿子叫我出去的，那时我才见到你的丈夫在那里站着，周围全是尸体。尽管他浑身是血，但你见到他，肯定会喜出望外的。孩子，现在尸体都抬到离宫门很远的地方了，我已用硫磺把整个房子熏烤了一遍，你完全不用害怕，去吧！"

"可是，老妈妈，我不敢相信，"珀涅罗珀说道，"一定是神把那些求婚者杀死的。而俄底修斯——不，不可能，他不会活着回来的！"女管家摇着头说道："你的疑心太重了，我再告诉你一个证据吧，他身上有一块被牲畜咬伤的疤痕，这个你还记得吧！昨晚，我遵从你的吩咐，去给那个乞丐洗脚，就在那时，我就认出了那个伤疤，我当时就想跟你说，可他阻止了我。""既然这样，那我们赶快去吧！"珀涅罗珀说着，在害怕和欢喜的作用下，她颤颤发抖。她们一块儿越过门槛，走到大厅里。珀涅罗珀一言不发，直接坐在俄底修斯对面，炉子里的火熊熊燃烧着。俄底修斯在柱子旁坐着，眼睛往下看，等着她先开口。但是，惊讶和疑惑使王后一句话都说不上来。终于，忒勒玛科斯朝着母亲走去，还面带微笑稍有责备地说道："母亲，你为何干坐在这里？去，到我父亲身边，跟他聊聊。你的丈夫经历了无数苦难，漂泊了二十年，这时返回到家乡，他的女人会是什么样的表情！你是铁石心肠？"

珀涅罗珀答道："啊，亲爱的儿子，我不可以跟他打招呼，也不可以去看他的脸！如果他真的是俄底修斯的话，他早就回家了，并与我相认，我们两人之间还有很多其他人不知道的秘密。"这时，俄底修斯转过头来，朝着他儿子笑着说道："看，你母亲在试探我，我衣着破烂，她就轻视我。那我们就来看看，我们如何向她证明的。不过，现在还有很多急事要去做，你知道，不管是谁，只要他杀死了一个同族人，那他也要离开家乡的。我们现在已把伊塔刻和附近岛屿尊贵的年轻人杀死了，他们全都是国家的未来，那我们该如何是好？"

忒勒玛科斯说道："父亲，这就需要你自己来想办法了，你可是这个世界上最为睿智的谋士呀！"

"好吧，那我就告诉你们吧，"俄底修斯说道，"我觉得最好的办法就是你、牧人以及整个王宫里的人，全都去洗个澡，换上华丽的服装。歌手拿上竖琴，我们一块儿去跳舞。这样的话，每个路过这里的人都会误认为欢乐依旧，这样，求婚者被杀的消息就不会传播出去，在这段时间里，我们就可以赶到我们乡下的庄园中，去等待神祇告诉我们该怎么办。"没一会儿，阵阵琴声和跳舞声又从王宫里传了出来。人们都在马路上聚集着，相互交谈："不用猜测了，这就是珀涅罗珀再婚，这就是在王宫里举行婚礼呢。"直到深夜，人们才离开。

沐浴和涂上香膏后，俄底修斯返回到大厅中，再次坐上他的王座，望着他的妻子。他说道："你真是个奇怪的女人，诸神给予你铁石心肠。在你丈夫历经二十年磨难返回家乡后，世界上没一个女人能忍心拒绝相认。欧律克勒亚，我只能向你求助了，帮我找个可以睡觉的地方，这个女人的心是冰冷的。"

"不可理喻的男人，"珀涅罗珀说道，"并不是骄傲和蔑视以及相似的情感，使我对你有所拒绝。我依旧记得你离开伊塔刻乘船的样子。既然这样，在卧室外面给你准备一张床，把你的床上用品拿过来，再铺上毛皮和毛毯。"

她所做的一切全都是为了试探她的丈夫，但是俄底修斯却十分恼怒地瞪了她一眼，说道："你这句话实在太伤人了，女人，我的床铺没有人可以搬得动，就算用上年轻人所有的气力都不行。那是我亲自做的，这里面隐藏着一个秘密。王宫中央有一颗如同柱子般繁茂的橄榄树，我的房屋就建在那里，只要进去就是卧室。用石头把房屋砌好之后，我就把橄榄树冠砍掉了，把树干刨空，使它成为床的一条腿，树干和床是一个整体。随后，我就用黄金、白银和象牙把这个床架装饰，用牛皮绳当作床绷。那就是我们的床铺。珀涅罗珀！我还不知道这张床是否还在，但是只要有人想动它的话，只能从根部把整棵橄榄树砍断。"

听到这个秘密后，王后双腿颤抖，一边哭泣，一边站了起来，朝她丈夫奔过去，拥抱他，亲吻他，说："俄底修斯，别生我的气了！我害怕再受到伤害，被骗子欺骗了。现在，你说出了只有你我才知道的秘密，我不会再怀疑你了，我相信你！"她说这些话的时候，俄底修斯的心也为之颤抖了起来，他哭着把他忠贞的妻子紧抱在胸前。

俄底修斯和拉厄耳忒斯

第二天早晨，俄底修斯很早就完成了旅行的准备，"亲爱的，"他朝着珀涅罗珀说道，"直到现在，我们终于喝够了苦酒，因为我不在，你日夜哭泣，而我因为宙斯和诸神的安排无法归家。现在，我们重聚了，再次来保护我们的家园和财产。现在你依旧来管理王宫中现存的财产，求婚者糟蹋的，一部分用他们求婚时送的礼品当作补偿，另一部分用我从异地带回的战利品和礼品当作补充。现在，我要去我慈悲又年老的父亲所居住的庄园。但是，我劝你，你还是跟女仆好好在后宫中待着，不给任何人与你说话的机会，或者是问你的机会。城中已经出现求婚者被杀的流言了！"

说完，俄底修斯就背上宝剑，带上儿子和两个牧人。他们三人按照俄底修斯的命令，拿上武器，跟俄底修斯一起穿过城市，他们都被保护神雅典娜施放的迷雾笼罩着，这样城市里的人就认不出他们了。

没过多长时间，他们就抵达了老人拉厄耳忒斯那座漂亮且经营有序的农庄。住房在院子的中央，周围则是些辅助用房。耕田种地的奴隶们则在这里吃住。还有一个西西里的女人，她无微不至地照顾着老人拉厄耳忒斯。俄底修斯一行站在门口时对着儿子和牧人说："你们先进去吧，去宰杀一头牲畜当作午餐。我去田地里，我慈悲的父亲一定在耕作呢，我要去试探一下他，看看他还认识我不？过不了多久，我就会跟他一块儿回来的，然后欢聚一堂。"接着，俄底修斯把宝剑和长矛交给他们，他们也随即进屋了。

他在田地里不断寻找着父亲，最后，在一排排漂亮的树木中见到他正在种植小树。看起来他像一个年老的奴隶，身着粗糙还有许多补丁且十分脏的上衣，胫骨上还绑着抵御荆棘用的一副牛皮绑腿，手戴手套，头顶羊皮帽子。这身装扮使老人尽显老态，脸上遍布忧愁所留下的痕迹。见此情景，俄底修斯靠在一棵梨树上痛苦了起来。他好想上前紧抱他的父亲，亲吻他，告诉他，他的儿子回来了。可是，他怕这样意外的惊喜会给父亲造成伤害。因此，他准备先让他有些心理准备，再用柔和的指责去试探。

趁着老人弯腰去松动小树苗周围的土时，俄底修斯来到他的身边说："老人家，看起来你很精通种植果树呀，这些葡萄、橄榄树、无花果树、梨树和苹果树都被你照料的太好了，那些花卉和蔬菜也是这样的。但是有一点儿，我觉得并不好，恕我直言，你为何没好好照顾自己，为何身穿如此不堪的衣服。你的主人对你太苛刻了。你身材魁梧，散发着高贵人士的气质。像你这种人，应该沐浴，吃好睡好，去享受老人该享受的。告诉我，你的主人是谁，你这是帮谁照料这些果树？难道是我刚遇见的人说的伊塔刻人？他并不是个有礼貌有修养的人，我问他，住在这里的人是否还健在，他都不肯说一句话。"

"很久以前，我曾将一个男人留宿在我的家中，他说是从伊塔刻来，还告诉我，他是国王拉厄耳忒斯的儿子。我盛情招待了他，还在他离开的时候送给他很多珍贵的礼物。"

听到这个消息，拉厄耳忒斯抬起了头，流着泪说道："善良的外乡人，你刚打听的地方就是你现在所站的地方。但是住在这里的人却都是蛮横无理的，就算你奉上你所有的礼物都不能让他们得到满足，你想找的人也没住在这里。要是在伊塔刻，你见到他还活着的话，他一定会赠给你丰厚的礼物，以此来报答你。但是，请你告诉我，你那个不幸的朋友，也就是我的儿子，从他去拜访你到现在多长时间了？你到底是什么人，从何而来？你的船在哪里停靠着？同伴在何方？还是你是个旅行者，乘坐他人的船来到这里的？"

俄底修斯说道："尊敬的老人，我不想隐瞒你些什么，我是阿吕巴斯的阿斐达斯的儿子——厄珀里托斯。一场风暴把我从西卡尼亚带到了你们的海岸上，我的船就在距离城市不远的地方。你的儿子俄底修斯从我的家乡离开已经有五年时间了。走的时候，他心情很愉快，身边有幸运鸟陪伴。因此，我就想，我们成为朋友后，还是可以经常见面的，并互送了礼品。"

老人两眼一昏，双手捧起一把黑土朝着自己雪白的头上撒去，放声痛哭。此时，俄底修斯也是撕心裂肺，朝着他父亲冲了过去，拥抱亲吻着，大叫道："父亲，我就是你的儿子呀，我是俄底修斯！整整二十年了，我现在平安回来了。把眼泪擦掉，忘记痛苦，宫中所有的求婚者都被我杀了！"

拉厄耳忒斯十分惊讶地望着他，大叫道："你如果真是俄底修斯，我归家的儿子，那就拿出证据，证明给我看，使我相信。"俄底修斯回答道："看，我亲爱的父亲，你看看这个伤疤，这是被牲畜咬的，第二个证据就是你以前送给我的那些果树。那时，我还是个孩子，陪着你逛花园，在一排排树中，我们散着步，你还指给我看不同的果树，还告诉我它们的名字。那天你一共赠送给我十三棵梨树，七棵苹果树，四十棵无花果的幼树和五十棵葡萄树。"

老人现在没有一点疑惑，他高声叫道："宙斯和诸神呀，祝愿你们长生，感谢你的庇护，不然的话，那些求婚者是不会受到惩罚的！可是，我的儿子，因为你，让我感受到一种新的恐慌。因为你，伊塔刻和周围岛屿上的一些高贵家族全都失去了他们的儿子，因此，整座城市和周围地区的人都会联合起来抵制你的。"俄底修斯说道："亲爱的父亲，你完全不用害怕，你不用为这个事感到担心，跟我一起回到你的房屋中吧，你的孙子忒勒玛科斯，以及欧迈俄斯和菲罗提俄斯都在等待着你，饭菜也都准备好了。"

于是，他们一块儿返回到了屋中，见到忒勒玛科斯和两个牧人正在切肉倒酒。在吃饭前，拉厄耳忒斯沐浴并涂抹上香膏，然后换上多年来从未穿的华丽衣服。他穿衣服时，女神雅典娜悄悄来到了他的身边，使老人变得精神抖擞。他再次出现在他们面前时，俄底修斯诧异地看着他说："父亲，一定是神使你变得如此高大威武！"拉厄耳忒斯说道："是的，诸神可以做证，要是昨天我跟你一起在王宫的话，我们一起奋战，那些求婚者一定会在我的面前躺下。"

城中叛乱

这段时间里，流言蜚语传遍了整个伊塔刻城，人们都在相互传说着求婚者们所遭到的可怕厄运。死者的家属都朝俄底修斯的王宫聚集而来了，在庭院的一个僻静的角落里，他们找到了求婚者的尸体。他们放声大哭，其中还夹杂着威胁，他们将死者的尸体抬了出去，并安葬在市集广场。安提诺俄斯的父亲欧珀忒斯站了出来，他强壮有力，众人给予他名望。他儿子的死让他痛心不已，他饱含泪水地说道："朋友们，都来看看这天大的灾难吧，这就是他给整个伊塔刻和附近城市带来的灾祸。二十年前，他欺骗了许多勇敢无畏的人来到他的船上。最后，他丢弃了船和同伴们，独自一人回到了家乡，还把我们这里众多年轻人杀死了。来吧，趁着这个罪人还没逃往皮罗斯忒厄利斯之前抓住他，不然，我们将会遭受羞辱，对不起我们的后代。假如是我们，他们的长辈不给杀害我们儿子和兄弟的凶手严惩的话，那我们该如何做人呢。"

听完他的话后，聚集在一块儿的人们情绪就更加激动了。也就在这时，歌手斐弥俄斯和使者墨冬从宫中走了出来，朝市集的人群走了过去。首先是墨冬开了口："都听我说，伊塔刻人，我向你们起誓，俄底修斯所做的一切，要是没有神的旨意，他肯定是做不到的。我亲眼见到了神，神就化身为门托耳，在俄底修斯的身旁站着，一会儿给予他强大的力量，一会儿使大厅里的求婚者精神错乱。最后全都死在大厅里了，这也是神的意思呀！"听完使者的话，人们顿感惊恐。这时，白发苍苍的老人——玛斯托耳的儿子哈利忒耳塞斯站了出来，他是在场的唯一具有真知灼见的人，他说道："伊塔刻人，都听我说。我告诉你们心里话：这一切都是你们自己造成的，你们为何如此放纵自己的儿子，不去听从我和门托耳的忠告。你们的儿子天天去王宫糟蹋那个不在的人的财产，还对他妻子提出无礼的要求，仿佛他真的回不来了，那时，你们为何不去管管你们的儿子？如今王宫中发生的一切，全都怪你们。要是你们足够睿智的话，就不要跟这个人再作对了。他所处罚的是冒犯他的罪人，要是你们依旧不听劝告，那灾难就会降临到你们身上的。"这些话一说完，人群中立即出现了骚乱和争论。一些人暴怒了，另一些人则认为他说的有理。那些情绪激动的人全赞成欧珀忒斯的建议，他们将自己武装了起来，在城外的平地上聚合，欧珀忒斯也就成为了这群人的首领，在他的带领下，去给求婚者报仇。

雅典娜从奥林帕斯山上望了下去，正好见到这支队伍，她赶到她父亲宙斯面前说道："诸神之主呀，请告诉我你的决定。你是希望用战争去惩处那些伊塔刻人呢，还是用和平的方式去解决争端呢？""我的女儿，你怎么还问决定呢？"宙斯答道，"你不是已经按照我的旨意做出了决定，使俄底修斯以复仇者的身份返回了家乡。既然已经这样了，那就按照你的想法继续做吧！不过，你想知道我的想法的话，那就告诉你吧：俄底修斯惩罚了这些求婚者后，签订一个神圣不可侵犯的约定，他永远做他的国王。但是，我们需要把那些死去儿子、兄弟的人心中的仇恨抹去，使所有人跟以前一样，充满爱，团结与幸福永存。"

宙斯的决定使雅典娜十分高兴，她直接离开奥林帕斯山，飞往伊塔刻岛。

俄底修斯的胜利

　　此时，拉厄耳忒斯庄园的宴会早就结束了，他们全在餐桌旁围坐着，这时，俄底修斯深沉地对朋友们说："我可以感觉到，我们的敌人在城里是不会闲着的，需要有人去打探消息。"老管家多里俄斯的一个儿子立即出去打探消息。他刚出去没多远，就见到一大群人朝着这边蜂拥而来，他急忙跑了回去，朝着聚集的朋友们高喊道："俄底修斯，他们来了，他们来了，马上就到了！快武装起来吧。"在桌边坐着的人立即跳了起来，快速拿起武器。俄底修斯、忒勒玛科斯和两个牧人，还有多里俄斯的六个儿子，最后才是多里俄斯和拉厄耳忒斯。俄底修斯冲到最前面，带领着这支队伍从大门口冲了出去。

　　他们刚来到空地上，女神雅典娜化身为门托耳的一个高大威猛的同盟者就站在他们身边。俄底修斯立即认出她了，心中充满着高兴和希望。他对儿子说："忒勒玛科斯，这个时候，不要辜负我对你的期望。希望你能展示出男子汉气概，去证明你的实力，为家族争光。我们家族向来以勇敢和谋虑而举世闻名。"忒勒玛科斯回答道："父亲，在与求婚者战斗之后，你还在质疑我的骁勇善战？你会亲眼见到，我不会给家族丢脸的！"他的这些话，使他的父亲和祖父都十分高兴。拉厄耳忒斯大叫道："这到底是什么日子呀，诸神，我的心在欢呼跳跃！我们祖孙三人一起并肩作战。"

　　这时，雅典娜靠近老人，轻声朝他说道："阿耳喀西俄斯的儿子呀，我最喜爱你，向宙斯及他的女儿祷告吧，随后投出你的长矛。"说完，雅典娜就往老人胸里注入力量。他朝宙斯和雅典娜祈祷完后，他就投出了长矛。他的长矛直接击中敌军首领欧珀忒斯头盔上的面甲，强有力的长矛穿透面甲，刺透了敌人的脸颊，安提诺俄斯的父亲欧珀忒斯直接倒地，一命呜呼了。俄底修斯带着他的同伴们厮杀着，要不是雅典娜突然开口说话，他们就会把所有敌人全杀死。雅典娜高声叫道："住手，伊塔刻人，快住手，这是一场不光荣的战争，请爱惜你们的鲜血，分开吧！"

一听见这雷鸣般的声音，那些来到这里的敌人全都惶恐万分，手中的武器全都滑落在地。他们转过身躯，如同被人驱赶那样，往城市方向逃去，希望保住性命。俄底修斯及他的同伴们听见雅典娜的叫声后，一点儿都不慌乱，他们把长枪和宝剑挥舞着，俄底修斯冲在最前面追赶着，发出恐怖的叫喊声，如同雄鹰冲向它的猎物。但冲在他们前面的却是化身门托耳的雅典娜，她像一阵疾风那样迅速。宙斯的命令是必须执行的，和平不能再有一点儿干扰。他的闪电直接击打到女神面前的地面上，眼前的亮光使雅典娜突然一震。她转向俄底修斯说道："拉厄耳忒斯的儿子，现在立即停止战斗，把你的好斗之心收起来，不然万能的雷霆之神会讨厌你的。"她的话，俄底修斯和他的同伴们全都听从了。在雅典娜的带领下，他们来到城市中的伊塔刻市集广场。派出使者去召集民众开会。宙斯也履行了他的承诺，消除了所有人心中的仇恨。化身门托耳的雅典娜让俄底修斯与城市及周边地区的首领缔结了盟约，永久和平。全体人民都推举俄底修斯为他们新的国王和守护者。在欢呼人群的陪伴下，他返回到了宫中。一听见胜利和和平的欢呼声，珀涅罗珀就头戴花冠，衣着华丽，在女仆的陪伴下，朝宫门走去，迎接俄底修斯。

这对再次团聚的夫妻幸福美满地生活了很多年。很多年之后，就像在冥府中预言家忒瑞西亚斯对他晚年预言的那样，俄底修斯在耄耋之年离开了人世，获得了善终。

附录：希腊神话众神简明谱系

希腊神话第一代神：

希腊神话中最原始的神——卡俄斯，他通过单性繁殖生育后代：

天神：乌拉诺斯（第一代主神）

大地女神：该亚（第一代神后）

海神：彭透斯

黑暗女神：俄瑞波斯

夜神：尼克斯

爱神：厄洛斯

天神乌拉诺斯和地神该亚相结合，生下六男六女十二提坦神。六个男提坦神分别是：河流之神俄克阿诺斯、暗神科俄斯、太阳神许佩里翁、伊阿佩托斯（普罗米修斯的父亲）、第二代天神克罗诺斯。六个提坦女神分别是：光明女神提亚、时光女神瑞亚（第二代神后）、水女神特弥斯、记忆女神摩涅莫绪涅、月亮女神福伯、海洋女神特提斯。

天神乌拉诺斯生性残暴，他最小的儿子克罗诺斯用镰刀将父亲给阉割了，还杀死了他，但是乌拉诺斯的精液迸溅到地神该亚身上受孕，生下复仇三女神：阿勒克托、提西福涅和墨盖拉。

另外，黑暗女神俄瑞波斯生有：死神达纳托斯、睡神修普诺斯、复仇女神奈米西斯、不和女神厄里斯、集尸女神凯雷斯、命运女神莫伊莱。

夜神尼克斯生有：太空神埃特尔、光明神赫墨拉。

十二提坦神们结婚生子：光明女神提亚和太阳神许佩里翁生下新一代太阳神赫利乌斯、月神塞勒涅、黎明女神厄俄斯。

月女神福伯和暗神科俄斯生下黑夜女神勒托和阿斯特利亚。

河流之神俄克阿诺斯和海洋女神特提斯一共生下 3000 条河流神和 3000 个小海神。

希腊神话第二代神：

克罗诺斯和瑞亚相结合，分别成为第二代众神之王和众神之后，生下三女三男六个孩子。三个女神分别是：家灶女神赫斯提亚、农林女神迪墨尔、嫉妒及家庭女神赫拉（第三代神后）。三个男神：冥界之王哈迪斯、海洋之王波塞冬、宙斯（第三代众神之王）。

宙斯长大成人后，在母亲瑞亚的指使下，推翻了父亲的残暴统治。因此，宙斯就成为了第三代主神。

希腊神话第三代神：

宙斯和赫拉相结合，分别成为第三代众神之王和众神之后，很快宙斯就组成由十二奥林帕斯大神统治天地的政局，这十二大神分别是：天神宙斯、天后赫拉、海洋之王波塞冬、农林女神迪墨尔、太阳神阿波罗（宙斯和黑夜女神勒托所生）、月亮女神阿尔逊弥斯（宙斯和黑夜女神勒托所生）、战争及智慧女神雅典娜（宙斯和智慧女神明纳尔瓦所生）、爱情女神阿芙洛狄忒、战神及军神阿瑞斯（宙斯和赫拉所生）、火神及锻铸之神赫准斯托斯（宙斯和赫拉所生）、酒神及狂欢之神狄俄尼索斯（宙斯和塞莫勒公主所生）、商业旅游和贸易之神赫耳墨斯（宙斯和风雨女神迈亚所生）

冥王哈迪斯是最为强大的神，但他几乎都在冥府不出来，因此不算奥林帕斯大神。冥王哈迪斯娶了宙斯与农林女神迪墨尔的女儿泊萨福尼为妻，泊萨福尼成为冥后。

海洋之王波塞冬娶了老海神彭透斯的众女儿之一—海仙女安芙朵霖逊为妻，安芙朵霖逊成为了海洋之后。